Margarete Bertschik/ Diese verdammte Sehnsucht

Zum Inhalt
Sollte es sie wirklich geben, die große Liebe? Und findet Christina Wegner, eine emanzipierte Frau in der Mitte ihres Lebens, die eigentlich ganz zufrieden ist mit ihrem bürgerlichen Alltag, diese Liebe tatsächlich online?
Der Roman erzählt die berührende und spannende Geschichte einer Liebe in den Zeiten des Internets, eine Geschichte von Vertrauen und Betrug, Leidenschaft und Enttäuschung und von der Möglichkeit, unerwartete neue Wege zu gehen auf der Suche nach der Erfüllung dieser „verdammten Sehnsucht"…

Zur Autorin
Margarete Bertschik, geboren 1951, studierte Kunst, Germanistik, Pädagogik und Philosophie, bevor sie nach Jahrzehnten als Lehrerin das Schreiben zu ihrem zweiten Beruf machte. Sie ist verheiratet und lebt mit ihrem Mann in Norddeutschland.
Bisher sind von ihr ein Roman, ein Kurzgeschichtenband und zwei Kriminalromane erschienen.
Weitere Informationen unter:
www.autorin-margarete-bertschik.de

Margarete Bertschik

Diese verdammte Sehnsucht

Roman

Bibliografische Information der Deutschen Bibliothek

Die Deutsche Bibliothek verzeichnet diese Publikation in der
Deutschen Nationalbibliografie; detaillierte bibliografische
Daten sind im Internet über www.dnb.ddb.de abrufbar.

Einbandgestaltung: BoD
Herstellung und Verlag: BoD Books on Demand, Norderstedt,
Copyright: Margarete Bertschik, 2019
ISBN 978 374 819 061 5

TEIL EINS

1

„Für dich!"

Unwillig schaute Christina von dem Unterrichtsentwurf auf, an dem sie gerade herumtüfftelte. Die Fünftklässler brauchten präzise Arbeitsanweisungen, die eine kleinschrittige Planung erforderlich machten, und die Unterbrechung riss sie aus ihrer Konzentration. Ärgerlich zog sie die Augenbrauen zusammen, so dass zwei steile Falten zwischen ihnen entstanden. Stefan, ihr Mann, hielt ihr das Telefon hin, das Mikrofon mit der Hand abdeckend. Sein Gesichtsausdruck verhieß nichts Gutes.

„Der Vater eines deiner Schüler. Den Namen habe ich nicht verstanden", flüsterte er.

Christina verdrehte die Augen und seufzte abgrundtief. Das hatte ihr noch gefehlt bei all dem Stress, den diese Zeit kurz nach den Halbjahreszeugnissen sowieso schon verursachte.

„Wegner hier", meldete sie sich knapp. Stefan zwinkerte ihr aufmunternd zu und hob den Daumen, während er die Tür zu ihrem Arbeitszimmer hinter sich schloss.

„Wischkowski", bellte eine kräftige Männerstimme ins Telefon. „Sie sind doch die Kunstlehrerin meines Sohnes Lennart, ist das richtig?"

Christina versuchte angestrengt, sich das Gesicht zu dem Namen Lennart Wischkowski ins Gedächtnis zu rufen, was nicht ganz leicht war bei den Hunderten von Schülern, die sie unterrichtete. Jetzt fiel es ihr ein: Der freche Fünfzehnjährige aus der 9b, dem jedes Verständnis für künstlerisches Gestalten vollkommen abging, der dafür aber wegen seiner coolen Klamotten und des abgefahrenen Haarschnitts bei den Mädchen der angesagteste Typ der ganzen Klasse war.

„Ja, Herr Wischkowski, Ihr Sohn Lennart geht in meine 9b. Was kann ich denn für Sie tun?"

„Sie könnten mir zum Beispiel mal erklären, wieso Lennart auf dem Halbjahreszeugnis nur eine Vier in Kunst bekommen hat. In der schriftlichen Arbeit hat er doch eine Drei geschrieben. Und seine Kunstarbeiten waren auch nicht schlecht. Wir verstehen das nicht, meine Frau und ich!"

Christina atmete ein paar Mal tief durch. Während sie mit der Linken den Hörer an ihr Ohr hielt, kramte sie mit der Rechten den Hefter mit den Unterlagen der 9b aus dem Stapel von Unterlagen hervor, der als unordentlicher Haufen auf dem Regal neben ihrem Schreibtisch lag. Nach einigem Blättern fand sie den Notenspiegel der Klasse. In den folgenden zehn Minuten erklärte sie dem aufgebrachten Vater mit mühsam unterdrückter Ungeduld, wie die Note seines Sohnes zustande gekommen war. Diesen Teil ihres Berufes mochte sie am wenigsten: Unzufriedenen Eltern verdeutlichen zu müssen, dass ihr Sprössling nicht in allem den Erwartungen seiner Lehrer entsprach. Nach zehn Minuten mühsamer Erklärungen war Herr Wischkowski schließlich besänftigt.

„Also dann: Nichts für ungut, Frau Wegner", sagte er kleinlaut.

„Schon gut, Herr Wischkowski. Schönen Tag noch!"

Christina kreuzte die Arme hinter ihrem Kopf und streckte den Rücken. Ihre Konzentration auf die Unterrichtsvorbereitung war durch die Unterbrechung völlig weg. Sie brauchte eine Pause. Ihr Blick fiel auf den schwarzen Computerbildschirm, der zusammen mit der Tastatur und dem Drucker auf der niedrigen Arbeitsplatte neben ihrem Schreibtisch stand. Mal sehen, was es bei Facebook Neues gab. Seit sie die Vertretungspläne sowie alle anderen schulischen Termine und Unterlagen per E-Mail übermittelt bekam, hatte sie sich mit den sozialen Medien angefreundet. Mit einigen ihrer Schülergruppen in der Oberstufe war sie in WhatsApp-Gruppen verbunden, obwohl sie dem E-Learning im Grunde nicht viel abgewinnen konnte. Der tägliche Kontakt mit ihren Facebook-Freunden war ihr dagegen schon zur Gewohnheit geworden. Sie hatte sich in einigen Gruppen angemeldet, deren Mitglieder Themen diskutierten, die sie interessierten. Hin und wieder beteiligte Christina sich an den Diskussionen und freute sich, wenn sie für ihre Beiträge geliked wurde. Ihre bescheidene Freundesliste umfasste fünfunddreißig Personen, zumeist Menschen aus ihrem persönlichen Bekannten- oder Freundeskreis.

Als sie jetzt einige Tasten betätigte, um online zu gehen und ihr Facebook-Profil aufzurufen, leuchtete in der Leiste am oberen Rand ein kleines rotes Icon auf. Aha, wieder einmal eine Freundschaftsanfrage. Schon komisch, dachte sie, sich vorzustellen, dass Menschen in aller Welt mein FB-Profil sehen und darauf reagieren. Neugierig klickte Christina auf das Symbol. Mal sehen, wer diesmal Interesse an ihr zeigte. Ein Dominic J. Anderson fragte an. Das lächelnde Gesicht eines Mannes in Khaki-Uniform erschien, im Vordergrund ein etwa vier- oder fünfjähriger Junge, der gerade ein Eis schleckte. Offenbar ein Selfie-Foto. Dann noch eines, ebenfalls Vater und Sohn. Dazu ein Landschaftsbild als Hintergrund. Sparsame Angaben zur Person: US-Soldat aus Kalifornien, USA, verwitwet, zurzeit in Afghanistan. Keine Freundesliste, keine weiteren Angaben. Christina betrachtete das Foto des Mannes genauer. Ein sympathisches Lächeln, das um die Augen herum lauter kleine Falten entstehen ließ, ein freundlicher, offener Blick aus blauen Augen, regelmäßige, weiche Gesichtszüge. Der Mann sah nett aus. Die Haare wurden von der Schirmmütze in Khakifarben verdeckt. Auf der Uniformjacke war der Name Anderson zu lesen. Das runde Gesicht des Jungen hatte eine verblüffende Ähnlichkeit mit dem des Mannes, ganz offensichtlich Vater und Sohn. Unschlüssig kaute Christina auf ihrem Kugelschreiber herum. Die Anfrage weckte ihre Neugier. Der Mann wirkte nett. Sollte sie die Freundschaftsanfrage bestätigen und sehen, ob Mister Anderson sich bei ihr persönlich melden würde? Warum nicht? Was konnte schon passieren? Andere FB-Teilnehmer hatten schließlich Hunderte von Freunden. Sie klickte auf den Button „Freundschaft bestätigen" und erhielt Sekunden später die Benachrichtigung von Facebook: „Sie sind mit Dominic J. Anderson im Messanger verbunden". Und schon erschienen das Foto und der Name des Mannes in ihrer Freundesliste.

Gerade als Christina ihren Account schließen wollte, leuchtete in der Leiste das Nachrichtenzeichen auf: Eine erste Botschaft von Dominic Anderson sei angekommen, teilte Facebook ihr mit. Das ging aber schnell, dachte sie. Neugierig öffnete sie den Chat.

Hello, Christina! Thank you for accepting my request. How are you?

Englisch? Natürlich, der Mann war ja Amerikaner. Ob er wohl Deutsch sprach? Immerhin konnte er ja nicht erwarten, dass jeder auf der Welt Englisch beherrschte. Und aus ihrem, Christinas, Profil konnte er ersehen, dass sie Deutsche war.

Guten Tag! Sprechen Sie Deutsch?"

Gespannt wartete sie auf die Antwort. Im Display konnte sie an der laufenden Wellenlinie erkennen, dass er dabei war, etwas zu schreiben.

Ich kann einen Translator benutzen, so können wir uns unterhalten auf Deutsch, wenn du willst.

Ach so! Natürlich! Das war heutzutage ja alles so einfach. Na gut. Dann also auf Deutsch.

Wie bist du darauf gekommen, mich zu kontaktieren? schrieb sie.

Immerhin war es schon ungewöhnlich, eine solche Anfrage zu erhalten. Was versprach er sich davon? Der Sinn dessen, was der elektronische Übersetzer ihr in barbarisch schlechtem Deutsch als Antwort auf ihre Frage übermittelte, schien zu sein, dass ihr Lächeln ihm gefallen habe oder etwas Ähnliches. Dann doch lieber in Englisch, dachte Christina. Sie suchte ihre Sprachkenntnisse zusammen und schrieb:

Das Deutsch des Übersetzers ist schrecklich. Wir sollten uns besser in deiner Sprache unterhalten.

Seine Antwort kam prompt.

Oh ja, das wäre gut. Großartig, dass du Englisch sprichst!

Christina freute sich über das Lob.

Okay, schrieb sie, *aber ich mache bestimmt viele Fehler. Du kannst sie gerne korrigieren, wenn du sie siehst. Dann kann ich mich verbessern.*

Darauf er:

Dein Englisch ist perfekt.

Also. Was sollte sie ihn fragen? Am besten erst einmal etwas Allgemeines.

Ich würde mich freuen, wenn du mir etwas über dich erzählen würdest, Dominic.

Sie sah, dass er längere Zeit schrieb. Das würde wohl eine ausführliche Antwort werden.

Okay. Wo soll ich beginnen? Also, ich bin geboren in Finnland. Meine Mutter war Finnin, mein Vater Amerikaner. Nach dem Tod meiner Mutter, als ich sechzehn Jahre alt war, ging mein Vater mit mir nach Amerika, Kalifornien. Später besuchte ich die Militärschule und ging zur Armee. Jetzt bin ich in Afghanistan stationiert, in einer UN-Friedensmission, in der Nähe von Kabul. Ich bin verwitwet, habe einen kleinen Sohn. Er heißt Samuel, aber er wird Sammy genannt. Er ist neun Jahre alt. Er ist alles, was ich habe.

Diese geballte Information musste Christina erst einmal verkraften. Verwitwet also. Wenn er auf der Suche nach einer neuen Frau war, sollte sie das Ganze wohl besser abbrechen.

Dominic, du konntest in meinem FB-Profil sehen, dass ich verheiratet bin. Wenn du eine Frau suchst, bin ich nicht die Richtige.

Schade eigentlich, dachte sie. Jetzt würde er sich wahrscheinlich höflich zurückziehen. Dabei wirkte er so sympathisch.

Ich bin nicht auf der Suche nach einer Frau, ich möchte eine freundschaftliche Unterhaltung. Hier im Camp sind nur meine Kameraden. Wenn du nichts dagegen hast, können wir uns doch weiter unterhalten, auch wenn du verheiratet bist.

Ich würde mich freuen darüber. Was denkst du, Christina?

Überrascht von dieser Antwort, starrte Christina auf den Bildschirm, auf dem das Foto des Mannes mit seinem kleinen Sohn noch immer zu sehen war. Ja, warum eigentlich nicht?

Das ist nett. Also unterhalten wir uns.

Während Christina überlegte, was sie ihn als Nächstes fragen könnte, traf seine Antwort ein.

Ich muss leider jetzt aufhören. Meine Männer und ich gehen auf Patrouille. Wir reden später weiter, wenn du willst. Goodbye, Christina!

Ein wenig enttäuscht verließ Christina die Facebook-Seite und wandte sich wieder ihrer Arbeit zu. Es fiel ihr schwer, ihre Gedanken auf die Unterrichtsvorbereitungen zu konzentrieren, sodass sie dankbar war, als Stefan seinen Kopf zur Tür hereinsteckte

„Kommst du? Das Mittagessen steht auf dem Tisch!"

„Was gibt es denn?", fragte sie, während sie ihrem Mann in die Küche folgte.

„Weißt du doch: Kartoffel-Tomaten-Gratin. Er ist jeden Moment fertig. Den Salat musst du noch anmachen, bitte."

Stefan streifte sich die Küchenhandschuhe über die Hände, um den Auflauf aus dem heißen Backofen zu nehmen. Der köstliche Duft des Gratins breitete sich appetitanregend im ganzen Raum aus. Christine nahm das Tütchen mit der Gewürzmischung für das Salatdressing, schüttelte den Inhalt in eine Glasschüssel und gab die vorgeschriebene Menge an Öl und Wasser hinzu.

„Sag mal, Stefan, du bist doch auch bei Facebook", sagte sie, während sie die Zutaten vermischte. „Bekommst du auch ständig Freundschaftsanfragen von irgendwelchen Fremden?"

„Gar nicht drum kümmern", meinte Stefan, „am besten sofort löschen."

Christina gab die gewaschenen Salatblätter in die Schüssel mit dem Dressing und hob sie vorsichtig unter.

„Ich frage mich sowieso, wie die Leute, die Hunderte von ‚Freunden' bei Facebook haben, mit all den Menschen Kontakt halten wollen", sagte sie. „Geht doch gar nicht."

„Tun sie auch nicht", antwortete Stefan in seiner gewohnt selbstsicheren Art. „Soll wohl so eine Art Gradmesser für die eigene Beliebtheit sein, möglichst viele FB-Freunde zu haben. Weiß der Himmel, wo manche die herbekommen."

Stefan stellte die Auflaufschüssel auf den Tisch, setzte sich und fing an, eine gewaltige Portion des knusprig-braun überbackenen Gratins auf seinen Teller zu schaufeln. Christina stellte die Salatschüssel dazu und rückte ihren Stuhl zurecht.

„Gibst du mir auch etwas, bitte?" Sie hielt ihrem Mann den Teller hin. „Ich habe jetzt mal auf eine Anfrage geantwortet. Ein Typ aus Amerika. Scheint ganz nett zu sein."

„Ach ja?" Stefan sah sie überrascht an, während er ihren Teller füllte.

„Ja. Ich wollte wissen, ob er sich tatsächlich persönlich meldet."

„Und?"

„Wie gesagt, er scheint ganz nett zu sein. Ein Soldat der US-Army. In Afghanistan stationiert. Sucht wohl irgendwie Kontakt."

„Ach so. Na, dann …"

Stefan nahm die Tageszeitung zur Hand und schlug den Lokalteil auf.

„Hast du schon gesehen, sie planen die Gebühren für das Stadtbad zu erhöhen", sagte er. „Jetzt soll es einen gestaffelten Preis geben. Richtig so. Es ist schließlich nicht gerecht, wenn man für eine Stunde genauso viel bezahlen soll wir für den ganzen Tag."

Typisch, nie hört er mir richtig zu, dachte Christina. Sie musterte ihren Mann frustriert, während er jeden einzelnen Artikel in der Zeitung kommentierte. Neben seiner beruflichen Tätigkeit als Abteilungsleiter in der Stadtverwaltung engagierte er sich in allen möglichen Gremien: Im Kulturverein, im Rotary-Club, besonders in den verschiedenen Sportvereinen, in denen er auch selbst aktiv war. Wie gut er immer noch aussieht, ging es Christina durch den Kopf. Seine vollen graumelierten blonden Haare trug er modisch kurz geschnitten und seine hellblauen Augen blitzten wie eh und je. Sie beneidete ihn um seine sportliche Figur und die jugendliche Ausstrahlung, auf die er, wie sie wusste, nicht wenig stolz war. Niemand glaubte ihm seine neunundfünfzig Jahre, und seine extravertierte Art, mit der er auf die Menschen zuging, machte ihn zum geborenen Politiker und Vereinsmenschen. Wie hält er es nur in der trockenen Bürokratie der Stadtverwaltung aus, fragte Christina sich zum wiederholten Mal. Nun ja, schließlich war er Jurist und den Behördenkram gewöhnt.

Das Klingeln des Telefons riss sie aus ihren Gedanken.

„Ich geh schon", sagte Stefan. Er wischte sich mit der Serviette den Mund ab, stand auf und ging in den Flur, wo das Telefon stand. „Hallo, Lukas", hörte Christina ihn sagen. Offensichtlich hatte er im Display den Namen ihres Sohnes gesehen. Was Lukas wohl wollte? Hoffentlich war nichts mit den Kindern. Nach einer Weile kam Stefan mit dem Telefon in der Hand in die Küche. „Warte mal, das fragst du sie am besten selbst", sagte er in den Hörer und reichte Christina das Telefon. Mit den Lippen formte er das Wort ‚Babysitten' und verdrehte die Augen.

„Lukas? Wie geht's euch? Ist alles in Ordnung?"

„Alles okay, Mama. Wir haben nur wieder einmal ein Problem mit den Kindern. Könntest du vielleicht morgen auf die beiden aufpassen? Eileen und ich würden gerne zu einer Geburtstagsfeier in der Nachbarschaft gehen und wir können die beiden ja nicht allein zu Hause lassen. Ginge das?"

Christina unterdrückte einen Seufzer. Eigentlich hatte sie sich auf einen geruhsamen, entspannten Sonntag mit nur wenig Schularbeit gefreut. Daraus wurde also wieder einmal nichts.

„Na klar", sagte sie. „Allerdings fahre ich nachts wieder nach Hause. Du weißt ja, ich muss am Montag zur ersten Stunde in der Schule sein."

Er war eine knappe halbe Stunde Fahrt bis zu der Kleinstadt, in der Lukas mit seiner Familie lebte. Als IT-Ingenieur hatte er dort in der größten Maschinenbaufirma der Gegend einen lukrativen Job gefunden, so dass Eileen, seine Frau, ganz für die beiden Kinder da sein konnte. Zwar waren die fünfjährige Jasmin und der dreijährige Johannes der ganze Stolz ihrer Großeltern, aber dennoch empfand Christina es zuweilen als Belastung, auf Abruf bereitstehen zu müssen, wenn wieder einmal eine Babysitterin für die beiden gebraucht wurde. Stefan hielt sich dabei auffallend zurück. Meistens hatte er irgendwelche ehrenamtlichen Termine, sodass er sich vor seinen großväterlichen Pflichten erfolgreich drücken konnte.

Sie beendete das Gespräch. „Und warum kannst du diesmal nicht?", fragte sie ihren Mann, der sich wieder seiner Zeitung zugewandt hatte. In ihrer Stimme schwang der leise Ärger mit, den sie empfand. „Ich hatte mich so auf einen freien Sonntag gefreut."

Stefan blickte nicht von seiner Lektüre auf. „Ich muss zur Ausstellungseröffnung ins Kulturhaus, das weißt du doch. Ich soll die Begrüßung vornehmen. Das kann ich unmöglich absagen. Habe ich Lukas auch gesagt."

Christina seufzte und stand auf. Sie räumte den Tisch ab und stellte das Geschirr in die Spülmaschine. Jedenfalls musste sie versuchen, alle anstehenden Unterrichtsvorbereitungen heute zu erledigen. Das bedeutete noch ein paar Stunden Arbeit am Nachmittag und Abend. Sie überließ Stefan das weitere Aufräumen der Küche und kehrte in ihr Arbeitszimmer zurück.

Das rote Lämpchen auf dem Computerbildschirm leuchtete. Eine neue Nachricht war eingetroffen. Von Dominik. Sie öffnete das Fenster.

Good day, my dear! Bist du da?
Ja, ich bin da.
Wie geht es dir? Wie ist dein Tag?
Gut. Es ist Wochenende.
Wie ist das Wetter bei euch? Hier ist es ziemlich kalt.
Hier auch. Typisches Februarwetter. Nasskalt und trüb.

Nicht gerade angenehm.

Was hast du heute gemacht?

Ach, das Übliche. Vorbereitungen für den Unterricht. Ich bin Lehrerin, musst du wissen. Nichts Besonderes. Und du?

Das hört sich gut an. Ich bin gerade von einem Patrouillengang zurückgekommen. Ich werde mich jetzt etwas frisch machen und dann essen.

In diesem lockeren Plauderton ging es eine Weile weiter. Christina wunderte sich, wie leicht es ihr fiel, sich mit diesem ihr völlig fremden Mann zu unterhalten. Eigentlich war sie kein Mensch, der unbefangen auf andere zugehen und Small Talk machen konnte. Vielleicht war es die offene Art des Amerikaners, von sich zu erzählen und Fragen zu stellen, die sie ermunterte, ihrerseits neugierig zu sein.

Darf ich dich etwas fragen, Dominic?

Aber sicher, my dear.

Auf dem Bild in deinem Profil siehst du sehr jung aus. Wie alt bist du?

Oh! Also. Im September werde ich 45 Jahre alt.

Wirklich? Das kann ich kaum glauben!

Ach, weißt du, die Uniform macht mich jünger. Und das tägliche Training, das wir absolvieren, hält uns fit.

Natürlich. - Wie sieht dein Tagesablauf aus dort in dem unruhigen Land?

Gespannt wartete sie auf seine Antwort. Wann hatte man schon einmal die Gelegenheit, aus erster Hand zu erfahren, wie es in dem krisengeschüttelten Afghanistan zuging.

Meine Tage hier sind wahrscheinlich so, wie du dir das vorstellst. Wir müssen rund um die Uhr wachsam sein, weil in jeder Minute alles passieren kann. Ich kann nicht wirklich sagen, dass die Friedensmission ein Erfolg ist, denn es ist eher ein Kriegsgebiet hier. Die Taliban geben nie auf, weil einige von ihnen glauben, wenn sie sterben und viele Menschen töten, bekommen sie einen gesicherten Platz bei Allah im Himmel.

Gibt es in dem Camp dort auch weibliche Soldaten? Oder überhaupt Frauen?

Ja, es gibt hier Soldatinnen, aber die Männer sind in der Überzahl. Es ist nicht einfach hier, aber die Frauen sind bemerkenswert stark und tapfer.

Ob sie es wagen durfte, ihn etwas Persönliches zu fragen? Warum nicht? Er brauchte ja nicht zu antworten, wenn es ihm nicht passte.

Keine dabei, die für dich in Frage käme? (Smily)

Sie versah ihre Frage mit einem Smily als Zeichen, dass er die Frage nicht allzu ernst nehmen sollte.

Hahaha, gute Frage! Aber nein, hier im Camp gibt es keine Beziehungen. Sie könnten Probleme bringen. Wir sehen uns hier als Bruder und Schwester. Die Mission kommt zuerst, sie steht immer an erster Stelle, verstehst du?

Ja, das verstehe ich gut. Ihr seid in erster Linie Kameraden, Gefährten, die sich aufeinander verlassen müssen.

Genau. - Und du? Wie verbringst du den Tag? Was ist das Erste, was du am Morgen tust, Christina?

Nun, ich drehe das Radio an und bereite das Frühstück zu. Und ich lese die Tageszeitung. Dann fahre ich in die Schule zum Unterricht.

Mein Gott, dachte Christina, als sie ihre Antwort las, ist mein Leben wirklich so langweilig? Wie lange war das jetzt schon so? Zwanzig, dreißig Jahre? Nun ja, es war ja wohl normal, dass das Berufsleben zur Routine wurde. Und ihr Privatleben? Christina schob den Gedanken beiseite.

Du bist sicher eine gute Lehrerin, Christina.

Wie nett von Dominic, das zu sagen! Christina war erstaunt darüber, wie sehr sie sich über dieses kleine Kompliment freute. Ihr Blick fiel auf die digitale Zeitanzeige ihres Computers. Erschrocken stellte sie fest, dass sie schon seit fast zwei Stunden mit Dominic Anderson chattete. Und dabei hatte sie noch so viel zu tun! Es wurde Zeit, sich zu verabschieden. Erstaunlich, wie interessant und anregend die Unterhaltung

mit diesem Mann gewesen war, den sie gerade erst kennengelernt hatte.

Dominic, ich muss jetzt arbeiten. Lass uns aufhören für heute.

*Okay, liebe Chrissie! Ich darf dich doch so nennen, oder? Hab'
vielen Dank für deine Zeit. Ich bin wirklich glücklich, eine so
liebenswerte Frau wie dich kennengelernt zu haben. Ich freue
mich darauf, morgen wieder mit dir zu reden. Goodbye!*

Du bist sehr freundlich, Dominic! Bis morgen!

Christina betätigte das X zur Beendigung des Chats. *Chrissie.*
Niemand hatte sie bisher so genannt. Sie lächelte. Es klang nett,
fand sie.

2

Wie jeden Morgen wachte Christina früh auf. Ihr Körper war
darauf programmiert, rechtzeitig wach zu werden für den
Schulbetrieb. Ein Blick auf die Digitalanzeige ihres Weckers
sagte ihr: 6.30 Uhr. Viel zu früh zum Aufstehen an einem Sonntag! Sie drehte sich auf die andere Seite und versuchte wieder
einzuschlafen. Keine Chance. Sie war hellwach. Stefan neben
ihr schlief noch tief und fest, wie ihr seine regelmäßigen Atem-
züge verrieten. Durch die Jalousien drang fahles Dämmerlicht.
Gott sei Dank wurde es jetzt schon wieder etwas früher hell.
Christina hasste es, im Dunkeln aufstehen zu müssen. Bis die
Sonne richtig aufgegangen sein würde, dauerte es jetzt Mitte
Februar wohl noch eine Stunde. Sie streckte ihre Glieder unter
der warmen Decke. Was ist das Erste, was du tust am Morgen,
hatte dieser Mann auf Facebook sie gefragt. Was hatte sie geantwortet? Frühstück machen, Zeitunglesen, Radio anstellen
oder so ähnlich. Die Erinnerung daran bereitete ihr Unbehagen.
Plötzlich hatte sie Lust, joggen zu gehen. Wenn sie Glück hatte
und das Wetter im Gegensatz zu den trüben, regnerischen Ta-

gen der letzten Zeit einigermaßen gut war, konnte sie dabei den Sonnenaufgang beobachten.

Vorsichtig schlug sie die Bettdecke zurück, schlüpfte in ihre ausgetretenen Latschen, von denen sie sich einfach nicht trennen konnte, und stand auf. Im Halbdunkel griff sie nach ihre Joggingsachen und verlies leise das Schlafzimmer. Als sie vor die Haustür trat, zog sie trotz Mütze, Schal und Handschuhe fröstelnd ihre Schultern hoch. Es war kalt, vielleicht kurz über dem Gefrierpunkt, aber es waren keine Wolken zu sehen und die Luft roch rein und frisch. Der Himmel fing gerade an, sich im Osten orange zu färben. Nach ein paar Aufwärmübungen lief sie los. Die Siedlung, in der sie wohnte, lag am Südrand der Kreisstadt Schönfelde und es waren nur einige hundert Meter, bis sie die Straßen mit den adretten Einfamilienhäusern verlassen hatte und über einen geteerten Weg aufs freie Feld gelaufen war. Sie liebte es, allein zu laufen, ohne sich mit jemanden unterhalten oder sich, was das Tempo betraf, auf andere einstellen zu müssen. Sie atmete tief die kühle Winterluft ein und genoss die stete Bewegung. Beim Laufen konnte sie ihren Gedanken nachhängen, die sich in der Regel mit ihrer Arbeit in der Schule beschäftigten. Oft kamen ihr dabei die besten Ideen für ihren Unterricht. Wieder musste sie an den Amerikaner denken. Ob er sich bald wieder bei ihr melden würde? Die Unterhaltung mit ihm war wirklich nett gewesen.

Sie beschleunigte ihre Schritte. Wenn sie zu Hause war, wollte sie gleich einmal nachsehen, ob dieser Dominic J. Anderson sich vielleicht schon wieder gemeldet hatte. Wie spät war es jetzt in Afghanistan? Zwei oder drei Stunden unserer Zeit voraus, nahm sie an.

Noch im Jogginganzug und völlig verschwitzt setzte sich Christina an ihren Schreibtisch und fuhr den Computer hoch. Ungeduldig wartete sie darauf, dass der Browser ihren Facebook-Account aktivierte. Tatsächlich, das kleine rote Icon leuchtete, eine Nachricht war für sie angekommen! Erwartungsvoll öffnete sie das Fenster. Eine Message von Dominic Anderson. Ein Bild erschien und eine lange Textnachricht. Das Bild zeigte ein Arrangement weißer Rosen neben einer dampfenden Kaffeetasse auf einer hellblauen Tischdecke. Ein Kärtchen mit den handgeschriebenen Worten GOOD MORNING war an dem Strauß angeheftet. Dazu ein langer Text:

Liebe Chrissie, jeder Morgen ist wie ein neues Versprechen. Er kann das Beste in dir hervorbringen. Er ist wie eine Botschaft für dich, dass all deine Träume sich erfüllen werden. Mögest du dich schön und neu fühlen gerade wie der neue Tag. Du bist ein wundervoller Mensch und du verdienst das Beste vom Leben. Ich bin glücklich, solch eine liebenswerte und einzigartige Person wie dich getroffen zu haben. Guten Morgen, meine liebe Chrissie, und einen schönen Sonntag.

Überrascht und mit einem ungläubigen Lächeln im Gesicht saß Christina vor dem Bildschirm. Was für eine unglaublich nette Geste! Sie schaute auf die Uhrzeit, zu der die Nachricht abgeschickt worden war: 5.10 Uhr. Wenn sie den Zeitunterschied dazurechnete, hatte sich dieser Mann also gleich zu Beginn seines Dienstes an seinen Computer gesetzt, um ihr diesen bezaubernden Morgengruß zu schicken! Wirklich reizend! Was sollte sie ihm antworten? Sie sah, dass er im Moment nicht online war, also konnte sie sich ihre Antwort in Ruhe überlegen. Unschlüssig kaute sie an ihrer Unterlippe. Sie wollte nicht überschwänglich klingen, aber er sollte wissen, dass er ihr eine große Freude bereitet hatte.

Good morning, Dominic! Herzlichen Dank für die schöne Überraschung! Ich habe mich sehr über diesen Morgengruß gefreut. Ich wünsche dir einen angenehmen Tag!

Ja, das klang angemessen dankbar, aber nicht übertrieben. Christina hörte, dass Stefan aus dem Schlafzimmer kam und ins Bad ging. Schnell schloss sie das Chatfenster und verließ ihren FB-Account. Aus irgendeinem Grund wollte sie nicht, dass ihr Mann diesen netten Gruß ihres neuen Freundes sah und womöglich sarkastisch kommentierte. Sie ging eilig in die Küche und fing an, den Frühstückstisch zu decken.

Es war schon nach elf Uhr nachts, als Christina von dem Besuch bei der Familie ihres Sohnes zurückkam. Sie parkte ihren Twingo neben der Garage, die für den Familienwagen vorbehalten war, und schloss die Eingangstür auf. Das Wohnzimmer war dunkel, anscheinend war Stefan schon zu Bett gegangen. Vorsichtig, um ihn nicht zu wecken, falls er schon schlief, öffnete sie die Schlafzimmertür.

„Hallo! Da bist du ja endlich!" Stefan lag mit einem Buch in der Hand im Bett und sah ihr entgegen.

„Wie war's?"

„Anstrengend. Du weißt, wie die Kinder sind, wenn etwas Besonderes los ist. Aufgedreht und nicht zur Ruhe zu kriegen."
Tatsächlich waren der Nachmittag und der Abend stressig gewesen. So gern Christina die beiden Enkel hatte, so froh war sie, wenn sie sie wieder ihren Eltern überlassen konnte. Sie empfand besonders den dreijährigen Johannes als sehr anspruchsvoll. Dauernd wollte er unterhalten werden, ständig sollte man mit ihm spielen oder ihm vorlesen oder ihm zusehen, wenn er alle möglichen Faxen machte. Seine fünfjährige Schwester dagegen war schon recht selbstständig und konnte sich gut eine Weile allein beschäftigen. Sie war auch gegen halb neun brav in ihrem Bett eingeschlafen, während der Kleine noch um halb zehn verlangt hatte, die Oma solle ihm eine Geschichte vorlesen.

„Und bei dir?", fragte sie.

„Erzähl' ich dir morgen", sagte Stefan und gähnte. Er legte sein Buch beiseite und legte sich zum Schlafen zurecht. „Kommst du auch bald?"

„Ja. Ich will nur noch kurz nachschauen, was der Vertretungsplan sagt. Schlaf ruhig schon. Gute Nacht!"

Sie ging in ihr Arbeitszimmer und startete den Computer. Hoffentlich hat Berger mir nicht wieder eine Vertretungsstunde verpasst, dachte sie. Ludger Berger, der für den Einsatz von Vertretungen zuständige Koordinator an ihrem Gymnasium, war nicht zu beneiden, hatte er doch oft in kürzester Zeit für die Unterrichtsstunden, die ausfielen, wenn ein Kollege krank wurde oder aus anderen Gründen nicht unterrichten konnte, einen möglichst adäquaten Ersatz zu finden. Wenn sich im Stundenplan eines Lehrers eine Freistunde befand, wurde dieser Kollege natürlich gern vom Computerprogramm ausgewählt, um als Vertretung für den verhinderten Lehrer einzuspringen. Oft sogar in einer Klasse, die er gar nicht kannte und in einem ihm fremden Fach. Solche Vertretungen waren besonders verhasst, weil man trotz allen Improvisationstalents kaum eine Möglichkeit hatte, sinnvoll zu unterrichten.

Gott sei Dank, dachte Christina, als sie die Liste der Vertretungen für den morgigen Schultag auf den Schirm rief, ihre freie dritte Stunde war von einer Vertretung verschont geblieben. Sie starrte auf den Monitor. Sollte sie kurz ihre FB-Seite aufrufen? Vielleicht hatte Dominic ja auf ihre Nachricht geantwortet.

Tatsächlich, er war online. Christina fühlte, wie ihr Herz anfing, schneller zu schlagen.

Good evening, Dominic. Wie geht es dir?

Good evening, Chrissie! Ich bin okay. Geht es dir gut? Ich hoffe, du hattest einen schönen Tag?

Mir geht es gut. Ich habe den Tag mit meinen Enkeln verbracht. Babysitting. Es war ein wenig stressig.

Ich hätte nicht gedacht, dass du schon Großmutter bist. Du siehst auf dem FB-Foto so jung aus.

Danke für das Kompliment!

Okay. Was machst du gerade?

Ich habe gerade die letzten Vorbereitungen für den morgigen Schultag getroffen. Du weißt ja, ich bin Lehrerin.

Du wirst es sicher gut machen.

Danke. Es ist nicht immer einfach, weißt du? Die Kinder und Jugendlichen sind heutzutage manchmal recht schwierig.

Ich verstehe. Aber du bist eine kluge und selbstbewusste Frau. Ich bin sicher, du machst es gut.

Danke! Du machst wirklich nette Komplimente, Dominic!

Das sind keine Komplimente, my dear. Ich meine es wirklich so, Chrissie.

Du bist sehr freundlich, Dominic! – Worüber sollen wir uns unterhalten?

Eine kurze Pause entstand. Anscheinend musste er nachdenken. Dann seine Antwort:

Sag mir, was hat dich in deinem Leben am meisten beeinflusst?

Interessante Frage.

Das ist schwierig zu beantworten. Hm, ... ich muss erst einmal überlegen. Mein Vater. Er hat mir immer Mut gemacht, wenn ich mir etwas nicht zutraute oder wenn ich Angst hatte.

Christina hielt inne. Ja, es stimmte, ihr Vater hatte ihr Mut gemacht bei allem, was sie als Kind unternommen hatte. Aber er hatte ihr auch immer deutlich gemacht, was er als richtig oder falsch ansah, und irgendwie hatte sie sich stets verpflichtet gefühlt, seinen Vorstellungen zu folgen. Bis in ihr Erwachsenenleben hinein. Schließlich war sie seine „liebe Kleine" gewesen und immer geblieben. Sicher, er hatte sie behüten und beschützen wollen, genau wie Julius und Simon es taten, ihre beiden älteren Brüder, die sie als Nesthäkchen und Nachkömmling nicht ernst genommen hatten. Wie schüchtern und zurückhaltend sie gewesen war! Kaum, dass sie gewagt hatte, in Gegenwart von Erwachsenen den Mund aufzumachen. Am liebsten hatte sie allein mit ihren Puppen gespielt und sich alle möglichen phantastischen Geschichten ausgedacht. Manchmal hatte sie diese Geschichten sogar aufgeschrieben, und am schönsten war es gewesen, wenn ihr Vater sie auf den Schoß genommen hatte und sie ihm ihre kleinen Geschichten vorlesen durfte.

Dominics nächste Frage riss sie aus ihren Erinnerungen.

Well, das ist schön. Sag mir, worauf bist du stolz in deinem Leben?

Was dieser Dominic für Fragen stellte! Fast ein bisschen zu persönlich. Aber interessant. Stolz? Worauf konnte sie stolz sein? Hatte sie je etwas Herausragendes geleistet? Nein. Alles war immer ganz normal gewesen. Immerhin: Sie hatte zwei wunderbare Menschen in die Welt gesetzt.

Der Stolz meines Lebens sind meine beiden Kinder, Julia und Lukas.

Das war eine angemessene Antwort, fand sie.

Das finde ich schön. Ich bin auch stolz auf meinen Sohn Sammy. Er ist tapfer und für sein Alter sehr verständig. Ich habe großen Respekt vor ihm. Pause. *Und was macht dich traurig, Chrissie?*

Wieder eine solch persönliche Frage. Christina wusste nicht, was sie darauf antworten sollte. Sie wich aufs Allgemeine aus.

Wenn ich mich in der Welt umschaue und sehe was passiert: Krieg und Gewalt und Leid und Tod. Und überall sind Soldaten wie du, die kämpfen und sterben müssen... sterben wofür? Kannst du mir das sagen?

Eine unfaire Frage an einen Soldaten im Einsatz, dachte Christina schuldbewusst. Was sollte Dominic darauf antworten?

Wir kämpfen, um aus der Welt einen besseren Platz zu machen für die junge Generation. Sie soll in einer besseren Welt leben. Wenn wir den Krieg hier ignorieren, werden wir ihn bald vor der eigenen Haustür haben. Und das wäre wirklich schlimm.

Natürlich, die Allgemeinplätze, die man immer wieder hörte.

Du bist ein Idealist, mein tapferer Soldat. Aber du musst wohl so denken und du hast vielleicht auch Recht. Ich respektiere und bewundere das, was du tust.

Ich danke dir sehr, my dear.

Wieder entstand eine kleine Pause. Christina hatte plötzlich keine Lust mehr, sich über solch ernste Themen zu unterhalten. Sie fragte, ob Dominic nicht etwas Lustiges wüsste, und sie fingen an, sich gegenseitig Witze zu erzählen.

Schließlich fiel Christinas Blick fiel auf die Uhr am Rande ihres Bildschirms. Halb eins! Seit anderthalb Stunden saß sie jetzt bereits hier und sprach mit dem Mann im fernen Afghanistan. Für ihn musste es doch bereits zwei oder drei Uhr sein!

Entschuldige bitte, Dominic, es ist schon spät. Wir sollten Schluss machen für heute.

Okay, my dear, entschuldige, dass ich so viel von deiner Zeit in Anspruch genommen habe! Wenn ich mit dir rede, vergesse ich alles. Du bist wirklich großartig, Chrissie!

Es ist sehr spät dort in Afghanistan. Du musst sehr müde sein.

Ja, ich bin ein bisschen müde. Ich muss früh aufstehen für meinen Dienst. Schreibst du mir morgen?

Ja. Gute Nacht, Dominic!

Okay. Ich wünsche dir eine gute Nacht und süße Träume, my dear.

Während Christina noch selbstvergessen auf den Bildschirm starrte, erschien in dem Chat-Fenster das wunderschöne Bild einer blauen Mondnacht über einem verträumten See, darüber der Schriftzug „Good night". Wie nett, dachte sie lächelnd. Was für ein netter Mann! Sie gähnte ausgiebig, schaltete den Computer aus und stand auf. Süße Träume. Die würde sie haben heute Nacht.

3

„Ich komme nicht mit, Stefan! Geh bitte allein." Christina saß in ihrer alten Schlabberhose und einem ausgeleierten Sweatshirt zusammengekauert in einer Ecke der Wohnzimmercouch und zog die Wolldecke über sich. „Sag einfach, ich hätte eine schlimme Erkältung oder Migräne. Bitte, Stefan!"

„Das kannst du nicht machen, Christina!"

Stefan kam, halb fertig zum Ausgehen angezogen, aus dem Schlafzimmer und blieb an der Tür stehen. „Simon ist schließlich dein Bruder und er feiert seinen sechzigsten Geburtstag. Da kannst du nicht einfach wegbleiben!" Er trat an die Couch heran und betrachtete Christina prüfend. „Du bist doch nicht wirklich krank, oder?"

Wortlos schüttelte sie den Kopf.

„Was ist nur los mit dir? Hast du etwa wieder deine Zustände?" Sein Gesicht hatte sich vor Ärger gerötet. „Also bitte! Nicht schon wieder!"

„Wenn du es so nennen willst", murmelte Christina. Sie wickelte sich fester in die Wolldecke und starrte auf den Fernseher, in dem mit abgestelltem Ton die Abendnachrichten liefen.

„Mein Gott, nun stell dich doch nicht so an!", sagte Stefan gereizt. Er zog an der Decke. „Komm, nun steh schon auf. Zieh dich an und mach dich hübsch!"

Christina hielt die Wolldecke fest und zog sie wie einen Schutzschild hoch bis unters Kinn. „Bitte, versteh doch, Stefan. Ich kann einfach nicht. Ich fühle mich nicht gut. Dieses ganze Getue. Ich hab einfach nicht den Nerv, den ganzen Abend mit der Verwandtschaft zusammen zu sein."

Mit hängenden Armen stand Stefan vor ihr und sah sie verständnislos an. Noch einmal startete er einen Versuch, sie zu überreden. „Es ist schließlich dein Bruder, Christina. Alle werden da sein: deine Schwägerinnen, deine Nichten und Neffen! Und Julia und Lukas sind natürlich auch da. Was soll ich ihnen denn sagen?"

„Ach, lass mich doch einfach in Ruhe, Stefan! Ich sage dir doch: Ich kann nicht!"

Christina vergrub sich in ihre Decke und drehte sich mit dem Gesicht zur Wand. Sie hörte, wie ihr Mann einen resignierten Seufzer ausstieß und das Wohnzimmer verließ. Heiß stiegen ihr die Tränen in die Augen. Armer Stefan, dachte sie. Was sie ihm zumutete, war wirklich zu viel. Aber sie konnte nicht anders. Ihr ganzer Körper war wie gelähmt, ihre Gliedmaßen schwer wie Blei. Völlig gefühllos ihr Inneres.

Sie wollte nur eines: Hier liegen und weinen. Später würde sie sich einen kitschigen Liebesfilm im Fernsehen ansehen, einige Gläser Wein trinken und hoffen, dass sie schlafen konnte. Vielleicht war morgen diese Depression ja schon wieder vorbei. Ach, wie sie diesen Zustand verabscheute, in dem sie sich wieder einmal befand! Diese Niedergeschlagenheit! Diese Lustlosigkeit! Sie wollte niemanden sehen, mit niemanden sprechen, nichts tun als hier liegen.

Dass es ausgerechnet heute passieren muss, an Simons Geburtstag, dachte sie. Aber vielleicht war die Geburtstagsfeier sogar der Grund für ihre Deprimiertheit. Manchmal konnte sie sie einfach nicht ertragen, die zur Schau getragene Fröhlichkeit ihrer Verwandtschaft. Alles war immer so harmonisch und so nett! Alle waren freundlich zueinander, jeder hatte dieses glückliche Lächeln im Gesicht. Nicht auszuhalten! Niemals wurde über das gesprochen, was hinter der intakten Fassade lauerte. Probleme, Krankheit oder andere Sorgen, so etwas gab es anscheinend in ihrer Familie nicht. Vielleicht war es ja tatsächlich so, musste sie sich eingestehen. Trotzdem: Heute konnte sie diese geballte Harmonie nicht aushalten. Nein, heute nicht!

Als Stefan gegangen war, er hatte wortlos das sorgfältig verpackte Geschenk und die Blumen genommen und die Tür hinter sich zugeschlagen, ließ Christina ihren Tränen freien Lauf. Wieso überkam sie immer wieder diese schreckliche Traurigkeit, fragte sie sich zum hundertsten Mal. Alle paar Wochen oder Monate, sie wusste gar nicht genau, wie oft, überfiel sie grundlos dieser lähmende, tieftraurige Zustand, in dem sie nichts anderes tun konnte als dazusitzen, sich abzuschotten gegen alles, was von draußen an sie herangetragen wurde, und sich alberne Liebesfilme anzugucken. Manchmal hielten diese Zustände tagelang an. Dann war es meistens Sanne, die kam und sie zwang, sich wieder aufzuraffen.

Das Telefon klingelte. War sie eingeschlafen? Christina sah auf ihre Armbanduhr. Eine Stunde war vergangen, seit Stefan weg war. Sicher rief ihre Schwägerin Marianne an, Simons dicke Frau, um sich nach ihrem Befinden zu erkundigen. Nein, sie konnte jetzt mit niemandem sprechen. Sie ließ das Telefon klingeln und stellte den Ton des Fernsehers an. Eine Reportage. Sie zappte so lange durch das Programm, bis sie einen Film fand, in dessen Handlung sie sich vertiefen konnte. „Falling in love" mit Meryl Streep und Robert de Niro. Dabei konnte sie mit den Protagonisten weinen; auf diese Weise hatten ihre Tränen wenigstens einen Grund. Genau das Richtige für ihre momentane Stimmung.

Jetzt brauchte sie nur noch ein Glas Wein. Sie schälte sich mühsam aus der Decke, lief auf Strümpfen in die Küche und holte sich eine Flasche Rotwein aus dem Weinregal. Auf dem Rückweg sah sie, dass in ihrem Arbeitszimmer noch das Licht brannte und der Computermonitor leuchtete. Das rote Icon, das eine eingegangene Nachricht anzeigte, fiel ihr ins Auge. Dominic J. Anderson!! Ihn hatte sie ganz vergessen. Seit vorgestern hatte sie sich nicht mehr bei ihm gemeldet. Eigentlich sehr unhöflich von ihr, wo er immer so nett zu ihr war. Ob sie einmal nachschaute, was er geschrieben hatte? Sie brauchte ja nicht mit ihm zu chatten, wenn ihr nicht danach zumute war.

Sie öffnete den Messenger. Dominic hatte wieder hübsche, liebevolle Morgen- und Abendgrüße geschickt, auf die sie nicht geantwortet hatte. Augenblicklich meldete sich ihr schlechtes Gewissen.

Good evening, Chrissie! Bist du da?
lautete seine letzte Nachricht, die er vor ein paar Minuten geschickt hatte. Er war online, wie sie an dem grünen Punkt neben seinem Namen sah. Da auch er erkennen konnte, dass sie ihren Facebook-Account geöffnet hatte, wäre es sehr unhöflich gewesen, nicht zu antworten. Wer weiß, dachte sie, vielleicht konnte dieser nette Mann sie aus ihrer depressiven Stimmung herausholen.

Ja, ich bin hier, Dominic! Guten Abend.
Seine Antwort kam umgehend.

Ich freue mich, von dir zu hören, my dear. Ich habe dich vermisst. Wie geht es dir?

Wie es mir geht, willst du wissen, dachte Christina. Schlecht, miserabel, scheußlich geht es mir. Und frag bloß nicht, warum. Ich weiß es nicht. Das ist ja das Schreckliche.

Ich bin ein bisschen krank, nichts weiter, schrieb sie.

Oh. Das tut mir leid. Hoffentlich geht es dir bald wieder besser. Kann ich etwas für dich tun?

Eigentlich nicht. Erzähl mit etwas Nettes. Etwas, das mich aufheitert.

Okay. Mal sehen ob mir etwas einfällt.

Eine Pause entstand. Christina sah an der Wellenlinie, dass Dominic etwas schrieb. Gespannt wartete sie.

Ich werde dir ein wenig von meiner Heimat Kalifornien erzählen. Ich lebe in San Francisco. Wenn ich Urlaub bekomme, werde ich mit Sammy Ferien machen. Ich freue mich schon sehr darauf, ihn wiederzusehen. Er ist dort im Internat. Er fühlt sich wohl dort, aber ich bin sicher, er vermisst mich genauso wie ich ihn. Kennst du San Francisco, Chrissie? Es gibt einen sehr schönen Strand dort. Man kann alles Mögliche unternehmen: Schwimmen, Surfen, Joggen, Reiten oder einfach in der Sonne liegen. Meistens ist das Wetter schön. – Ich hoffe, ich langweile dich nicht, my dear?

Christina musste lächeln. Wie nett, sein Versuch, sie abzulenken! San Francisco: Was für ein Traum!

Wie gern würde ich dort bei euch sein, Dominic!

Wer weiß, vielleicht kommst du uns eines Tages besuchen, Chrissie.

Ja, das wäre schön.

Sie trank einen Schluck Wein und fühlte, dass sie schläfrig wurde. Am besten, sie ginge jetzt ins Bett. Irgendwie fühlte sie sich besser. Vielleicht ist diese depressive Phase morgen schon wieder vorbei, dachte sie. Sie verabschiedete sich von Dominic, der ihr gute Besserung wünschte, wartete, bis sein übliches Gute-Nacht-Bild erschien und stellte den Computer aus.

4

Ein leises Kichern hinter ihrem Rücken ließ Christina zusammenfahren. Schnell drehte sie sich um. Wie lange hatte sie schon hier am Fenster gestanden und auf den Schulhof hinausgeschaut, ohne ihn wirklich zu sehen? Hatte sie etwa vor sich hingelächelt und einer der Zwölftklässler hatte es gesehen und deshalb gelacht? Ihr Blick glitt über die gesenkten Köpfe der Schülerinnen und Schüler hinweg, die anscheinend vollauf mit ihren Klausuraufgaben beschäftigt waren. Christina versuchte, sich auf ihre Pflicht als Aufsicht führende Lehrerin zu konzentrieren und rief sich innerlich zur Ordnung. Sie durfte sich nicht ständig in diesen Tagträumen verlieren! Immer wieder ertappte sie sich dabei, dass ihre Gedanken um die Gespräche mit Dominic kreisten. Seit nunmehr gut einer Woche standen sie in ständiger Verbindung miteinander. Meistens spät abends, wenn Stefan sich seine Lieblingsfilme im Fernsehen oder als DVD ansah und sie allein in ihrem Arbeitszimmer an ihren Unterrichtsvorbereitungen oder Korrekturen arbeitete. Angeblich, denn die Gespräche mit Dominic nahmen einen Großteil der Zeit ein, die sie dort verbrachte. Die Gespräche, die immer persönlicher und intensiver wurden und die Christina kaum erwarten konnte. Jeden Morgen schaute sie als Erstes nach, ob wieder einer der wunderbaren Morgengrüße eingetroffen war: Ein bezauberndes Bild mit Blumen, einem Frühstücksarrangement und einem freundlichen Good morning! Hope you have a beautiful day! Dazu ein Gedicht oder ein paar fröhliche, aufmunternde Sätze, wie heute Morgen:

Meine Liebe, schau aus dem Fenster und tauche ein in den strahlenden Sonnenschein. Vergiss die Wolken und die Schatten, die Zweifel und die Furcht vor Fehlern. Das Leben erwartet dich in seiner ganzen Fülle. Ein neuer Tag bricht an und eine neue Woche. Heute ist der erste Tag der Woche, Chrissie, fang den Tag mit Freude und Hoffnung an und alles wird gut sein. Guten Morgen, liebe Chrissie, ich wünsche dir eine gesegnete Woche. Danke, dass du so viel Glück und Freude in mein Leben bringst.

Christina liebte diese Morgenbotschaften und freute sich jedes Mal darauf. Zwar nahm sie an, dass Dominic sich die Grußworte nicht selbst ausdachte, sondern irgendwo im Internet eine Quelle dafür gefunden hatte, ebenso wie für die dazugehörigen Bilder, dennoch versah er die Texte immer mit ein paar persönlichen Sätzen, die an sie, Christina, gerichtet waren.

Christina schaute auf ihre Armbanduhr. „Noch 10 Minuten. Sie müssen langsam zum Ende kommen", sagte sie. Ein Stöhnen ging durch die Reihen. Einige Schüler beugten ihre Köpfe mit gesteigertem Eifer über ihre Arbeit, andere fingen an, die einzelnen Blätter zu ordnen und zusammenzulegen. Eine allgemeine Unruhe entstand. Langsam ging Christina durch die Tischreihen und warf hier und da einen Blick auf die Arbeitsergebnisse ihrer Schüler. Nina hatte mal wieder endlos viele Seiten mit ihrer akribischen Handschrift bedeckt, registrierte sie im Vorbeigehen, während Joshua mit seiner entsetzlichen Klaue ihr wie immer mühevolles Rätselraten aufgeben würde. Die Korrektur dieser vierstündigen Leistungskursklausur würde sie etliche Abende und bestimmt ein ganzes Wochenende kosten, dachte sie innerlich seufzend.

Der Gong ertönte.

„So, die Zeit ist um. Bitte geben Sie Ihre Arbeiten zusammen mit allen Unterlagen hier bei mir ab."

Während sie die Arbeiten der Schüler in Empfang nahm und hier und da eine freundliche Bemerkung dazu machte, wanderten Christinas Gedanken zurück zu dem gestrigen Gespräch mit Dominic Anderson.

Was ist das Hauptziel, das du in deinem Leben anstrebst, hatte er gefragt.

Sie war einer Antwort ausgewichen, weil sie gespürt hatte, dass diese Frage an einen wunden Punkt in ihrer Seele rührte.

Du bist wirklich ein Philosoph, Dominic, hatte sie geantwortet. *Lass mich darüber nachdenken. Vielleicht kann ich dir diese Frage später beantworten. Ich nehme an, du hast für dich schon eine Antwort gefunden?*

Also, für mich ist das erste Ziel, ein besseres Leben für Sammy zu finden, für eine gute Ausbildung für ihn zu sorgen, so dass er später ein glückliches Leben führen kann. Und ich wünsche mir, mich mit der richtigen Frau irgendwo niederzulassen, ein glückliches Heim zu haben mit einer Frau, die zu mir gehört und die meine Seelenverwandte ist.

Oh ja, ich verstehe, Dominic. Das ist das, was wir uns alle wünschen vom Leben. Glücklich zu sein mit dem Menschen, den wir lieben. Keine Sorgen oder Probleme zu haben. Gesund zu sein und in Frieden alt zu werden.

Nicht immer verliefen ihre Unterhaltungen so ernsthaft. Oft tauschten sie sich über tägliche Ereignisse aus, Belanglosigkeiten, zum Beispiel, was es zum Mittagessen gegeben hatte oder welche Musik sie gerne hörten oder welche Filme sie bevorzugten. Christina erfuhr, dass Dominic gerne Golf spielte (was sie nicht tat), dass er Abenteuer- und Actionfilme liebte, (während sie Beziehungsfilme oder auch Science Fiktion mochte). Aber gerade diese Alltäglichkeiten empfand Christina als sehr vertraulich. Sie hatte das Gefühl, diesen Menschen auf einer Ebene kennenzulernen, die weit tiefer ging als oberflächliches Herumgeplänkel. Sie war sich sicher, bei diesem Mann ganz ehrlich sein zu dürfen, nicht irgendeinen Schein wahren oder Konventionen genügen zu müssen. Es hatte etwas ungeheuer Reizvolles, nur sie selbst sein zu dürfen.

„Julia hat angerufen", teilte Stefan ihr beim Mittagessen mit. Manchmal, wenn er es einrichten konnte, kam er mittags aus dem Rathaus nach Hause und bereitete die Mittagsmahlzeit für sie beide zu, wenn sie nach dem Vormittagsunterricht nach Hause kam. Hatte sie nachmittags Unterricht, war die Mittagspause zu knapp, so dass Stefan und sie abends gemeinsam etwas Warmes aßen. Christine empfand es als enorme Entlastung, nicht für das Essen sorgen zu müssen und nahm gern in Kauf, dass Stefans Kochkünste manchmal zu wünschen übrig ließen, besonders wenn er, wie seit Kurzem, mit vegetarischen Gerichten herumexperimentierte.

„So? Was wollte sie denn?"

Stefan schluckte den Bissen Nudel-Schinken-Gratin hinunter, den er gerade im Mund hatte, und nahm einen Schluck Mineralwasser, bevor er antwortete.

„Weiß nicht. Sie fragte, ob du heute Nachmittag Zeit für sie hättest. Du hast doch keine Konferenz, oder?"

Christine schüttelte den Kopf. „Schmeckt übrigens lecker, der Auflauf", sagte sie. Aufläufe, besonders die mit Käse überbackenen, waren Stefans Spezialität und sie wusste, wie sehr er sich über ein Lob freute. „Wie klang sie denn?"

„Irgendwie komisch. Wahrscheinlich wieder Liebeskummer oder sowas."

„Ach, die Arme! Sie wird doch nicht schon wieder Probleme mit ihrem Freund haben, diesem … wie hieß er noch? Fredi?"

Christina erinnerte sich nur noch flüchtig an die wenigen Gelegenheiten, bei denen sie den derzeitigen Freund ihrer Tochter gesehen hatte. Über ein höfliches Hallo und Tschüss war die Bekanntschaft nicht hinausgegangen. „Na ja. Ich werde schnell noch einen Kuchen backen. Meistens hilft etwas Süßes über den Kummer am besten hinweg."

Es war tatsächlich Liebeskummer, der die fünfundzwanzigjährige Julia zu ihrer Mutter führte. Christine sah sofort die Traurigkeit im Gesicht ihrer Tochter. Ihre Augen sahen aus, als hätte sie vor Kurzem geweint, und der schmerzliche Zug um den jungen Mund sprach Bände.

„Nett, dass du mal wieder vorbeischaust, Kleines. Setz dich schon mal. Ich bereite schnell den Kaffee zu."

Julia ließ sich erschöpft auf einen Stuhl fallen. Auf dem Küchentisch hatte Christina den noch warmen Marmorkuchen und zwei Gedecke bereitgestellt.

„Du siehst müde aus. Was macht die Arbeit?"

„Alles in Ordnung", lautete die einsilbige Antwort. Julia stützte ihr Kinn auf die Hand und starrte zum Fenster hinaus auf den Vorgarten, der jetzt im Februar nicht viel zum Anschauen bot. Das trübe, graue Wetter schien ausgezeichnet zu ihrer Stimmung zu passen.

Während Christina die Kaffeemaschine mit Wasser und Kaffeemehl füllte, musterte sie ihre Tochter verstohlen. Das dunkelgraue, eng geschnittene Kostüm und die dezent gemusterte Bluse ließen ihre Tochter ein wenig wie eine Stewardess aussehen, fand sie, aber der Dresscode der Bank, bei der Julia angestellt war, verlangte diese seriöse Kleidung. Julia trug ihre dunkelblonden Haare zu einer einfachen Zopffrisur hochgesteckt, die ihre glatte Stirn freiließ. Die modische Brille gab ihrem rundlichen Gesicht etwas Intellektuelles, das eigentlich gar nicht zum Wesen ihrer Tochter passte, wie Christina meinte. Das Schönste an dem sonst eher unscheinbaren Gesicht Julias waren ihre vergissmeinnichtblauen Augen, die sie von ihrem Vater geerbt hatte. Leider wirkten diese Augen jetzt tieftraurig, stellte Christina mitleidig fest.

Inzwischen füllte der langsam durchlaufende Kaffee die Küche mit einem aromatischen Duft.

„Nun sag schon, Julia, was ist denn passiert? Du kommst mich doch nicht ohne Grund an einem gewöhnlichen Wochentag besuchen."

Julia wandte ihr das Gesicht zu. In ihren Augen standen Tränen.

„Es ist aus mit Fredi, Mama. Er hat eine andere!"

Christina setzte die Kaffeekanne ab, aus der sie gerade die Tassen gefüllt hatte, trat zu ihrer Tochter und nahm sie in die Arme. „Ach, mein Kleines. Das tut mir leid!", sagte sie, während sie unablässig Julias Rücken streichelte. Heftiges

Schluchzen schüttelte den schmalen Oberkörper der jungen Frau. Christina fühlte, wie der Schmerz ihrer Tochter ihr das Herz schwer machte. Dass Julia aber auch nie Glück hatte mit ihren Partnern! Stets blieb sie als Verlassene oder Betrogene aus den Beziehungen zurück. Dies war nun das dritte Mal, dass ihr das passierte. „Magst du mir erzählen, was genau passiert ist?"

Sie schob die immer noch weinende Julia ein Stückchen von sich, umfasste mit beiden Händen das runde Gesicht ihrer Tochter und suchte ihren Blick. „Komm, so schlimm kann es doch gar nicht sein", sagte sie sanft. Julia beruhigte sich ein wenig. Sie schaute ihre Mutter aus todunglücklichen tränennassen Augen an.

„Doch", schniefte sie. Vergeblich suchte sie in den Taschen ihrer Jacke nach einem Tempo. Christina riss ein Küchentuch von der Rolle und reichte es ihr. Julia wischte sich die Tränen ab und putzte sich die Nase. Stockend und immer wieder von verzweifelten Schluchzern unterbrochen erzählte sie, wie sie ihren geliebten Fredi mit einer anderen, noch dazu mit einer Kollegin von ihr, im Auto erwischt hatte nach dem Betriebsfest am gestrigen Abend. „Dabei habe ich ihn noch selbst mit ihr bekanntgemacht", schluchzte sie, „ich dumme Kuh!"

Christina schüttelte teilnahmsvoll den Kopf. Was gab es dazu zu sagen?

„Mama, warum habe ich kein Glück mit den Männern? Warum muss so etwas immer mir passieren?"

Christina wusste darauf keine Antwort.

„Nun trink erst einmal deinen Kaffee und iss ein Stück Kuchen. Dann fühlst du dich gleich besser, mein Kleines."

Gehorsam folgte Julia ihrem Rat. Nachdenklich betrachtete Christina ihre Tochter, die mit großen Bissen den tröstlichen Kuchen in sich hineinstopfte. Wenn sie so weitermacht mit ihren unglücklichen Liebesaffären, wird sie noch auseinandergehen wie ein Hefeteig, dachte Christina mit grimmigem Humor. Ja, warum passierten Julia solche Dinge? Lag es daran, dass sie sich die falschen Männer aussuchte? Männer, die von Treue nicht viel hielten? Oder lag es daran, dass Julia bei jeder neuen Bekanntschaft immer gleich glaubte, den Mann fürs Leben gefunden zu haben und ihre Erwartungen zu hoch schraubte? Und zu sehr klammerte, so dass die Männer bei der ersten Gelegenheit die Flucht ergriffen?

„Du wirst eines Tages den Richtigen finden, Liebling", versuchte sie ihre Tochter zu trösten. „Bis dahin amüsiere dich doch ein bisschen und nimm nicht gleich jeden Flirt so ernst. Du bist ja noch jung."

Als Julia nach einer Stunde und einem weiteren Stück Marmorkuchen einigermaßen wiederhergestellt das Haus verließ, um in ihre eigene kleine Wohnung in der Nachbarstadt zurückzukehren, setzte sich Christina an ihren Computer und rief ihre Facebookseite auf. Sie freute sich darauf, Dominic Anderson anzutreffen, aber er war zu ihrer großen Enttäuschung nicht online. Natürlich, sagte sie sich, er hat Dienst. Wer weiß, was dort auf seinem Stützpunkt in Afghanistan los ist. Seufzend wandte sie sich dem Stapel Hefte zu, der auf ihrem Schreibtisch darauf wartete, korrigiert zu werden. Heute Abend würde Dominic sicher da sein, sagte sie sich. Sie wunderte sich ein wenig, wie sehr sie sich darauf freute.

Als sie spät am Abend endlich das rote Icon aufleuchten sah und das Chat-Fenster öffnete, klopfte ihr Herz vor Vorfreude auf die Unterhaltung mit dem Amerikaner. Nach den üblichen Begrüßungsfloskeln stellte er wieder seine überraschenden Fragen, die sie zum Nachdenken über sich selbst und ihr Leben brachten. Dabei sprang er oft von einem Thema zum anderen, ohne dass Christina einen Zusammenhang erkennen konnte. Anscheinend sprach er ganz spontan von dem, was ihm gerade einfiel. Es störte sie nicht, im Gegenteil, sie fand es spannend und anregend, ihm in seinen Gedankengängen zu folgen.

Sag mir, wer ist dein bester Freund, my dear?

Hm, lass mich überlegen. In erster Linie sind die Familienmitglieder meine besten Freunde.

Ich verstehe. Aber Familie ist Familie. Ich meine, hast du eine gute Freundin?

Ja, die habe ich. Sie heißt Susanne, aber alle nennen sie Sanne. Ihr kann ich alles anvertrauen.

Gut. Ich habe auch einen besten Freund. Er ist Militärarzt. Leider ist er woanders stationiert als ich. Ich vermisse die Gespräche mit ihm.

Das kann ich gut verstehen. Man braucht jemanden, mit dem man alles bereden kann.

Ja. Deshalb bin ich so glücklich, dich zu haben, meine Chrissie!

Das freut mich. Ich unterhalte mich auch gerne mit dir, Dominic!

Ach ja, Susanne, dachte Christina. Seit sie beide zusammen studiert hatten, war Susanne ihre Freundin. Wie oft hatte Sanne ihr schon beigestanden, wenn es ihr, Christina, nicht gut ging. Wenn sie wieder einmal eine ihrer „Zustände" hatte und tagelang nur herumsaß, sich in Liebesromane vertiefte, schnulzige Filme ansah und ein Glas Wein nach dem anderen trank, alles nur, um diese Traurigkeit zu überwinden, die sich wie ein schweres Tuch über ihre Seele legte. Eine Traurigkeit, von der sie nicht wusste, woher sie kam, die sie sich nicht erklären konnte und der sie deshalb umso hilfloser ausgeliefert war. Stefan rief dann in der Schule an und meldete sie krank. „Stress", sagte er, „das ist dieser Stress mit den Schülern und dem ganzen Schulbetrieb. Kein Wunder, es wird ja immer schwieriger mit den Jugendlichen heutzutage. Du musst dich nur einmal richtig ausruhen, dann geht es schon wieder." Aber Christina wusste tief in ihrem Innern, dass es etwas anderes war, das an ihr nagte, etwas Namenloses, das sie nicht greifen konnte. Sanne war es, die sie jedes Mal nach ein paar Tagen vom Sofa zerrte, sie zwang, sich ordentlich anzuziehen und zurechtzumachen und mit ihr irgendwo hinfuhr, an die Nordsee oder ins Grüne, ihr vor Augen führte, wie gut sie es hatte mit ihrem Mann, der sie liebte, den wohlgeratenen, auf eigenen Füßen stehenden Kindern und dem schönen Zuhause. Christina wusste, dass das alles in den Augen von Susanne so wertvoll war, weil es das war, was sie selbst, Susanne, nach zwei gescheiterten Ehen und drei Fehlgeburten nicht besaß. Jedenfalls schaffte Susanne es auf diese Weise, sie aus ihrer Depression herauszuholen, so dass sie wieder funktionierte.

Erzähl mir, was ist deine schönste Kindheitserinnerung, Chrissie?

Dominics Frage riss sie aus ihren Grübeleien. Immer wieder überraschte er sie mit Fragen über ihr persönliches Leben. Wer sonst interessierte sich für ihre Kindheitserinnerungen? Sie freute sich über seine Wissbegierde und bemühte sich, alle seine Fragen gewissenhaft zu beantworten.

Ich erinnere mich noch genau. Es war mein 10. Geburtstag. Meine Eltern schenkten mir eine kleine automatische Fotokamera, hochmodern und ganz einfach zu bedienen. Man konnte mit ihr spezielle Nahaufnahmen machen und sogar bei Dunkelheit fotografieren ohne Blitzlicht, wenn nur ganz wenig Licht vorhanden war. Damals wurde mir klar, was ich einmal werden wollte: Fotografin. Ich weiß noch, wie ich, auf dem Bauch im Gras liegend, einen Marienkäfer fotografiert habe, der auf einem schwankenden Grashalm saß. Es war ein wunderschönes Foto und ich war glücklich und stolz.

My dear, das ist wirklich eine wunderbare Erinnerung. Aber du bist Lehrerin geworden, nicht Fotografin. Warum?

Christina runzelte die Stirn. Ja, warum bin ich nicht Fotografin geworden, fragte sie sich selbst. Es war doch ihr großer Wunsch gewesen, zu reisen und die Welt in Bildern festzuhalten.

Es hat sich nicht ergeben. Manchmal läuft es im Leben eben nicht so, wie man es sich erträumt.

Wieder einmal war sie einer Frage Dominics ausgewichen, musste sie sich eingestehen. Warum fiel es ihr nur so schwer, sich Rechenschaft über die Beweggründe für ihre eigenen Entscheidungen zu geben?

Schade, my dear, sagte er, man sollte seine Träume niemals aufgeben.

Plötzlich schoss Ärger in Christina hoch. Was fiel diesem Mann ein, ihr Vorwürfe zu machen? Was wusste er schon von ihrem Leben?

Ich muss jetzt aufhören, Dominic. Keine Zeit mehr, schrieb sie und schloss den Chat, ohne auf seine Antwort zu warten.

5

Die Unterhaltungen mit Dominic Anderson nahmen allmählich immer mehr Raum ein in Christinas Leben, obwohl sie sich manchmal durch die Fragen, die Dominic stellte, allzu sehr bedrängt fühlte.

Erzähl mir, was dich glücklich macht, Chrissie.

Was mich glücklich macht? Lass mich nachdenken. Das ist gar nicht so leicht zu beantworten. Was macht DICH glücklich?

Es ist klar, es gibt eine Menge Dinge, die uns alle glücklich machen., aber sicher verstehst du, dass es manches gibt, was einige Menschen besonders glücklich macht. Es könnte die Arbeit sein, oder die Familie oder ein Hobby. Verstehst du, was ich meine, Chrissie?

Ich verstehe. Und was ist es, was dich glücklich macht?

Ich bin glücklich, wenn ich weiß, dass ich das Richtige tue. Und wenn ich mit meinem Sohn zusammen bin.

Wenn du das Richtige tust, aha! Bist du religiös, Dominic?

Also, ich würde sagen, ich bin nicht besonders religiös, aber ich bin römisch-katholisch erzogen worden. Es ist schon lange her, dass ich in einer Kirche war. Aber ich bemühe mich, das Richtige zu tun.

Wieder einmal war Christina Dominics Frage ausgewichen, stellte sie fest. Was für Fragen dieser Mann aber auch stellte! Fragen, über die sie lange nicht mehr nachgedacht hatte. Und die gar nicht leicht zu beantworten waren, wenn sie ehrlich war. Glücklich? Gut, sie war zufrieden, natürlich. Sie hatte alles, was sie jemals gewollt hatte: Einen netten Ehemann, eine intakte Familie, einen Beruf, der sie ausfüllte. Glück? War das nicht das, was sie hatte? Sie konnte sich doch wirklich nicht beklagen. Natürlich war sie glücklich. Aber was war mit ihren „Zuständen"? Wäre es nicht angebracht, endlich der Ursache dieser merkwürdigen Deprimiertheit auf den Grund zu gehen? Es war doch nicht normal, oder? Sollte sie vielleicht einmal einen Therapeuten aufsuchen? Der Gedanke bereitete ihr Unbehagen. Unwillig schob sie ihn beiseite.

Sag mir, was ist das Schlimmste, was dir jemals widerfahren ist?

Das ist eine sehr persönliche Frage, Dominic. Vielleicht beantworte ich sie dir später einmal.

Okay. Also, das Schlimmste, was mir passiert ist, als ich jung war, war der Tod meiner Mutter. Es kam sehr plötzlich für mich und ich fühlte mich so allein auf der Welt.

Ja, der Tod eines geliebten Menschen ist immer schwer zu ertragen. Wie alt warst du, als deine Mutter starb?

Ich war sechzehn Jahre alt. Es war kurz nachdem ich zu meinem Onkel in die USA gezogen bin. Es war, als ob sie geahnt hätte, was mit ihr geschehen würde. Sie hatte Krebs. Sie hat mich in ein besseres Leben geschickt. Es war wirklich eine schwere Zeit für mich. Aber ich bin glücklich, dass ich im Leben erfolgreich war, so wie sie es sich erträumt hat.

Was ist mit deinem Vater?

Mein Vater war sehr streng, aber er war immer für seine Familie da. Er versorgte uns mit allem, was wir brauchten zum Leben und für die Schule. Er war dauernd beruflich unterwegs und kaum zu Hause. Er ist vor fünfzehn Jahren gestorben. Ich liebte und respektierte ihn als meinen Vater, aber meine Mutter war meine beste Freundin. Sie gab mir die Liebe und die Fürsorge, die ich brauchte.

Die Frage nach dem Schlimmsten, was ihr passiert war, ließ Christina lange keine Ruhe. Sie würde sie nie vergessen, die Gewalterfahrung, die sie erlebt hatte als junge Frau. Natürlich konnte sie selbst mit Dominic nicht darüber reden. Dass er daran gerührt hatte mit seiner Frage, ließ sie alles noch einmal erleben, als sei es gestern erst geschehen. Es war zu Beginn ihres Studiums in Hamburg. Sie hatte tatsächlich angefangen, Fotografie und Journalistik zu studieren; ihr Ziel war es, um die Welt zu reisen, Fotos von außergewöhnlichen Landschaften, Menschen und Tieren zu machen und darüber in Bildbänden zu berichten. Der studentische Betrieb in der Großstadt schüchterte sie als unerfahrenes Mädchen vom Lande ein, und so war es kein Wunder, dass sie sich in René verliebte, einen selbstsicheren älteren Kommilitonen aus dem Elsass, sich verliebte mit all der Leidenschaftlichkeit und Unbedingtheit ihrer neunzehn Jahre. Als sie erfuhr, dass er verheiratet war, versuchte sie sich von ihm zu trennen, was ihr nicht gelang. Wenn sie später darüber nachdachte, erkannte sie, dass sie in eine Art Hörigkeit von ihm geraten war, aus der sie sich nicht befreien konnte. Sie ließ es zu, dass sie immer mehr von seiner Zuwendung abhängig wurde, ließ zu, dass er sie von ihren Kommilitonen isolierte, sie bedrohte und beschimpfte, wenn sie seinen strikten Anordnungen nicht folgte, sie demütigte und schließlich anfing, sie zu ohrfeigen und zu misshandeln. Ganz allmählich erstarb ihre Liebe zu ihm und sie versuchte sich von ihm zu lösen. Das verstärkte jedoch seine Eifersucht und seinen Besitzanspruch und verschlimmerte die Misshandlungen, die regelmäßig mit einer Vergewaltigung, die er offensichtlich als Versöhnung begriff, endeten. Schließlich, nach Wochen, vertraute sie sich ihrer Freundin Sanne an, die sie mit Hilfe eines Kommilitonen namens Stefan Wegner, der schon lange in sie, Christina, verliebt war, aus ihrem psychischen Gefängnis befreite. Sie schämte sich unendlich für alles, was sie erlitten hatte, unbegreiflicherweise, war unfähig, über das Erlebte zu sprechen und bemühte sich mit aller Macht, es möglichst schnell zu vergessen. Ihre Dankbarkeit gegenüber Sanne und Stefan war überwältigend, und es war kein Wunder, dass sie sich schließlich in den stets höflichen, fürsorglichen und liebevollen Stefan verliebte. Seltsam, dachte Christina, ich habe später über diese Episode nie mit irgendjemanden geredet, nicht einmal mit Stefan. Wir haben so getan, als sei das alles gar nicht geschehen. Wenn sie jetzt, durch die Frage Dominics daran erinnert, über diese Zeit ihres Lebens nachdachte, bemerkte sie, wie sehr die Erinnerung daran sie schmerzte, wie eine Wunde, die auch nach den vielen Jahren, die seither vergangen waren, immer noch nicht verheilt war.

6

Wenn sie nachts schlaflos im Bett lag, wunderte Christina sich darüber, wie sehr die online-Beziehung zu dem Soldaten in Afghanistan ihr Leben veränderte. Zwar wurde ihr konkreter Alltag kaum davon berührt, aber ihr Gefühlsleben orientierte sich vollständig auf ihn. Sie fand es beunruhigend und beglückend zugleich, wie sehr sie sich auf die täglichen Gespräche mit Dominic Anderson freute. Sie liebte seine manchmal poetischen, manchmal philosophischen Morgengrüße und freute sich an den schönen Bildern, die er ihr am Abend als Gute-Nacht-Gruß schickte. Sie empfand sein ‚My dearest' und sein ‚dear Chrissie' wie eine Liebkosung und spürte geradezu, wie sehr er sie mochte. Je mehr sie über ihn und seine Tätigkeit in dem krisengeschüttelten Land erfuhr, desto mehr bewunderte sie seine sensible Art, mit ihr zu sprechen und auf ihre Befindlichkeiten einzugehen.

Immer wieder betrachtete sie sein sympathisches Gesicht mit dem freundlichen, etwas schiefen Grinsen auf dem Foto bei Facebook. Auch die weiteren Bilder, die er ihr schickte und die ihn als liebevollen Vater mit seinem kleinen Sohn oder als kampfbereiten Soldaten mit seinen Kameraden zeigten, gaben ihr das Gefühl, diesen Mann schon lange zu kennen.

Auf seine Bitte hin schickte sie ihm einige Fotos von sich, auf die er jedes Mal mit einem Kompliment reagierte. Natürlich wusste sie, dass sein 'you are so beautyful, my dear' übertrieben war, aber seine Freundlichkeit war wie ein sanftes Streicheln auf ihrer Haut. Lange stand sie vor dem Spiegel im Badezimmer und prüfte ihr Aussehen. *Beautiful?* Sie hatte sich nie als besonders hübsch empfunden. Sie fand, ihre Nase sei zu groß, das Kinn zu eckig und das linke Ohr stand ein wenig ab. Das Ausdrucksstärkste an ihr waren ihre großen Augen, deren sanftes Rehbraun zu ihren Haaren passte, die ihre Stirn freiließen und ihr Gesicht umrahmten. Die geraden, kräftigen Augenbrauen gaben ihrem Gesicht einen eigenwilligen und, wie sie selbst fand, strengen Ausdruck, und die Spuren ihres Alters waren nicht zu übersehen. In ihrem dunkelbraunen Haar zeigten sich die ersten grauen Fäden, zwischen den Brauen zeugten zwei steile Falten davon, wie oft sie sie ärgerlich zusammenzog, und die Kieferlinie hatte an Straffheit verloren. *Du bist eine solch schöne Frau, Chrissie!* Unwillkürlich ließ der Gedanke an dieses liebenswürdige Kompliment sie lächeln, und plötzlich sah das Gesicht im Spiegel um Jahre jünger und schöner aus.

Die sparsamen Beschreibungen seines Alltags in dem Camp erfüllten sie mehr und mehr mit Sorge um seine Sicherheit.

Dominic, du bist immer derjenige, der mich etwas fragt. Ich wünschte mir, du würdest mir etwas mehr darüber erzählen, wie dein Alltag dort drüben aussieht. Was siehst du, wenn du mit deinen Männern auf Patrouille gehst? Wie ist die Situation dort? Was macht ihr in eurer freien Zeit?

Well, ich spreche nicht gern über meine Arbeit, denn sie ist nicht sehr erfreulich. Wir werden mit Angriffen konfrontiert von den Terroristen, und manchmal gibt es Tote. Das Leben hier ist nicht für jedermann geeignet, und es kann sein, dass du unsere Aufgabe hier nicht verstehst.

Ich verstehe, was du meinst. Ich denke oft über dieses schreckliche Land nach, besonders über die Situation der Frauen dort. Glaubst du, dass der Einfluss des Westens etwas bewirken wird?

Also, ich würde nicht sagen, dass wir schon großen Erfolg hatten, aber die Straßen sind sicherer geworden und einige Menschen sind wieder zurückgekehrt in ihre Häuser, die sie verlassen haben, als der Krieg kam. Also denke ich, es wird besser, aber es geht sehr langsam.

Ich sehe, du bist optimistisch. Auch ein kleiner Erfolg ist wertvoll. Man sollte niemals aufgeben. Manchmal mache ich mir Sorgen um dich und deine Leute.

Bitte, my dear, beunruhige dich nicht. Wir sind gut gerüstet für die Auseinandersetzungen mit den Taliban. Danke, dass du dir Sorgen um mich machst. Du bist eine liebevolle, wunderbare Frau! Ich bin so glücklich, dass ich dich habe.

Christina erzählte ihm von ihrer Liebe zur Natur und ihrer Sorge wegen der Umweltverschmutzung und erfuhr, dass auch er es bedauerte, dass die Menschen oft so unbedacht mit dem Planeten umgingen. Sie schilderte ihm, wie schön es am Nordseestrand sei, wenn das Wasser bei Flut langsam steige, und wie sehr sie es liebe, am frühen Morgen durch den Wald zu joggen und ihren Gedanken freien Lauf zu lassen. Er erzählte ihr vom Strand in San Francisco und wie erfrischend die Meeresbrise bei heißem Wetter sei. Sie fragte ihn nach seinem Musikgeschmack und ob er ein guter Tänzer sei, und erfuhr nach einem langem *Hmmm*, er würde sagen, er könne sich im Rhythmus der Musik bewegen, aber er habe keine Ahnung von einzelnen

Tanzstilen. Sie bot ihm an, ihm das Tanzen beizubringen, wenn sich die Gelegenheit ergäbe, (*Smily*) und er beteuerte, wie glücklich es ihn machen würde, von ihr das Tanzen zu lernen. Mit einem Smily machten beide Seiten jeweils deutlich, dass das Gesagte nicht ganz ernst gemeint sei.

Immer wieder wunderte Christina sich darüber, wie schnell die Zeit verging, wenn sie mit Dominic Anderson chattete, und wie glücklich sie sich dabei fühlte. Wenn er längere Zeit nicht online war, fing sie an, sich Sorgen um ihn zu machen.

Ich konnte dir gestern nicht schreiben, meine Chrissie. Wir waren den ganzen Tag draußen. Ich habe dich vermisst und dauernd an dich gedacht, Liebes.

Das ist nett. Ich habe auch an dich gedacht.

Wir haben dreißig Minuten unter Feuer gelegen, als wir ein illegales Waffenlager ausgehoben haben. Die Taliban haben uns angegriffen, um es zurückzuerobern, aber es ist ihnen nicht gelungen.

Oh! Ist alles gut gegangen? Bist du unverletzt?

Ich habe mir das Knie verletzt, aber der Doktor sagt, ich brauche nur etwas Ruhe, dann ist es wieder gut.

Ach! Hast du Schmerzen?

Hey, come on! Es ist nur eine Kleinigkeit. Halb so schlimm.

Mein braver, tapferer Soldat! (Smily)

Wir tun was wir können, um den Frieden zu sichern, hier und überall auf der Welt. Es ist schrecklich für mich zu denken, dass manche Menschen anscheinend nur Chaos und Leid wollen.

Ich bewundere eure Arbeit, Dominic. Ihr setzt euer Leben ein, um die Welt ein bisschen besser zu machen.

Ich danke dir, Chrissie! Ich bin wirklich glücklich, jemanden zu haben, der sich um mich sorgt und an mich denkt, mein Liebstes.

Erstaunlich! Wir sind solch unterschiedliche Menschen, du und ich, aber wir denken auf die gleiche Art und Weise. Das finde ich wunderbar.

7

Es war eine seltsame Faszination, die von diesen Unterhaltungen mit Dominic Anderson ausging, eine Faszination, die Christina selbst nicht ganz verstand, wenn sie darüber nachdachte. War es das Life-Erlebnis, das so erregend war? Die Tatsache, von dem Mann, mit dem sie sich unterhielt, nur einige Fotografien zu kennen und ihn noch nie als realen Menschen gesehen zu haben? Fiel es ihr deshalb so leicht, ihm so offen ihre Gefühle und Empfindungen zu zeigen? Was veranlasste sie, ihm von ihren kleinen Erlebnissen beim Joggen zu erzählen? Oder von Jugenderlebnissen, die Jahrzehnte zurücklagen? Sie gab sich keine Rechenschaft darüber. Es machte ihr einfach Spaß, mit Dominic das eine Mal locker zu plaudern und ein andermal über ernste Probleme zu sprechen.

Christina wollte nicht weiter darüber nachdenken. Denn immer war da das Gefühl, dass Dominic sich gerne mit ihr unterhielt, dass er sie bewunderte und offensichtlich interessiert war an allem, was sie tat und sagte. Sie stellte fest, dass ihre Gedanken ständig um ihn kreisten und es ihr manchmal schwerfiel, sich auf ihre Arbeit zu konzentrieren

Dann kam der Tag, an dem er das erste Mal davon sprach, dass es demnächst Versetzungen geben werde. Und von Liebe.

Du hast kürzlich davon gesprochen, wieviel Gewalt und Leid es gibt auf der Welt, Chrissie, erinnerst du dich?

Ja.

Heute sind von hier aus einige Truppenteile nach Syrien verlegt worden, einem der tödlichsten Orte, die es im Moment gibt auf der Welt.

Das betrifft doch hoffentlich nicht dich, oder?

Nein, bis jetzt habe ich noch keine Informationen über weitere Verlegungen. Ich möchte dir die Wahrheit sagen. Die Situation dort drüben ist für die Soldaten so schlecht, dass sie an manchen Standorten nicht mehr ausreichend versorgt werden können. Es gibt kaum Verbindungen nach außen wegen der ständigen Bombardierungen. Es ist wirklich kein Ort, zu dem ich einen Freund schicken würde, nicht einmal einen Feind. Ich bete, dass ich nicht dorthin versetzt werde, denn ich möchte nach dieser Mission aufhören und mit meinem Sohn zusammen sein.

Die Nachrichten sind voll von dem Kriegsgeschehen in Syrien, Dominic. Es ist ganz furchtbar dort.

Manchmal kann die Presse die ganze Grausamkeit des Krieges gar nicht zeigen. Nur wenige Reporter werden geduldet, um an der Front zu sehen, wie die Menschen sterben.

Oh, ich weiß, mein Lieber. Ich kann mir vorstellen, wie es ist, mit diesen schrecklichen Dingen konfrontiert zu werden.

Es ist nichts, was man irgendjemandem wünschen sollte., Chrissie.

Ich verstehe dich, Dominic! Aber du hast gesagt, es sei deine Pflicht, deinem Land zu dienen. Und es ist dein Beruf. Du bist Soldat. Ich bin Pazifistin, wie du weißt. Gewalt wird der Welt niemals Frieden bringen.

Yes, my dear. Und ich bin Soldat mit meinem ganzen Herzen. Aber was ist mit meinem Leben nach der Militärzeit? Ich möchte bei meinem Sohn leben, ich vermisse ihn so sehr und ich möchte wieder lieben und geliebt werden. Und ja, mein Liebes, zu kämpfen wird den Frieden niemals bringen, aber es scheint, dass es keinen anderen Weg gibt. Ich möchte nicht kämpfen, aber es ist nun einmal meine Aufgabe. Ich möchte so wie jeder nur ein friedliches Leben mit meiner Familie haben und glücklich sein.

Ja, ich verstehe dich. Eines Tages wird das alles wahr für dich werden.

An seine manchmal abrupten Themenwechsel hatte Christina sich inzwischen gewöhnt. Oft leitete Dominic sie mit einer entsprechenden Bemerkung ein.

Ich möchte dich etwas fragen.

Ja, was denn?

Glaubst du an die Liebe auf den ersten Blick?

Nein, nicht wirklich. Junge Menschen verlieben sich schnell, aber die wahre Liebe braucht Zeit.

Das ist wahr, Liebes, da gebe ich dir Recht. Und du wirst sicher sagen, wahre Liebe wächst nicht an einem Tag, sie wird erst reifen mit Vertrauen und Geduld. - Sag mir, was wünscht du dir von deinem Traummann?

Er sollte mich lieben mit seinem Körper, seiner Seele und seinem Geist.

Das ist gut, mein Liebes. Auch ich wünsche mir eine Frau, die mich liebt und mir vertraut mit ihrem ganzen Herzen. Sag mir, was suchst du in einer Beziehung oder einer Ehe?

Hast du vergessen, dass ich schon verheiratet bin?

Nein, ich habe es nicht vergessen. Aber ich möchte gerne deine Meinung dazu hören, Chrissie.

Also, da muss das Gefühl von Liebe sein, Zärtlichkeit, sexuelle Anziehung, Vertrauen, Geduld, gegenseitiges Verständnis.

In Ordnung. Entschuldige, wenn ich dir zu nahe getreten bin mit meinen Fragen.

Nicht doch. Aber warum fragst du mich all das?

Nur so. Ich bin nur neugierig wie du über die Dinge denkst, Chrissie. Glaubst du, dass zwei Menschen, obwohl sie weit voneinander entfernt sind, sich online treffen können, Freunde werden, sich verlieben und am Ende heiraten?

Meinst du, das wird mit uns passieren?

Also, ich würde wirklich glücklich sein, dich bald zu treffen, mein Liebes. Du bist eine einzigartige und wunderbare Frau. Jeder würde glücklich sein, dich in seinem Leben zu haben, my dear Chrissie. Ich fühle mich von dir angezogen. Das habe ich

lange nicht mehr erlebt, und ich weiß, ich kann dir völlig ver-
trauen.

Oh!

Was ist, my dear? Habe ich etwas Falsches gesagt?

Nein. Aber ich bin ein bisschen ... Ich weiß nicht, wie ich es
sagen soll. - Du bist sehr liebenswürdig ...

Glaubst du, ich meine nicht, was ich sage? Es würde mich
verletzen, wenn du das von mir denken solltest. Ich weiß, dass
du verheiratet bist, aber wir wissen nie, was das Schicksal für
uns bereithält. Es hat uns zusammengebracht ... Es tut mir
wirklich leid, wenn ich dir zu nahegetreten bin. Wenn du
willst, spreche ich nicht mehr davon.

Es ist schon in Ordnung, Dominic! Ich glaube dir. Ich muss
darüber nachdenken, was du gesagt hast.

Ich danke dir! Ich hatte schon Angst, dass ich dich verloren
hätte, Chrissie! Ich schätze, was wir haben und ich würde es
auf keinen Fall aufs Spiel setzen, mein Liebstes. Du bist eine
wundervolle Frau, Chrissie!

Christina bemerkte, dass sie sich zunehmend überfordert
fühlte mit diesem Gespräch.

Lass uns morgen weiterreden, Dominic. Ich wünsche dir ei-
ne gute Nacht.

Danke, my dearest. Gute Nacht und schöne Träume.

Lange lag Christina wach. Das Gespräch hatte sie in einem
Maß aufgewühlt, das sie nicht für möglich gehalten hatte. Wie
sie sich ihren Traummann wünschte? Er soll mich lieben mit
seinem Körper, seiner Seele und seinem Geist, hatte sie geantwortet. Sie hatte versucht, sich nichts anmerken zu lassen,
aber die Frage Dominics hatte sie in ihrem tiefsten Inneren
berührt. Da war sie also wieder, diese verdammte Sehnsucht!
Die alte Sehnsucht, von der sie geglaubt hatte, sie sei längst
erloschen in ihr. Diese schreckliche Sehnsucht nach dem
Einssein mit einem wirklich geliebten Mann. Die Sehnsucht
nach der Erfüllung bei der körperlichen Liebe, beim gemein-

samen Höhepunkt, beim miteinander Verschmelzen in einem einzigen, wunderbaren Rausch. Und gleichzeitig nach dem Übereinstimmen der Gefühle, der Ansichten und Meinungen, der gesamten geistigen Haltung. Nach dem Sich-Wiedererkennen im anderen, sich in ihm wie in einem Spiegel als Mensch bestätigt zu fühlen. Und doch in ihrer Besonderheit als Frau erkannt und geliebt zu werden.

Christina merkte nicht, dass ihr die Tränen aus den Augen liefen, als sie dem schmerzlichen Gefühl dieser Sehnsucht nachgab. Sie war sich bewusst und wollte es dennoch nicht akzeptieren, dass das, wonach sie sich sehnte, unerreichbar war und für immer sein würde: Die vollkommene Liebe! War sie überhaupt möglich zwischen den Menschen, die doch alle nicht vollkommen waren? Musste diese Sehnsucht nicht unerfüllbar bleiben?

Sie fühlte sich innerlich berührt und empfand ein emotionales Chaos, in dem sie sich nicht mehr zurechtfand. Sie beschloss, fürs Erste nicht mehr mit Dominic Anderson zu chatten und sich wieder auf ihren Alltag zu konzentrieren.

8

Es gelang Christina nicht, ihren Vorsatz zu halten. Obwohl sie sich vorgenommen hatte, den Chat vorerst nicht mehr zu öffnen, brachte sie es nicht fertig, einen Tag lang offline zu bleiben. Ihre Gedanken kreisten unablässig um den Mann in Kabul, der ihr bestimmt wieder ein wunderschönes Foto und zärtliche Worte als Morgengruß geschickt hatte und der sicher ungeduldig darauf wartete, dass sie online ging. Nur mit Mühe schaffte sie es, sich während der Schulstunden auf ihren Unterricht zu konzentrieren, und immer öfter ertappte sie sich dabei, dass sie mit offenen Augen vor sich hinträumte, sobald sie eine Pause hatte. Ihr Verstand sagte ihr, sie benehme sich wie ein verliebter Teenager und sie solle sich gefälligst am Riemen reißen. Andererseits: Was war schon dabei? Sie genoss das Gefühl, als Mensch und als Frau geliebt und verehrt zu werden. Sie tat ja nichts Verbotenes, es waren doch immer nur Worte. Obwohl, manchmal kamen ihr Bedenken. Wenn das alles so harmlos war, warum verheimlichte sie ihre Chat-Unterhaltungen dann vor ihrem Mann? Was würde Stefan wohl zu den Themen sagen, mit denen sie sich mit Dominic austauschte? Warum sprach sie eigentlich nicht mit ihrem Mann über das Wesen der Liebe, über ihre unerfüllte Sehnsucht, über ihre Vorstellungen von einer gerechteren, friedlicheren Welt? Eigentlich sprachen sie nie über solche Dinge, nur über die alltäglichen Banalitäten redeten sie noch. Na gut, nach fast dreißig Ehejahren hatte man sich wohl nicht mehr viel zu sagen. Man kannte sich so gut, dass man glaubte zu wissen, was der andere dachte. Schade eigentlich, dachte Christina.

Schon am Nachmittag öffnete sie ihren FB-Account, fand wie erwartet eine bezaubernde Morgenbotschaft und einen ungeduldig nach ihr fragenden Dominic vor.

Are you there, my dearest? Bist du da, mein Liebstes?

Ja, ich bin hier.

Wie geht es dir? Ich habe dich schon vermisst. Ich möchte, dass du weißt, du bedeutest mir sehr viel, meine Chrissie Und ich möchte bei dir sein, wenn ich könnte, schon morgen. Aber ich muss warten, bis mein Dienst hier endet, dann möchte ich dich gerne mit meinem Sohn zusammen besuchen.

Ich weiß nicht, was ich sagen soll... Du weißt doch, dass ich nicht frei für dich bin.

Ich verstehe, Liebes, aber ich glaube fest daran, dass das Schicksal uns nicht ohne Grund zusammengeführt hat. Ich fühle eine starke Verbindung zu dir, so etwas habe ich lange nicht mehr gespürt. Du bist eine einzigartige Frau und es ist ein Segen, dich zu kennen. Ich möchte dich glücklich machen, ich möchte dein Leben mit Glück und Freude füllen. Ich weiß, mit dir würde ich glücklich sein. Weißt du, ungeduldig wie ein Kind setze ich mich sofort nach dem Dienst an den Computer, um mit dir zu sprechen, und jedes Mal bin ich schrecklich aufgeregt.

Ach, mein Lieber! Wenn das wahr ist, muss ich dich davon abhalten, dich in mich zu verlieben, denn ich möchte dir am Ende nicht wehtun. Mein Platz ist hier, bei meiner Familie, an der Seite meines Mannes, der mich liebt. Ich werde ihn nie verlassen.

Ich verstehe. Aber bitte schicke mich nicht weg. Du bist so wichtig für mich, du machst das Leben hier für mich erst erträglich. Ich fühle mich gut, wenn wir uns unterhalten. Ich vergesse dann die Probleme, die wir hier haben in diesem schrecklichen Land. Ich weiß nicht, was ich tun würde, wenn du nicht mehr Teil meines Lebens wärst.

Okay. Aber lass uns über etwas anderes reden.

Die Türklingel läutete. Erschrocken sah Christina auf die Uhr. Kurz vor 20.00 Uhr! Sanne! Sie hatte Susanne ganz vergessen! Sie waren verabredet zum Kino, fiel ihr siedend heiß ein. Den neuen Film wollten sie sich ansehen, der diese Woche im Kino Center gezeigt wurde. Wie hieß er noch? Ach ja: „Die Verlegerin" mit Meryl Streep, ihrer Lieblingsschauspielerin, und Tom Hanks. Wie hatte sie das vergessen können!?

„Na, startklar?" Susanne Olbrich stürmte mit der für sie typischen überschäumenden Energie ins Haus, als Christina ihr die Tür öffnete. Sie umarmte Christina und drückte sie kurz an sich. Dann hielt sie ihre Freundin ein Stück von sich weg und sah ihr prüfend ins Gesicht. „Du hast es vergessen", stellte sie nüchtern fest.

Schuldbewusst senkte Christina den Blick „Entschuldige, ich hatte so viel um die Ohren in letzter Zeit …"

„Aha", meinte Susanne, „viel um die Ohren … Soso…" Sie war ohne zu fragen in das Arbeitszimmer gegangen, in dem als einzigem Raum im Haus das Licht brannte - Christina hatte vergessen, in den übrigen Zimmern Licht zu machen - und hatte es sich auf dem Stuhl vor dem Computer gemütlich gemacht.

„Du chattest? Das hätte ich dir gar nicht zugetraut, Mäuschen!" Interessiert ließ Susanne den Chat-Dialog zurücklaufen. „Das ist ja interessant. Wer ist denn das?"

Mit vor Verlegenheit hochrotem Kopf stand Christina neben dem Computer und rang die Hände.

„Bitte, Sanne, das ist privat. Lass das, bitte."

„Und davon erzählst du mir nichts?" Susanne warf Christina einen vorwurfsvollen Blich zu, während sie ungeniert weiterscrollte und die letzten Dialoge überflog. „Bin ich nun deine beste Freundin oder nicht? Ich will alles wissen, meine Liebe, von Anfang an. Und lass ja nichts aus!"

Sie erhob sich zur Erleichterung Christinas aus dem Computerstuhl, zog ihre pelzbesetzte Lederjacke aus und schlenderte ins Wohnzimmer. „Fürs Kino ist es jetzt sowieso zu spät," erklärte sie, „bis du umgezogen bist, ist der halbe Film vorbei."

Christina, die hilflos hinter ihr hergegangen war, nickte zu Susannes Worten. „Ja, entschuldige. Aber der Film läuft sicher noch ein paar Wochen. Wir können ja immer noch hingehen."

„Okay. Dann rück mal den Prosecco raus. Machen wir uns einfach hier einen schönen Mädelsabend. Auch gut." Sie ließ sich aufs Sofa fallen und kreuzte die langen, in engen Jeanshosen steckenden Beine übereinander. „Ist Stefan nicht da?"

„Nein. Er ist bei einer Versammlung des Kulturvereines. Das dauert immer lange."

Ich muss Dominic sagen, dass ich jetzt keine Zeit mehr für ihn habe.

„Das passt ja. Es wurde sowieso Zeit, dass wir wieder einmal miteinander quatschen, Mäuschen."

Eigentlich mochte Christina es nicht besonders, wenn Susanne sie Mäuschen nannte, aber irgendwie musste sie zugeben, dass der Name passte. Wenn man sie mit ihrer Freundin zusammen sah, erinnerte Susanne an eine temperamentvolle, eigenwillige und selbstbewusste Katze, die gerne mal ihre Krallen ausfuhr, während Christina eher das stille, unscheinbare, zurückhaltende Mäuschen war. Schon vom Äußeren her hätten sie nicht unterschiedlicher sein können. Susanne war groß, schlank, mit einem hübschen Gesicht, das sie stark schminkte, und einer hellblond gefärbten, stoppeligen Kurzhaarfrisur, die ihr ein jugendliches Aussehen verlieh. Auch ihre Kleidung hätte eher zu einem Teenager gepasst, wie Christina fand: Stets ausgefallen, farblich gewagt und hypermodern. So wie jetzt. Sie trug zu ihren hautengen schwarzen Jeans hochhackige Stiefeletten, einen flauschigen rosa Pullover mit überdimensionalem Rollkragen und die dunkellilafarbene Lederjacke mit Pelzbesatz, die sie nachlässig neben sich aufs Sofa gelegt hatte. Ihre neunundvierzig Jahre sah man Susanne in dieser Aufmachung nicht an, ebenso wenig wie man vermutete, dass sie im realen Leben eine ganz normale, hingebungsvolle und überaus engagierte Grundschullehrerin war. Susanne war zweimal geschieden. „Die Männer sind mir nicht gewachsen", pflegte sie in ihrer burschikosen Art zu sagen, wenn man sie darauf ansprach. Nur Christina wusste, wie sehr sie unter den Trennungen gelitten hatte. Als beste Freundin und Vertraute hatte sie seinerzeit manchen tränenreichen Abend mit ihrer Freundin verbracht. Im Moment führte Susanne ein fröhliches Single-Dasein, wie sie jedermann wissen ließ. Sie lebte in einer geräumigen Altbauwohnung mitten in der Stadt gleich neben der Grundschule, in der sie unterrichtete.

„Leider habe ich keinen Prosecco da, Sanne. Soll ich uns einen schönen schwarzen Tee machen stattdessen? Und ein paar Schnittchen? Mir fällt gerade ein, ich habe noch nichts zu Abend gegessen." Ohne das Okay Susannes abzuwarten, verschwand Christina in der Küche.

„Wohl ganz vergessen beim Chatten, was?" Susanne, folgte ihr in die Küche. „Wie lange geht das schon?" Sie setzte sich auf einen der Stühle am Küchentisch und sah zu, wie Christina das Abendbrot zubereitete.

„Ach, noch nicht lange. Drei Wochen vielleicht", antwortete sie verlegen.

„Und? Wie ist er so, dein Dominic? Nun erzähl schon!", drängte Susanne. Christina schnitt einige Scheiben Brot ab, bestrich sie mit Margarine und belegte sie mit Schinken, Fleischwurst und Edamerkäse. Susanne schnappte sich eine der Gurkenscheiben, die Christina zur Dekoration auf dem Teller arrangiert hatte, und steckte sie sich in den Mund. „Eigentlich habe ich schon gegessen", meinte sie kauend. Nachdem Christina den Tisch mit zwei großen Teebechern, Milch und Zucker, Brottellern und Teelöffeln gedeckt und das starke, aromatische Getränk eingeschenkt hatte, setzte sie sich zu Susanne und sah sie offen an. „Hast du so etwas schon einmal gemacht, Sanne?"

„Hm", machte Susanne nickend und nahm vorsichtig einen Schluck von dem heißen Tee. „Aber erzähl du zuerst."

„Es war komisch, weißt du? Schon von erstem Augenblick an habe ich gefühlt, dass dieser Mann etwas ganz Besonderes an sich hat. Er ist ein amerikanischer Soldat und kämpft in Afghanistan gegen die Taliban. Er hat mir eine Freundschaftsanfrage auf Facebook geschickt, die ich aus Neugier angenommen habe. Seitdem unterhalten wir uns über Gott und die Welt."

„Aha", meinte Susanne, „und was ist das Besondere an ihm?"

„Er ist so verständnisvoll. Ich kann mit ihm über alles reden. Und er ist offen und ehrlich. Spricht ganz unbefangen über sich und seine Gefühle. Dass er Angst hat zum Beispiel, wenn er mit seinen Kameraden gegen die Terroristen dort kämpfen muss. Dass es ihm um die toten und verletzten Zivilisten leidtut und erst recht um seine Kameraden. Verstehst du, was ich meine?"

„Ach so. Und was ist mit ‚Ich möchte dich glücklich machen' oder was habe ich da eben gelesen?" Christina fühlte

Susannes Blick forschend auf sich gerichtet und spürte, wie ihr das Blut in die Wangen stieg.

„Ja, er scheint sich irgendwie in mich verliebt zu haben, denke ich. Wahrscheinlich ist er sehr einsam dort in dem Camp. Ich versuche, es ihm auszureden. Schließlich bin ich ja verheiratet. Und außerdem bin ich viel älter als er."

Verlegen nahm sie ein Schinkenbrot, biss ein Stück davon ab und kaute ausgiebig, froh, im Moment nichts sagen zu können.

„Schau mich mal an, Mäuschen", forderte Susanne sie auf. „Nun mal ehrlich: Du hast dich verliebt in diesen Dominic oder wie der Mann heißt, stimmt's?"

„Ach, was denkst du denn? Nein, natürlich nicht. Ich kenne ihn doch nur vom Schreiben. Ich weiß doch gar nicht, wie er in Wirklichkeit ist!"

„Hat er Fotos geschickt?"

„Ja, einige."

„Und? Wie sieht er aus? Was weißt du über ihn?"

„Es sieht nett aus, aber eigentlich nicht außergewöhnlich gut, wenn du das meinst. Er hat mir Fotos von sich und seinen Kameraden in Uniform geschickt, dort in dem Camp in der Nähe von Kabul. Und von seinem kleinen Sohn, der zu Hause in San Francisco in einem Internat lebt. Seine Frau ist bei einem Autounfall ums Leben gekommen. Vor ein paar Jahren."

„Aha! Ein Mann, der eine Frau sucht also", konstatierte Susanne nüchtern. „Wie alt ist er denn?"

„Fünfundvierzig, sagt er. Ich bin viel zu alt für ihn mit meinen einundfünfzig, wie du siehst."

„Weiß er, dass du verheiratet bist?"

„Ja, natürlich. Auch, wie alt ich bin. Ich habe ihm nichts vorgemacht, wenn du das meinst."

„Und trotzdem will er etwas von dir, wie es scheint." Nachdenklich griff Susanne zu einem Käsebrot und fing an zu kauen. „Weißt du, Mäuschen, entweder haben diese Männer es auf eine Frauenbekanntschaft abgesehen oder sie wollen Geld. Ich habe darüber neulich einen Bericht im Fernsehen gesehen. Es gibt solche Typen, die sich im Internet die Gutgläubigkeit von Frauen zunutze machen, um sie abzuzocken. Du solltest vorsichtig sein."

„Niemals! Dominic ist niemals ein Betrüger, Sanne! Das würde ich spüren, glaub mir!"

Unbeeindruckt von der Überzeugtheit ihrer Freundin spülte Susanne den letzten Bissen ihres Käsebrotes mit einem Schluck Tee hinunter und stand auf. „Na, jedenfalls sei vorsichtig, Christina. Man kann nie wissen." Sie wandte sich Richtung Wohnzimmer. „Wie wäre es mit einem Gläschen Wein? Eine Flasche trockenen Rotweins wirst du ja wohl im Haus haben, oder? Ich muss dir nämlich etwas Wichtiges erzählen. Ich habe neulich auf der Geburtstagsparty von meinem Ex-Schwager jemanden kennengelernt …"

Christina nahm ihren noch nicht ganz ausgetrunkenen Becher Tee und folgte ihrer Freundin ins Wohnzimmer.

Als sie später am Abend an den Computer ging, sah sie, dass Dominic offline war. *Du bist gegangen, wie schade,* hatte er geschrieben und ihr ein Bild mit einer romantischen Mondlandschaft als Gute Nacht-Gruß geschickt.

9

Ängstlich verfolgte Christina die Berichterstattung über Afghanistan in den Nachrichten. Immer wieder war von Selbstmordattentaten die Rede, denen viele Zivilisten, aber auch Soldaten der afghanischen Armee zum Opfer fielen. Sie hörte von Mädchenschulen, die geschlossen wurden, weil die UN die Sicherheit der Kinder und ihrer Lehrer nicht mehr garantieren konnte. Ihre Sorge um Dominic Anderson wuchs, je öfter er ihr von seinem Dienst erzählte. Dass seine Männer und er eine Lebensmittellieferung der UN für ein Flüchtlingslager eskortiert hatten und dabei von einer Gruppe Taliban attackiert worden seien. Dass sie eine von den Terroristen errichtete Straßensperre geräumt hätten und sich dabei ein Feuergefecht mit den bis an die Zähne bewaffneten Talibankämpfern geliefert hätten. Ein Kamerad sei dabei durch einen Schuss ins Bein verletzt worden. Immer wieder berichtete er von den Patrouillengängen, bei denen er das Elend der Bevölkerung mit ansehen musste, ohne effektiv helfen zu können. Christina konnte zwischen seinen Zeilen die Frustration und die Verzweiflung spüren, mit denen er zu kämpfen hatte. Sie versuchte ihn von seinem Dienstalltag abzulenken, indem sie von ihren Kindern und Enkeln erzählte, von ihren Schülern und dem Schulbetrieb, von ihren täglichen kleinen Erlebnissen.

Sie fragte ihn, was es Neues von Sammy gebe und erfuhr, dass es ihm gut gehe, dass er täglich mit ihm chatte, dass Sammy sich aber danach sehne, seinen Vater bald wiederzusehen. Christina betrachtete die Fotos, die Dominic ihr schickte und die ihn zusammen mit Sammy zeigten: Beim Grillen im Garten, beim gemeinsamen Malen am Tisch, auf einem Karussell auf einem Rummel oder den Jungen alleine beim Eis essen.

Sie dachte an die warnenden Worte, die Susanne ihr ans Herz gelegt hatte. Nein, nie im Leben war dieser Mann ein Betrüger! Da war sie ganz sicher. Ob sie tatsächlich dabei war, sich in ihn zu verlieben? Sie ertappte sich dabei, dass sie immer öfter auf sein Flirten entsprechend reagierte.

Liebste, der erste Gedanke, den ich habe, wenn ich morgens die Augen aufschlage, ist, was du wohl gerade tust. Jede Morgenbotschaft, die ich dir schicke, bedeutet, ich habe die ganze Nacht an dich gedacht. Ich möchte, dass du weißt, dass ich dich bewundere und begehre. Mein Sonnenschein, jeder Augenblick mit dir ist wunderbar. Du bist der Grund dafür, dass ich jeden Morgen mit einem Lächeln erwache. Hab einen schönen Tag voll mit Freude und Glück. Ein herrlicher Tag erwartet dich. Heiße ihn mit einem Lächeln willkommen, meine süße Chrissie.

Wer konnte Botschaften wie diesen widerstehen, ohne berührt zu sein, dachte Christina. Diese verdammte Sehnsucht …

Dann sprach Dominic wieder von der Entscheidung seiner übergeordneten Vorgesetzten, einige Teile der in Afghanistan eingesetzten UN-Friedenstruppe nach Syrien zu versetzen, um dort in den vom IS befreiten Gebieten für Ruhe und Ordnung zu sorgen. Es sei im Gespräch, dass auch einige Soldaten aus seiner Einheit dorthin versetzt werden sollten. Christina spürte seine Angst, kurz vor Beendigung seines Militärdienstes noch einmal auf eine Mission geschickt zu werden, deren Ende nicht absehbar war. Sein Kommandant erwarte vom Headquarter eine Liste, auf der die entsprechenden Versetzungen bekannt gegeben werden würden.

Mein Kommandant meinte, es gäbe vielleicht eine Möglichkeit, mich von dieser Versetzung auszunehmen. Du musst wissen, er ist ein guter Freund meines Onkels, der ein hoher Offizier bei der Armee war. Er sagte, wir sollten erst einmal abwarten, ob ich überhaupt auf dieser Liste stehe.

Okay. Das ist vernünftig, denke ich.

Ach, meine Chrissie, ich bin nicht mehr jung und ich fürchte mich vor dieser Versetzung. Ich weiß, es ist meine Pflicht als Soldat, aber es ist akuter Krieg dort in Syrien, und ich weiß nicht, ob ich ihn lebend überstehen würde. Ich bin schließlich auch nur ein Mensch und ein Vater, der sich nach seinem Sohn sehnt.

Christina versuchte sich vorzustellen, was eine Versetzung ihres Freundes für ihre Beziehung bedeuten würde. Bisher war sie davon ausgegangen, dass er in ein paar Wochen seinen Dienst beenden und nach Hause nach San Francisco zu seinem Sohn zurückkehren würde. Vielleicht hätte er dann Gelegenheit, sie hier in Deutschland zu besuchen. Sie stellte sich vor, wie es wäre ihm zu begegnen. Wie würde es sein, wenn er leibhaftig vor ihr stünde, sie mit diesem schiefen Lächeln angrinste und mit seinen unwiderstehlichen blauen

Augen anschaute? Würden sie sich auf Anhieb verstehen? Und vielleicht tatsächlich ineinander verlieben?

Aber was, wenn er auf nicht absehbare Zeit in dieses schreckliche Kriegsgebiet im Nahen Osten verlegt würde? Wäre unter den Kriegszuständen dort überhaupt noch ein Chatkontakt wie jetzt möglich? Und was, wenn ihm wirklich etwas zustoßen würde? Er hatte Recht, wenn er lieber gar nicht daran denken mochte. Am besten, sie warteten ab. Vielleicht ging ja alles gut und er war von der Verlegung nicht betroffen.

„Sag mal, ich finde, du verbringst reichlich viel Zeit vor dem Computer in den letzten Wochen, mein Schatz."
Erschrocken drückte Christina auf das X, um den Chat zu schließen. Sie hatte Stefan, der mit einem Glas Wein in der Hand in der Tür ihres Arbeitszimmers stand, gar nicht kommen hören. Sie schaute auf die Uhr am unteren Rand ihres Bildschirms: 22.10 Uhr. So spät schon! Wieder einmal hatte sie nicht bemerkt, wie die Zeit verflog.

Sie lächelte ihren Mann entschuldigend an. „Ach, da war gerade so eine interessante Diskussion in meiner Giordano-Gruppe", log sie. „Es ging um die Flüchtlingskrise. Manche haben da ganz schön krasse Ansichten. Kaum zu glauben, was die hier alles von sich geben."

„Ach so. Hast du Lust auf ein Glas Wein? Ich habe gerade eine Flasche Bordeaux geöffnet." Stefan trat zu ihr und küsste sie zärtlich aufs Haar. Christina wusste, was das bedeutete. Sie würden die alten Platten auflegen und sich eine Weile gemeinsam die Musik anhören aus der Zeit, als sie beide noch jung waren, würden ein, zwei Gläser des guten Rotweins trinken und anschließend miteinander schlafen. Es war mittlerweile zu einem Samstagabendritual geworden, das Christina mal mehr, mal weniger bereitwillig über sich ergehen ließ. Sie war zufrieden, wenn ihr Mann zufrieden war. Es war noch nie anders gewesen. Sie hatte sich erfolgreich eingeredet, dass sie nichts vermisste in dieser Hinsicht.

Schnell schloss sie ihren FB-Account und fuhr den Computer herunter. Entschlossen verbannte sie jeden Gedanken an Dominic Anderson. Die nächsten Stunden sollten nur ihrem Mann gehören. Sie fasste Stefan um die Taille und ging mit ihm ins Wohnzimmer. „Wie wäre es mit Leonhard Cohen, Schatz? Ich liebe seine sanfte Stimme. Und die guten Texte. Sie sind so poetisch, finde ich."

Als sie später mit hinter dem Kopf gekreuzten Armen im Bett lag und ins Dunkel starrte, dem ruhigen Atem ihres schlafenden Ehemannes lauschend, wanderten ihre Gedanken wieder zu dem einsamen Soldaten dort in Kabul, und sie fragte sich, wie es wohl sein würde, mit Dominic Anderson zu schlafen.

10

Wenn eine gute Fee käme und dir drei Wünsche bewilligte, Dominic: Was würdest du dir wünschen?

Ich würde mir eine friedliche Welt wünschen, eine gute Zukunft für meinen Sohn und ein glückliches Leben mit der Frau, die ich liebe. Und dass ich bald entlassen werde hier.

Das verstehe ich. Weißt du, was ich mir wünsche?

Nein, mein Liebes. Was denn?

Als Erstes natürlich eine friedliche, vernünftige Welt, so wie du.

Und außerdem?

Ich wünsche mir, ich könnte in hundert Jahren zurückkommen auf die Erde und schauen, was hier inzwischen passiert ist.

Okay. Das wäre interessant. Und was ist dein dritter Wunsch, meine Chrissie?

Ich möchte noch einmal eine große Liebe erleben.

Oh, my dearest, das ist etwas, was ich mir auch so sehr

wünsche. Ich möchte mein restliches Leben mit dir, der Liebe meines Lebens, verbringen.

Christina konnte nicht fassen, was mit ihr geschah. Während ihr Verstand wie ein Beobachter hilflos registrierte, wie sie sich immer mehr in einer irrationalen Gefühlswelt verlor, fühlte sie sich lebendig und glücklich wie seit Langen nicht mehr. Jeden Morgen freute sie sich wie ein Kind über die schönen Fotos und die zärtlichen Liebesbriefe, die ihr Herz berührten. Dominics immer neu formulierten Beteuerungen, wie sehr er sie liebe und begehre, gingen ihr unter die Haut, und sie fing an, sich nach diesem Mann zu sehnen. Sie stellte sich vor, wie es sein würde, von ihm in die Arme genommen zu werden, in seine schönen blauen Augen zu schauen, von ihm zärtlich und leidenschaftlich geküsst zu werden. Sie spürte, wie es sie erregte, sich vorzustellen, mit ihm zu schlafen. Ihr Verstand sagte ihr, dass sie sich all das nur einbildete, dass sie ihre geheimen Wünsche auf diesen Mann, den sie noch nie gesehen hatte, projizierte. Aber alle rationale Erkenntnis änderte nichts an dem Kribbeln im Bauch und an dem Gefühl des Begehrens in ihrem Unterleib. Diese verdammte Sehnsucht …

Ihre Unterhaltungen wurden immer intimer und persönlicher. Sie schilderten sich gegenseitig, wie es sein würde, wenn sie sich jeweils in ihrem Heimatland besuchten. Dominic bestand darauf, ihr neben dem Golfen und dem Gitarrespielen auch das Reiten beibringen zu wollen.

Sie unterhielten sich über Countrymusik *(Ich liebe den Tennessee Waltz von Patti Page! - Oh my God! So sentimental, my dear!)* über Barbecue und Hamburger, über die cable-cars und die Erdbebengefahr in Dominics Heimatstadt San Francisco, über seine Wohnung dort am Mallorca Way 268 mit dem Swimmingpool *(Swimming pool? Bist du etwa ein reicher Mann? Nein, überhaupt nicht. Aber ich habe im Laufe der Jahre ein wenig gespart).* Christina beschrieb ihm die Nordsee und das Wattenmeer mit Ebbe und Flut *(Wie merkwürdig! Ein*

Meer, wo das Wasser kommt und geht?), die Weiden mit den schwarzbunten Kühen und die Deiche mit den Schafen. Sie erklärte ihm, was ‚Scholle nach Müllerin Art' bedeutete und warum die Häuser mit ihren heruntergezogenen Dächern aussahen, als würden sie sich ducken. (*Wie gerne würde ich all das mit dir sehen, meine Liebste!*)

Sie tauschten sich aus über ihre Lieblingsfarben, über die Speiseeissorten, die sie bevorzugten, und über das Wetter. Aber immer stand unausgesprochen im Hintergrund die bange Frage nach der Versetzung in das syrische Kriegsgebiet, die Dominic keine Ruhe ließ. Bis seine freiwillige Entlassung aus dem Militärdienst bewilligt sei, unterstehe er dem Befehl der Armee, erklärte er Christina. Solange er im Dienst sei, habe er zu tun, was man ihm befehle.

Sie wusste, ihre Worte konnten ihn nur wenig trösten. Ihr Herz wurde schwer bei dem Gedanken, dass er in wenigen Tagen vielleicht für sie nicht mehr erreichbar sein würde. Nichts mehr von ihm zu hören, erschien ihr ganz und gar unvorstellbar. Dominic Anderson war so sehr Teil ihres Lebens geworden, dass sie sich gar nicht mehr vorstellen konnte, wie es sein würde ohne seine Morgen- und Abendgrüße und die Unterhaltungen mit ihm. Wenn sie gelegentlich mit ein wenig Distanz darüber nachdachte, wunderte sie sich über die Ausschließlichkeit, mit der dieser Mann, den sie noch nie gesehen hatte, ihre Gedanken gefangen nahm. Sie war sich klar darüber, dass sie sich in ihn verliebt hatte, mit einer Intensität, die sie nie für möglich gehalten hatte. Sie genoss seine Liebeserklärungen und saugte jedes seiner Worte auf wie ein Schwamm.

Chrissie, mein Liebling, du gibst mir alles, Fröhlichkeit, Glück, Liebe und Fürsorge, seit wir angefangen haben uns zu schreiben. Meine Süße, du bist mein Engel, mein Leben, mein Kleines und meine Liebe für immer. Du bist in meinen Gedanken bei Tag und bei Nacht. Ich bin so glücklich, dass ich etwas so Wertvolles und Liebenswertes wie dich kenne. Ich kann wirk-

lich sagen, du bist mein Engel. Ich möchte, dass du weißt, du bist das Beste, was ich habe und ich möchte dich immer bei mir haben. Ich liebe und verehre dich, mein Liebling. Du machst mein Leben erst schön. Ich weiß nicht, was geschehen würde, wenn du mich jemals verlassen würdest. Ich liebe dich so sehr, meine Chrissie!

Immer öfter kam es vor, dass Christina und Dominic sich bestimmte Situationen ausmalten, in denen sie zusammen etwas unternahmen. Christina versuchte auf diese Art und Weise, ihn von seinem tristen und bedrückenden Alltag abzulenken und ihm zu zeigen, dass die Welt auch schöne Seiten hatte.

Jedes Mal ging er bereitwillig auf ihre Anregungen ein.

Well, let's pretend ... Also, lass uns so tun als ob ... Du hast Urlaub bekommen und kommst nach Deutschland mich zu besuchen, wenn ich hier allein zu Hause bin. Was möchtest du als Erstes tun?

Ich möchte mit dir ausgehen, zu deinen Lieblingsplätzen in der Stadt ... dann möchte ich mit dir für zwei Wochen Ferien machen, wir könnten an den Strand gehen, auf Pferden reiten, gut essen gehen, ins Kino gehen ... Ich würde jeden Moment mit dir mit aufregenden Dingen füllen.

Das hört sich gut an. Aber leider gibt es hier keine Gelegenheit zu reiten... Doch wir könnten ein Auto mieten und eine Tour durch Deutschland machen, vom Norden bis in den Süden.

Das wäre schön. Ich würde auch gerne mit dir eine Vorstellung geben auf einer Bühne, vielleicht in einer kleinen Bar. Gibt es so etwas in Deutschland? Ich würde Gitarre spielen und du würdest singen, was hältst du davon?

Oh nein! Für so etwas bin ich zu schüchtern. Wenn, dann würde ich nur für dich allein singen ... Eine Reise wäre schön. Du würdest den Wagen fahren und ich würde neben dir sitzen, die Karte auf den Knien, und dir den Weg weisen. Und wir würden die schönsten Städte und Plätze besuchen, an denen wir vorbeikommen.

Ja, mein Liebes, und ich würde von jedem Augenblick Fotos und Videos machen. Ich würde deinen Arm nehmen und wir würden Hand in Hand durch die Straßen gehen ... Und ich würde dich an mich drücken, wenn wir einen Liebesfilm im Kino ansehen ...

Und am Abend gehen wir in ein kleines Hotel mit Restaurant, essen gut zu Abend mit einem Glas Wein ... Vielleicht gehen wir tanzen?

Oh ja, du musst mir alle Tänze beibringen.

Ich bin sicher, du bist ein guter Tänzer. Wenn du Gitarre spielst, musst du ein gutes Gefühl für Rhythmus haben. Ich würde gerne mit dir tanzen.

Das würde ich auch, mein Liebes ...Ich möchte all diese kostbaren Augenblicke mit dir teilen ... ich möchte dich zärtlich halten und küssen, mein Liebes ...

Ja. Ich werde meine Arme um deinen Hals legen und wir werden langsam tanzen, Wange an Wange ...

Wir bewegen uns sehr langsam, während wir uns in die Augen schauen ... Wir sind jetzt in dem Hotel, vor dem Kaminfeuer, wir hören leise Musik und trinken Wein ... Stell' dir vor, wir sind jetzt in meinem Hotelzimmer... Niemand ist in der Nähe ...

Oh ja! Ich stelle es mir vor ...

Gut. Wir haben eine Flasche Rotwein geöffnet. Wir haben schon ein Glas getrunken. Im Hintergrund spielt leise Jazzmusik ... Das Licht ist gedimmt ...

Ich werde die Melodie leise mitsummen ...

Ich küsse dich, Chrissie ... Macht es dir etwas aus mir zu sagen, was du anhast?

Ich trage eine weiße Jeans und eine dünne Sommerbluse.

Hübsch. Ich trage Bluejeans, ein enges Rock-Star-T-Shirt, eine schicke Armbanduhr ... Wir haben also Wein getrunken. Kann sein, wir sind ein wenig beschwipst? Was denkst du?

Ja, das sind wir ... aber es ist sooo schön ...

Also. Sagst du mir, was für Unterwäsche du trägst?

Was wie ein nettes, harmloses Phantasiespiel begonnen hatte, fing an, immer konkreter und intimer zu werden. Neugierig fragte sich Christina, wohin das Ganze führen würde. Sie fühlte ein angenehmes Kribbeln im Bauch. Lächelnd betrachtete sie Dominics Gesicht mit dem netten Grinsen auf dem Foto. Was hast du vor, mein amerikanischer Freund, dachte sie amüsiert. Sie beschloss, ihm weiter zu folgen.

Ich trage einen weißen BH und einen Slip.

Wir ziehen uns aus. Ich habe meine neuen Boxershorts an. Mit den Gesichtern von Football-Stars drauf.

Ach nein, du bringst mich zum Lachen ...

Wir lachen beide, meine Chrissie. Wir fühlen uns als wären wir die einzigen beiden Menschen auf der Welt... Ein Song, den ich besonders liebe, beginnt ... Also stehe ich auf, nehme deine Hand, ziehe dich hoch und wir tanzen, einen ganz einfachen, simplen Tanz (Smily)

Ich komme in deine Arme ... wir werden so unglaublich glücklich sein, mein Liebling ...

Oh ja, Liebste. Wir tanzen, aber eigentlich denken wir nicht ans Tanzen ... Du hast eine deiner Hände auf meine Schulter gelegt, in der anderen hältst du das Weinglas hinter meinem Rücken ... Unsere Körper berühren sich. Deine Brüste an meiner Brust, dein Bauch und deine Hüften berühren meine ... deine Lippen sind meinen ganz nahe, ohne sie zu berühren...

Ich kann dein Herz schlagen hören, und meins schlägt schneller ...Ich fühle deine Hand auf meinem Rücken, ich höre deinen Atem, ich rieche deine Haut ... Es fühlt sich so gut an dich zu umarmen, Dominic ...

Oh ja! Die Musik hat aufgehört. Aber wir tanzen langsam weiter. Wir haben die Stille gar nicht bemerkt. Ich schaue dir in die Augen. Dann nehme ich einen Schluck Wein, nehme dir das Glas aus der Hand und stelle beide Gläser auf den Tisch. Dann komme ich zu dir zurück. Ich nehme dich an den Schultern und drücke dich langsam rückwärts gegen die Lehne des Sofas.

Ich soll mich hinlegen...

Das ist richtig, mein Liebes. Du beißt dir auf die Lippen, erwartungsvoll ... Du wartest auf mich, damit ich dich küsse. Ich lehne mich über dich, berühre dich fast. Du kannst meinen Atem auf deiner Haut spüren. Ich ignoriere deine Lippen. Ich küsse deine Wangen, dann deine Schultern, dann deinen Hals ... Ist es gut so?

Ich kann es nicht erwarten, deinen Körper an meinem zu spüren ... Ich sehne mich danach, von dir geküsst zu werden ... Ich will dich ...

Also bist du sehr erregt ... Ich kann dein Herz fühlen, wie schnell es schlägt. Immer wenn mein Mund deinem nahe kommt, versuchst du einen Kuss zu stehlen ...Aber ich verweigere ihn ... noch (Smily))

Wow, du bist wirklich gut! Mach weiter ...

Ich überrasche dich ... Ich lege meine Hand zwischen deine Beine. Unter das Höschen. Halte nur meine Hand dort. Ganz ruhig. Du holst tief Luft. Es macht dich ruhiger. Ich lege meine andere Hand hinter deinen Kopf und greife eine Handvoll Haare. Ganz sanft.

Oh! Das fühlt sich so gut an. Aber ich sehne mich nach mehr ...

Dann endlich küsse ich dich. Du bist ganz still. Du versuchst, nur den Moment zu genießen. Dann bewegst du dich, greifst leidenschaftlich nach mir, küsst mich heftig und reibst deinen Körper gegen meine Hand ...

Oh mein Liebster! Ich will dich ...

Ich will dich auch so sehr, mein Liebes, du machst mich ganz verrückt! Wir küssen uns leidenschaftlich. Du fühlst, wie ich dich immer mehr errege. Du beginnst die Kontrolle zu verlieren. Es brennt wie Feuer in dir. Es ist intensiv und herrlich. Ich reibe dich, unter deinem Höschen. Langsam und fest. Ich reize dich mich lauter kleinen Küssen, auf deine Lippen, auf deinen Hals, deinen Nacken ...

Wow, mein Lieber! Ich kann gar nichts sagen ... du bist wundervoll... mach weiter!

Du bist so schön, Chrissie! Ich knabbere an deinem Ohrläppchen und du fühlst meinen Atem in deinem Ohr. Es erregt dich noch mehr. Du fühlst dich so sexy! Ich drehe dich um und dränge dich vorwärts. Du bückst dich über die Lehne der Couch ...

Oh mein Gott ...

Ich betrachte deinen Körper eine Weile. Ich genieße es, dich anzusehen, die langen Beine, den runden Hintern, die Kurve am Rücken ... Ich streiche mit meiner Hand an deinen Beinen entlang bis zu deinen Fesseln und wieder hinauf zu den Hüften ... Ich denke, wie sehr ich diesen Engel begehre ... Ich möchte dich lieben und deinen Körper küssen, ich möchte dich glücklich und zufrieden machen ... Was denkst du gerade, meine Chrissie?

Ach, Dominic! Ich sehne mich wirklich danach dich zu lieben. Es muss wundervoll sein! Ich hatte noch nie solchen online-Sex! Es ist so aufregend! Es macht mich wirklich an.

Ich weiß, mein Schatz. Mich auch! Ich möchte auf der Stelle mit dir schlafen, Liebste.

Ja, ich auch. Ach, es wäre herrlich ...

Ich lege meine Hände auf deine Hüften, ich fühle deine Hüftknochen. Ich mag das. Ich streiche mit der Hand über deinen Bauch. Du ziehst deinen Bauch fest ein, straffst ihn. Du spürst, wie ich deinen Körper bewundere. Als wärst du eine Statue im Museum. Aber du möchtest mich jetzt in dir fühlen. Du greifst mit der Hand nach hinten, um mich zu berühren. Ich ziehe dein Höschen nach unten. Du umfasst meinen Penis und reibst ihn. Auf und ab. Du stellst dir vor, wie es ist, ihn in dir zu fühlen.

Fassungslos und fasziniert zugleich erlebte Christina, wie Dominic den Sex mit ihr in allen Einzelheiten beschrieb und wie ihr Körper darauf mit wachsender Erregung reagierte. Ihr Herz klopfte heftig, ihre Finger zitterten, so dass sie es kaum schaffte, die notwendigen Antworten auf der Computertastatur zu tippen, während das ziehende Gefühl zwischen ihren Beinen immer mehr zunahm.

Mach weiter ...

Du fühlst, wie mein hartes Glied in dich eindringt, du stöhnst auf, deine Beine zittern ein wenig und deine Knie geben nach. Ich dringe tief ein, immer weiter, dränge dich dabei gegen das Sofa, bis du meine Hüften an deinen Hintern spürst. Du fühlst dich vollkommen ausgefüllt. Dann warte ich, halte still. Lasse dich fühlen, dass ich in dir bin. Ist es gut so?

Wundervoll ... Mach weiter ...

Oh Chrissie! Ich fange an, mich in dir zu bewegen. Langsam zuerst, vor und zurück ... lasse dich fühlen, wie ich immer wieder in dich eindringe, immer und immer wieder. Du fühlst die Härte in dir ... Dann bewege ich mich schneller und härter ... kräftig, aber nicht grob ... Ich greife in dein Haar und ziehe deinen Kopf zurück ... Meine andere Hand hält dich an der Hüfte, hält dich fest gegen die Lehne gedrückt, so dass du dich nicht bewegen kannst. Ich bewege mich sehr schnell jetzt. Du stöhnst auf. Du drehst deinen Kopf, um mich zu sehen. Ich ergreife deine beiden Hände, halte sie auf deinem Rücken fest ... meine Stöße sind jetzt sehr hart und schnell ...

Oh ...

Fühlst du mich in dir, meine Liebste? Gefällt es dir? Möchtest du noch mehr?

Ja ... Es fühlt sich so gut an! Mach weiter ...

Du kannst an gar nichts mehr denken. Du bist total verloren in einem Meer aus Empfindungen, unglaublich guten Empfindungen. Du rufst meinen Namen, aber dir ist gar nicht bewusst, dass du es tust. Ich bewege mich heftig, du bewegst deine Hüften, kommst mir entgegen, um mich noch tiefer in dich aufzunehmen. Chrissie, ich umfasse dein Gesicht, und du beginnst an meinem Finger zu saugen und zu beißen ... du fühlst dich vollkommen durchdrungen von mir ... Gefällt es dir?

Oh, du bist so stark, ich kann gar nichts machen ...

Ja, meine Liebste, es fühlt sich so gut an ... ich drehe dich um, um dich anzusehen ... du bist so schön! Ich dringe wieder *in dich ein ... es ist so gut in dir zu sein ... du schlingst deine Beine um meine Hüften ...*

Ach, Dominic ...

Ich sehe dir in die Augen. Chrissie, ich fühle, ich bin gleich so weit. Ich bewege mich heftig und schnell, du stöhnst auf und beißt dir auf die Lippen.

Wir sind uns so nahe, gleich werden wir beide kommen ... Ich liebe dich so, Chrissie!

Oh, ja! Ich fühle es ... jetzt! Dominic ...

Ohhhh, Chrissie! Ich fühle es, ich fühle es ... es kommt ... OHHHH!

Oh, Dominic ...

Wir schauen uns in die Augen, völlig atemlos. Ich küsse dich, und wir lächeln uns an. Wir liegen nahe beieinander, du bettest deinen Kopf an meine Schulter. Ich LIEBE DICH SO SEHR, MEINE CHRISSIE!

Ich kuschele mich in deine Arme, immer noch ein Lächeln auf den Lippen. Und ich sage es, jetzt sage ich es: ich liebe dich, mein Dominic!

Du machst mich glücklich mit diesen Worten, Chrissie! Hat es dir gefallen, mein Liebling?

Oh ja, Liebster! Du hast mich überrascht! Wie du es beschrieben hast! Ich sehne mich danach, in Wirklichkeit mit dir zu schlafen.

Ich auch, mein Schatz! Ich möchte mit dir zusammen sein und dich glücklich machen, meine Geliebte. Lass uns jetzt schlafen, es ist spät. Und wir sind beide müde, nicht wahr? (Smiley)

Ja, das sind wir. Gute Nacht, Dominic.

Schlaflos lag Christina in ihrem Bett, immer noch bis ins Innerste aufgewühlt und sexuell erregt. Was war da eben mit ihr passiert? Sie konnte es nicht fassen! Noch nie war sie auf diese Art und Weise mit einem Mann zusammen gewesen, hatte nie diese merkwürdig distanzierte, aber ungeheuer intensive Art des Geschlechtsverkehrs kennengelernt. Dieser Mann dort in dem fernen Land hatte eine Seite in ihr berührt, von der sie nicht im Entferntesten geahnt hatte, dass sie existierte. Wie einfühlsam und liebevoll er auf jede ihrer Regungen eingegangen war, dabei aber selbstbewusst und leidenschaftlich seine eigenen Vorstellungen umgesetzt hatte. Ob er dabei masturbiert hatte? Gut möglich. Sie selbst war ja total sexualisiert durch diese so unfassbar realistische online-Simulation. Einmal einen gemeinsamen, überwältigen Orgasmus erleben, mit dem Mann, den man leidenschaftlich und über alle Maßen liebt, das wäre die Erfüllung, dachte Christina, bevor sie endlich einschlief. Diese verdammte Sehnsucht ...

11

Christina hatte den Eindruck, keine Sekunde geschlafen zu haben, als sie sich in aller Herrgottsfrühe aus dem Bett schlich. Ich brauche frische Luft, sagte sie sich, vielleicht kriege ich dann wieder einen klaren Kopf. Immer noch fühlte sie sich völlig aufgelöst, in ihrem Gehirn schien alles durcheinander geraten zu sein. Ein totales Chaos an Gefühlen herrschte in ihrem Inneren.

Draußen fing es an zu dämmern. Es versprach ein schöner Vorfrühlingstag zu werden; die Luft roch nach feuchter Erde und am Himmel war keine Wolke zu sehen. Gott sei Dank hatte Christina heute erst zur zweiten Stunde Unterricht, so dass ihr genügend Zeit blieb für eine große Joggingrunde. In viel zu hohem Tempo rannte sie los, als wäre sie vor etwas auf der Flucht. Erst als sie, völlig außer Atem und nassgeschwitzt, Seitenstechen bekam, hielt sie inne. Du musst dich beruhigen, Christina, sagte sie zu sich selbst. Beruhige dich endlich! Langsam setzte sie sich wieder in Bewegung. Atmen, gleichmäßig atmen, befahl sie sich. Ein und aus, ein und aus, im Rhythmus der Schritte. Ja, so war es gut. Immer weiter. Gleichmäßig und ruhig. In dem Maße, wie sie die Kontrolle über ihren Körper zurückgewann, gelang es Christina, auch ihre Gedanken zu ordnen. Es wurde Zeit, Klarheit zu schaffen. Sie musste sich selbst gegenüber ehrlich sein. Die Wahrheit war, sie hatte sich unsterblich verliebt! Verliebt in einen Mann, den sie noch nie in ihrem Leben gesehen hatte und den sie dennoch so gut kannte! Besser kannte als irgendjemanden sonst. Und der auch sie kannte, bis in ihre tiefste Seele hinein. Der Seiten in ihr berührt hatte, von deren Existenz sie keine Ahnung gehabt hatte. Das Wort „Seelenverwandtschaft" kam ihr in den Sinn. Ja, er war ein Seelenverwandter von ihr. Er verstand, wie sie dachte und fühlte, als könnte er direkt in ihren Kopf und in ihr Herz sehen. Völlig unerwartet überkam Christina ein ungeheures Glücksgefühl. Es überflutete sie wie eine Meereswoge. Wie wunderbar war es, dass es diesen Menschen für sie gab! Zu wissen, dass er existierte, dass er an sie dachte, sie ebenso liebte wie sie ihn! Das Gefühl ließ sie innerlich jubeln.

Plötzlich wurde Christina sich bewusst, dass sie wie weggetreten vor sich hinlächelte. Sie blieb stehen und sah sich um. Sie war schon viel zu weit gelaufen. Höchste Zeit umzukehren. Sie wandte sich um und lief den gleichen Weg zurück. Als hätten ihre Gedanken genau wie ihr Körper eine Kehrwendung gemacht, fragte sich Christina, was nun werden sollte. Sie liebte also einen anderen Mann. Was war mit Stefan, was war mit ihrer Ehe? Wie konnte die Beziehung zu Dominic weitergehen? Unwillig schüttelte sie während des Laufens den Kopf. Diese Fragen konnte sie jetzt nicht beantworten. Eins nach dem anderen. Zunächst würde sie abwarten, was Dominic ihr heute schreiben würde.

Es war keiner der üblichen Morgengrüße, den Christina sah, als der Bildschirm des Computers aufleuchtete, auch kein leidenschaftlicher Liebesbrief, sondern die Fotokopie eines amtlich aussehenden, mit Stempeln versehenen Briefes mit einer langen Liste von Namen. Das Schreiben kam vom Departement of Defense Headquarters, United States Army, 6900 Georgia Avenue, N.W,1 Washington DC20307-5001 und war überschrieben mit UNDERLISTED ARE SOLDIERS WHO ARE TRANS-FERRED FROM AFGHANISTAN TO SYRIA TO KEEP PEACE DUE TO THE MASSIVE ATTACK.

Die Liste! Das war die Liste, vor der Dominic so viel Angst hatte! Schnell überflog sie die Reihe der Namen. Tatsächlich! Dort stand er: SSG Dominic J. Anderson.

Dann war es also soweit. Dominic würde sie verlassen! Wie oft hatte er betont, dass im Kriegsgebiet Syriens den Soldaten keinerlei Kontakt nach außerhalb erlaubt sein würde, weder per Computer noch per E-Mail oder Telefon.

Keine weitere Nachricht von Dominic, nur diese Liste. Wie er sich jetzt wohl fühlte? Alle seine Ängste waren wahr geworden. Der Arme! Wenn sie ihm nur helfen könnte!

Den ganzen Tag, während sie ihrer normalen Arbeit in der Schule, im Haus und im Garten nachging, wartete Christina unruhig auf eine Nachricht von Dominic. Im Stundentakt rief sie ihre FB-Seite auf, um zu sehen, ob er online war oder wenigstens eine Nachricht hinterlassen hatte. Erst spät abends, als sie schon aufgeben und schlafen gehen wollte, sah sie den grünen Punkt neben seinem Namen, der signalisierte, dass er am Computer war. Gleich darauf meldete er sich.

Guten Abend, Chrissie, my darling. Entschuldige, dass ich mich jetzt erst melde. Wir waren im Einsatz.

Schon gut, Lieber! Ich habe die Liste gesehen. Wie geht es dir jetzt?

Ach, es ist schrecklich, meine Liebste. Ich würde alles tun, um nicht auf diese Mission geschickt zu werden. Ich habe dir ja davon erzählt. Es ist ein aktives Kriegsgebiet dort ...

Ja, ich weiß. Es tut mir so leid, Dominic!

Danke, mein Liebstes. Weißt du, ich hatte letzte Nacht einen Traum ... Er war ganz furchtbar. Ich bin aufgewacht und war total in Panik.

Bitte erzähl mir von dem Traum.

Du warst auch in dem Traum. Und Sammy. Warte, ich versuche mich zu erinnern ...

Bitte erzähl!

Wir drei waren in einem großen Boot auf dem Meer. Wir lachten und hatten Spaß. Es war ein schöner sonniger Tag und es schien, als ob nichts Schlimmes geschehen könnte.

Das hört sich gut an. Was passierte dann?

Wir genossen das schöne Wetter und waren glücklich zusammen, du, Sammy und ich. Dann plötzlich kam ein Wind auf, der zu einem furchtbaren Sturm wurde, es donnerte und ein Blitz schlug in unser Boot ein. Es brach in der Mitte entzwei.

Und dann?

Plötzlich fand ich mich allein in der einen Hälfte des Bootes und du und Sammy, ihr wart in der anderen Hälfte. Ich tat alles, um näher an euch heranzukommen, und Sammy schrie laut nach mir, du ebenso, aber die beiden Bootshälften wurden immer weiter auseinandergetrieben. Zuletzt konnte ich euch nicht mehr sehen. Ich bin von meinem eigenen Schreien aufgewacht. Ich fühle jetzt noch die schreckliche Angst, Chrissie.

Ach, was für ein entsetzlicher Traum! Er zeigt genau, wovor du dich fürchtest: Deinen Sohn und mich zu verlieren und allein zu sein. Dominic, der Traum zeigt deine Gefühle, aber er bedeutet nicht, dass etwas in der Art in Wirklichkeit geschehen wird. Du wirst deinen Sohn nicht verlieren, da bin ich ganz sicher. Und ich? Ich bin hier in Deutschland. Was soll mir schon passieren?

Du hast Recht, Chrissie. Ich habe tatsächlich Angst, dich und Sammy zu verlieren. Ihr beide seid so unendlich wichtig für mich. Bitte versprich mir, dass du mich nie verlassen wirst.

Ich werde dich nicht verlassen. Ich bin für dich da.

Ich danke dir so sehr, meine Chrissie! Ich bin sicher, was auch immer mit mir geschehen wird, du wirst dich um Sammy kümmern. Ich weiß, du bist eine wundervolle Frau und ich kann mich glücklich schätzen, dich zu kennen.

Was geschieht jetzt als Nächstes? Wann werdet ihr nach Syrien gehen, du und deine Kameraden?

Wir haben noch keinen Termin mitgeteilt bekommen, aber es wird bald sein. Was soll ich nur tun, Chrissie? Ich möchte nicht noch weiter kämpfen müssen, verstehst du mich?

Ich verstehe dich so gut, Dominic!

Du erinnerst dich, mein Kommandeur hat mir gesagt, es gäbe vielleicht einen Ausweg. Das ist jetzt meine letzte Hoffnung. Ich werde gleich morgen Früh zu ihm gehen und ihn danach fragen.

Ich hoffe so sehr für dich, dass doch noch alles gut wird, mein Dominic.

Mit diesem dünnen Strohhalm der Hoffnung verabschiedeten sie sich voneinander. Christina hatte nicht die geringste Vorstellung davon, worin der Ausweg aus diesem Dilemma bestehen könnte. Ihres Wissens nach gab es für Armeeangehörige im aktiven Dienst kaum die Möglichkeit, sich gegen eine vom Dienstherrn angeordnete Versetzung zur Wehr zu setzen. Sie machte sich Sorgen um Dominic, aber sie dachte auch mit Bangen daran, wie es sein würde, nicht mehr mit ihm in täglichem Kontakt stehen zu können. Sie würde ihn so schrecklich vermissen!

12

„Was ist eigentlich los mit dir, Schatz?" fragte Stefan am Frühstückstisch.

Christina zuckte erschrocken zusammen.

„Wieso? Was meinst du?"

„Du bist neuerdings mit den Gedanken ständig woanders, habe ich den Eindruck. Gerade habe ich dich schon zum zweiten Mal gebeten, mir die Marmelade zu reichen, aber du reagierst einfach nicht. Hast du irgendwas?"

Christina schüttelte den Kopf. Sie spürte, wie sie errötete wie ein ertapptes Kind.

„Es ist nichts. Nur der übliche Schulstress. Ich hab' ein bisschen Ärger mit meiner Neunten. Du weißt ja, die Jungs in dem Alter sind manchmal einfach unausstehlich."

Sie griff nach dem Marmeladenglas und reichte es über den Tisch zu Stefan hinüber. Nur unter größter Anstrengung gelang es ihr, seinem prüfenden Blick standzuhalten.

„Und was hast du ständig bis spät in die Nacht hinein am Computer zu tun? Ich habe auf die Uhr gesehen. Neulich war es schon zwei Uhr, als du ins Bett kamst. Hast du irgendwelche Probleme, von denen ich wissen sollte?"

Christina biss in ihr Brötchen, froh, ein paar Sekunden Zeit zum Überlegen zu haben.

„Ach, weißt du, ich bin da in einer dieser Diskussionsgruppen gelandet, die manchmal wirklich spannende Themen behandeln. Neulich Nacht ging es um die aktuelle Integrationspolitik. Da gingen die Meinungen weit auseinander, kannst du dir vorstellen. Ich habe mitdiskutiert und dabei ganz die Zeit vergessen."

„Ach so", meinte Stefan. Anscheinend war er mit der Erklärung zufrieden, denn er wandte sich wieder seiner Zeitung zu. „Ich lasse mich auf solche Diskussionen gar nicht erst ein", ergänzte er beiläufig, „die bringen sowieso nichts."

Christina schwieg erleichtert. Im Moment war die Gefahr gebannt. Aber ihr Gewissen, das sie bisher geflissentlich ignoriert hatte, meldete sich mit aller Macht zu Wort. Jetzt war es schon so weit, dass sie ihrem Mann nicht nur verschwieg, was sie tat, sondern ihn direkt anlog. Auf was um Himmels Willen hatte sie sich da eingelassen? Was war nur los mit ihr? Ihr war klar, dass ihre Gespräche mit Dominic schon längst mehr waren als harmlose Unterhaltungen. Und dieser unglaubliche Sex vor ein paar Nächten! War das nicht tatsächlich Ehebruch? Zwar nicht körperlich, aber dafür umso intensiver in ihrer Vorstellung? Wie sollte das Ganze weitergehen? Bei dem Gedanken, dass ihre Verbindung mit Dominic eines Tages enden könnte, befiel sie regelrecht ein Gefühl von Panik. Wie sollte sie ohne seine Zuwendung und Aufmerksamkeit, ohne seine zärtlichen Worte leben können?

Christina bemerkte, dass ihre Gedanken schon wieder bei Dominic waren. Gewaltsam riss sie sich zusammen.

„Und was hast du heute so vor, Schatz?", fragte sie Stefan, während sie ihr Schulbrot schmierte.

Flüchtig sah er von der Zeitung auf.

„Ich? Ach, nichts Besonderes. Ich werde einkaufen gehen und dann mit dem Auto in die Werkstatt fahren. Irgendetwas stimmt nicht mit den Bremsen. Ach ja, dabei fällt mir ein: Was möchtest du denn heute zu Mittag essen?"

„Ach, ich weiß nicht. Vielleicht Fisch?" Christina sah auf die Uhr. „Ich muss los!" Sie stand auf und gab Stefan einen flüchtigen Kuss auf die Wange. „Bis heute Mittag, Schatz!"

Christina war froh, dass Stefan am Abend zu einer seiner vielen Versammlungen musste. Sie konnte es kaum erwarten, mit Dominic zu sprechen.

Gibt es schon irgendwelche Neuigkeiten?

Ich habe mit meinem Kommandanten gesprochen, Chrissie, und er hat mir gesagt, es gebe eine Möglichkeit, wie ich der Versetzung entgehen könne. Aber er meinte, es sei nicht so einfach.

Was für eine Möglichkeit?

Also, er sagte, jemand müsse ein Gesuch an die Vereinten Nationen richten mit der Bitte um meine Beurlaubung aus der Mission hier. Aber es müsse jemand sein, der mir nahesteht und der eine gute Reputation hat.

Und du glaubst, ich bin so jemand?

Ja, mein Liebling, du bist die Einzige, die mir nahesteht und du bist eine angesehene Person. Sammy ist mein einziger Angehöriger, und er ist zu klein dafür.

Gib mir einen Moment, um das zu verstehen. Alles was nötig ist, damit du aus der UN-Mission in Afghanistan entlassen wirst, ist jemand, der ein entsprechendes Gesuch an deine übergeordnete Dienststelle richtet?

Ja, Liebes, so ist es. Mein Kommandant sagte, das Gesuch könne per E-Mail verschickt werden und nach den nötigen Formalitäten würde die Entlassung bewilligt werden.

Es scheint ganz einfach zu sein. Aber bin ich die richtige Person dafür? Wir kennen uns erst seit ein paar Wochen und persönlich gesehen haben wir uns noch nie. Ist es wirklich so einfach? Sicher gibt es noch andere Bedingungen. Es muss eine gute Begründung für eine Beurlaubung geben. Und was könnte eine solcher Grund sein? Und ich glaube, niemand von denen, die auf dieser schrecklichen Liste stehen, möchte gerne nach Syrien gehen.

Ich verstehe, was du meinst, Chrissie. Aber bitte, versteh mich. Ich bin jetzt fast zwei Jahre hier stationiert, und ich möchte endlich für meinen Sohn da sein können. Denkst du noch an meinen schrecklichen Traum? Ich habe Angst, vielleicht nicht mehr zurückzukehren aus diesem Krieg dort in Syrien. Bitte, hilf mir!

Ach, mein Lieber, ich kann dich so gut verstehen.

Bitte, meine Chrissie. Hilf mir, damit ich endlich wieder nach Hause kann. Ich habe hier so viel Leid und Gewalt gesehen, ich halte es nicht mehr aus. Ich bin es so müde zu kämpfen. Ich bin nicht mehr jung, wie du weißt, meine Liebste. Es ist alles nicht mehr so leicht für mich wie es noch vor Jahren war.

Natürlich, Dominic. Ich kann verstehen, was du fühlst. Wenn du glaubst, es wird etwas nützen, werde ich den Brief selbstverständlich schreiben.

Ich danke dir, meine Liebste! Ich war so glücklich, als ich hörte, es gebe eine Chance, diesen Ort hier zu verlassen und nach Hause zu kommen. Danke für deine Unterstützung, Chrissie. Du weißt nicht, wie sehr ich dich liebe und wie sehr ich mich darauf freue, dich bald zu treffen. Wenn alles gut geht, werde ich dich bald mit meinem Sohn besuchen kommen. Ich liebe dich so sehr, meine Chrissie!

Aber du weißt, Dominic, das alles muss unser Geheimnis bleiben! Mein Mann darf nichts davon erfahren. Vorerst wenigstens.

Ja, natürlich, mein Liebling. Es erfahren nur drei Personen davon: Du, ich und mein Kommandant. Ich werde gleich mit ihm sprechen, und morgen gebe ich dir alle Details für den Brief, okay?

Wenn du den Urlaub bewilligt bekommst, kannst du dann aus der Armee ausscheiden, ich meine, anschließend?

Ja, mein Liebes. Das ist das Beste daran. Ich kann danach meinen freiwilligen Abschied vom Militär nehmen. Das Alter dafür habe ich mit meinem nächsten Geburtstag erreicht. Ich bin so glücklich über diese Chance, Chrissie! Wenn alles gut geht, werde ich bald für immer mit Sammy zusammen sein können. Und wenn du willst, auch mit dir, meiner Traumfrau.

Dominic, bist du sicher, dass keine weiteren Bedingungen an die Beurlaubung geknüpft sind?

Ich weiß nichts weiter darüber. Mein Chef sagte mir nur, ich solle mich entspannen und alles auf mich zukommen lassen. Ich hoffe wirklich, da ist nichts weiter. Ich würde dir nie etwas verheimlichen, das weißt du, oder?

Okay. Lass uns das Beste hoffen. Also mach dir vorerst nicht so viele Sorgen, mein Liebster.

Diese merkwürdige Sache mit dem Gesuch an die UN ließ Christina keine Ruhe. Immerhin musste sie dafür ihren Namen und ihre Adresse hergeben. Außerdem konnte sie nicht recht glauben, dass ein simpler Brief etwas bewirken würde. Aber natürlich kannte sie sich mit den Bestimmungen und Gepflogenheiten des amerikanischen Militärs oder der Vereinten Nationen nicht aus. Und sie konnte Dominic den Wunsch nicht abschlagen. Seine Angst vor dem Krieg ging ihr zu Herzen und sie konnte seine Sehnsucht nach seinem Sohn so gut verstehen. Ganz im Geheimen hoffte sie auch darauf, ihn irgendwann persönlich kennenlernen zu können. Die Chance dafür war aber verschwindend gering, wenn er auf unabsehbare Zeit in den Nahen Osten versetzt werden würde. Also lag es auch in ihrem Interesse, wenn er bald aus dem Militärdienst entlassen würde, so wie er es plante.

Immer wieder stellte sie sich vor, wie es sein würde, ihm endlich in Wirklichkeit gegenüber zu stehen. Sein Lächeln zu sehen und in seine unglaublichen blauen Augen zu schauen. Würde sie ihm gefallen? Und er ihr? Wie würde es sein, ihn zu umarmen, seine Lippen auf den ihren zu spüren? Mehr und mehr verlor sie sich in ihren Tagträumen. Nur mit äußerster Willenskraft konnte sie sich auf ihr normales Alltagsleben konzentrieren, das etwas Mechanisches bekam, etwas, was sie automatisch abspulte. Lebendig fühlte sie sich nur, wenn sie online war und mit Dominic chattete. War er nicht da, wartete sie auf ihn und sehnte sein *Are you there, my dearest?* mit jeder Faser ihres Herzens herbei.

13

Immer wieder las Christina den Brief, den sie per E-Mail an das DKPO (Department of Peacekeeping Operations) der Vereinten Nationen schicken sollte. Dominic hatte ihr den Text vorgegeben.

„Dear Sir/Ma'am", fing er ganz offiziell an. „My name is Christina Wegner..." Sie sei eine enge Freundin der Familie von SSG Dominic J. Anderson, der zur Zeit in der Kandahar Militärbasis in Afghanistan Dienst tue. Da er wegen einer ernsten Erkrankung seines Sohnes dringend zu Hause gebraucht werde, ersuche sie die vorgesetzte Behörde, SSG Dominic J. Andersen einen Sonderurlaub zu gewähren. Der Brief schloss mit der Bitte um eine schnelle Rückantwort, damit das erforderliche dienstliche Procedere wegen der gebotenen Eile möglichst zügig erledigt werden könne. Er endete mit der Formel „Sincerely yours" und ihrer Unterschrift.

Christina war zwar nicht ganz wohl bei dem, was sie geschrieben hatte, weil Sammy keineswegs erkrankt war, aber Dominic hatte ihr versichert, ohne einen solchen handfesten Grund habe die Bitte um Sonderurlaub keine Chance. Das leuchtete ihr ein, und so hatte sie die kleine Notlüge akzeptiert. Sie schickte die Mail an unitednation.defence011@gmail.com, die Adresse, die Dominic ihr angab.

Was glaubst du, wird der nächste Schritt sein, Dominic? Ich kann mir eigentlich nicht vorstellen, dass ein solcher Brief schon genügt, dich aus dem Dienst zu beurlauben. Hoffentlich bist du nicht zu enttäuscht, wenn das Gesuch abgelehnt wird, mein Liebling.

Lass uns die Hoffnung nicht zu früh aufgeben, Liebes. Warten wir erst einmal die Antwort ab. Dann sehen wir weiter. Ich bin dir so dankbar, Chrissie, dass du das für mich tust. Ich liebe dich!

Am nächsten Tag schien Dominic sehr viel froher und optimistischer gestimmt zu sein. Sie unterhielten sich über sein Haus in San Francisco, über seine Pläne nach dem Militärdienst und darüber, wie schön es sein würde, mit Sammy zusammen Ferien machen zu können. Dominic schien sie, Christina, schon fest in sein ferneres Leben eingeplant zu haben. Dann stellte er die Frage, die sie schon lange angstvoll erwartet hatte:

Bist du glücklich in deiner Ehe, Chrissie?

Sie musste lange überlegen. Wieder dachte sie an die Sehnsucht, die sie trotz all der glücklichen Umstände ihres Lebens nie verlassen hatte. Sie dachte daran, was Stefan damals, nach der schrecklichen Episode mit ihrem gewalttätigen Freund, für sie getan hatte und wie dankbar sie ihm gewesen war. Sie liebte Stefan doch, oder? Auch wenn es in ihrer langjährigen

Ehe nie die ganz große Leidenschaft gegeben hatte, sie war doch zufrieden gewesen. Zufrieden ja, aber auch glücklich? Sie wusste es nicht. In dem Chaos, das in ihrem Inneren herrschte, fand sie sich nicht mehr zurecht. Wie sollte sie Dominic erklären, was in ihr vorging, wenn sie es selbst nicht verstand? So gut sie konnte, versuchte sie auf Englisch auszudrücken, was sie bewegte.

Seine Antwort auf ihre wirren Erklärungsversuche war voller Verständnis und seine Worte fielen in ihr Herz wie willkommene Wassertropfen auf ausgetrocknete Erde. Nie hatte sie vorher eine solche Verbundenheit gespürt. Sie dachte an das unbeschreibliche Sex-Erlebnis, das sie mit ihm geteilt hatte. Bisher hatten sie nicht darüber gesprochen. Doch sie wollte wissen, wie er darüber dachte. Sie fasste sich ein Herz und fragte ihn.

Dominic, mein Lieber, ich muss immer wieder an diese Nacht im Hotelzimmer denken. Ich kann mir jetzt vorstellen, wie wunderbar es sein muss, mit dir zu schlafen. Ich sehne mich so danach ...

Chrissie, my dearest, das war eine Wahnsinnsnacht! Ich habe nie in meinem Leben solche Gefühle erlebt. Diese Nacht wird mir für immer unvergesslich bleiben. Ich möchte immer für dich da sein, meine Chrissie. Ich möchte dich lieben und für dich sorgen.

Dominic, du hast mir mit dieser Nacht ein wunderbares Geschenk gemacht. Es war so real. Ich habe mich begehrt und geliebt gefühlt, und ich wünsche mir nichts mehr, als solch eine wunderbare Liebesnacht mit dir in Wirklichkeit zu erleben. Ich glaube, es wird mit dir sein wie mit keinem Mann zuvor. Du bist ein phantastischer Liebhaber! Du weißt genau, was ich fühle und wie mein Körper reagiert. Ich liebe dich, Dominic!

Während Christina diese Worte schrieb, konnte sie sich nicht genug wundern über sich selbst. Sie, die es nicht fertigbrachte, offen mit ihrem Mann über ihre sexuellen Wünsche zu sprechen, sie, die sich von pornografischen Darstellungen auf Fotos oder in Filmen peinlich berührt fühlte, sie, die schüchterne und zurückhaltende Christina, redete ganz offen und ohne Scham mit diesem Mann über ihre körperlichen Empfindungen. Sie konnte es sich nicht erklären, aber sie entdeckte sich selbst bei Dominic ständig neu. Wenn sie seine zärtlichen Worte las, fühlte Christina sich unendlich glücklich. Sie schob jeden Gedanken daran, was später sein würde, weit von sich und ging ganz in dem Gefühl auf, über alle Maßen geliebt und begehrt zu werden.

In der nächsten Mail, die Christina von der Behörde erhielt, wurde sie nach ihren persönlichen Daten und denen Dominics gefragt. Sie seien notwendig, um die entsprechenden Formalitäten in die Wege zu leiten. Man wollte alles ganz genau wissen von Dominic: 1.Military Rank: E-6 Staff sergeant, 2. Complete name: Dominic J. Anderson, 3.Departement in Kabul: Cyber Operations officer, 4. Uniform number: Cp13A, 5. Passeport number: 431276122. Auch sie selbst musste ihren Namen, die genaue Adresse angeben sowie die Art der Beziehung zu Dominic und das Land, in das er entlassen werden sollte, benennen. Letzteres musste Deutschland sein, weil sie als Deutsche das Gesuch an die Behörde stellte, erläuterte Dominic ihr. Nach weiteren zwei Tagen traf die Antwort vom DCPO ein. Zu Dominics und Christinas großer Erleichterung befürwortete man die außerplanmäßige Beurlaubung. Jedoch entstünden durch die damit verbundenen besonderen Maßnahmen, z. B. durch die Bereitstellung eines gleichwertigen Ersatzes, Kosten, die von der Antragstellerin, also Christina, zu tragen seien. Für die Ausreise nach Deutschland betrugen diese Kosten fünftausendneunhundert Euro. Wenn sie bereit sei, diese Kosten zu tragen, würde man ihr umgehend die entsprechenden Bankdaten zuschicken. Sobald die Zahlung erfolgt sei, könne SSG Dominic J. Anderson binnen drei Tagen nach Deutschland ausreisen, um den Sonderurlaub anzutreten.

Christina war im Grunde nicht überrascht über diese Geldforderung, hatte sie doch von Anfang an nicht daran geglaubt, dass es so einfach sein würde, vom militärischen Dienst suspendiert zu werden. Dominic versicherte ihr glaubhaft, er habe nichts von solchen Kosten gewusst und er wage nicht, sie darum zu bitten, das Geld vorzustrecken, auch wenn er es ihr selbstverständlich gleich nach seiner Ankunft in den Staaten zurückzahlen würde. Stattdessen würde er die Versetzung nach Syrien in Kauf nehmen, auch wenn er seinen kleinen Sohn auf lange Zeit nicht wiedersehen würde.

Christina konnte und wollte das nicht zulassen. Sie konnte so gut nachvollziehen, dass Dominic sich nach den vielen Jahren als Soldat in den verschiedenen Krisenherden der Welt nach Ruhe und Frieden sehnte, nach einem zivilen Leben ohne die Konfrontation mit Gewalt, Leid und Tod. Zudem: Wie sollte sie weiterleben ohne den täglichen Kontakt mit dem Mann, den sie über alles liebte? Ständig in Angst, ob er überhaupt noch lebte. Nein, es fiel ihr nicht schwer, sich zu entscheiden. Sie signalisierte ihr Einverständnis und erhielt umgehend eine Bankadresse in San Francisco, mit einer ellenlangen Iban-Nummer für internationale Zahlungen. Das Geld hob sie von dem gemeinsamen Sparkonto ab, auf dem Stefan und sie ihren „Notgroschen" lagerten. Stefan würde gar nicht bemerken, dass das Geld für einen Zeitraum von einer oder zwei Wochen verschwunden war. Dominic würde es bis dahin ja zurückgezahlt haben.

Nach der Überweisung des Geldes schrieb Dominic:

Darling, ich danke dir von ganzen Herzen für deine Hilfe! Du rettest mich! Ich bin so glücklich, bald wieder mit Sammy zusammen sein zu können! Gleich nach meiner Ankunft in den USA werde ich meine vorzeitige Entlassung aus dem Militärdienst beantragen, meine Liebste, und dann werden Sammy und ich nach Deutschland kommen. Dann endlich werden wir uns sehen, mein Herz, und ich werde dich für immer festhalten und lieben. Du bedeutest ein ganz neues Leben für mich. Ich liebe dich, Chrissie!

Das war die letzte Nachricht, die Christina von Dominic J. Anderson erhielt.

TEIL ZWEI

14

Accra, Hauptstadt von Ghana, zwei Monate zuvor

Mehdi Kojo Magoro überquerte die mit riesigen Reklametafeln gesäumte vierspurige La Road, die entlang des sauberen, für die Touristen herausgeputzten Strandes Labadi Beach am Südrand von Accra verlief, und bog in die Maale Dada Street ein. Er war müde. Den ganzen Tag hatte er in den Geschäften, Restaurants und Handwerksbetrieben nach Arbeit gefragt, selbst als Strandreiniger hatte er sich bei der Bezirksverwaltung angeboten, aber niemand wollte ihn einstellen.

An der Ecke zur Gbobilor Street, wo vor kurzem das neue Postgebäude fertiggestellt worden war, bot ein halbwüchsiger Junge in einer offenen Bretterbude, die ein selbstgemaltes Schild hochtrabend als „Kiosk" kennzeichnete, Wasser in Kunststoffflaschen an. Immerhin schien es gut gekühlt zu sein, denn der Junge holte es aus einer alten, an den Kanten rostzerfressenen Kühltruhe. Mehdi reichte ihm zehn Pesewas, öffnete die Flasche und nahm einen langen Schluck. Obwohl es schon Abend war, hatte die Hitze des Tages kaum nachgelassen. Mehdi schätzte, dass die Lufttemperatur immer noch bei 30 ° liegen müsste. Der ständig wehende Harmattan, ein trockener, heißer Passatwind aus Nordosten, verstärkte die Hitze noch. Und das, obwohl jetzt, Ende Februar, eigentlich die Regenzeit schon beginnen müsste. Mehdi wischte sich mit dem Ärmel seines weiten, ausgeleierten T-Shirts den Schweiß von der Stirn, als er seinen Heimweg fortsetzte.

Die Gbobilor Street, in der er wohnte, hatte mit der tropischen Schönheit und der Sauberkeit des Strandes nichts mehr gemeinsam. Sobald man sich von den für Touristen hergerichteten Bereichen der Stadt entfernte, zeigte sich das wahre Gesicht Accras, der Hauptstadt Ghanas. Die heruntergekommenen Häuser waren zumeist aus Holzbrettern zusammengezimmert und mit Wellblech gedeckt, die geteerten Straßen ohne Bürgersteig staubig und schmutzig, überall lag achtlos weggeworfener Müll. Mehdi kam an der Autowerkstatt vorbei, in der er bis vor ein paar Monaten gearbeitet hatte. Jetzt war sie geschlossen. Der Betrieb hatte sich nicht mehr rentiert, seit eine moderne Tankstelle mit Werkstatt an der Maale Dada Street eröffnet hatte. Ein paar Autowracks standen noch auf dem verlassenen Hof, und das verwahrloste Gebäude verwandelte sich zusehends in eine Ruine.

Das Haus mit der Nummer 86, in dem Mehdi mit seiner Familie lebte, war aus grauen unverputzten Steinen gebaut, hatte ein neues stabiles Wellblechdach und einen winzigen Vorgarten, in dem spärliches, halb vertrocknetes Gras wuchs. Immerhin hatte der Besitzer das Gebäude vor einigen Jahren an die moderne Kanalisation anschließen lassen, so dass die Mieter über ein winziges, aber gut funktionierendes Badezimmer mit Dusche, Waschbecken und Toilette verfügten. Mit Sorge dachte Mehdi an die nächste Mietzahlung, die nach dieser Renovierung natürlich um etliches angehoben worden war. Wenn er nicht bald eine Arbeit fand, würde die Familie wohl ausziehen und eine billigere Behausung suchen müssen.

Mehdi hörte durch das weit geöffnete, mit einem Fliegengitter versehene Fenster Stimmen und Gelächter. Anscheinend lief der Fernseher. Er betrat durch die niedrige Tür den Wohnraum, der gleichzeitig als Küche diente.

„Guten Abend, Mutter", begrüßte er die Frau, die am Elektroherd stand und eifrig in einem der Töpfe rührte. Aalia Kadoo Magoro war eine schlanke, fast magere Frau von achtundsechzig Jahren mit kräftigen knochigen Händen, die von einem arbeitsreichen Leben zeugten. Die vielen kleinen Fältchen um die Augen herum und der große, immer zum Lachen bereite Mund mit den vollen Lippen in Aalias schmalem Gesicht sprachen von ihrer unerschütterlichen Lebensfreude. Ehrerbietig küsste Mehdi seine Mutter auf den Kopf, um den sie wie immer ein bunt gemustertes Tuch gebunden hatte, das aus dem gleichen Stoff wie ihr selbst genähter Rock bestand.

„Du kommst gerade richtig, mein Sohn", sagte Aalia, „das Essen ist gleich fertig."

Die vier Kinder, die teils auf Stühlen, teils im Schneidersitz auf einer Decke auf dem Fußboden saßen, hatten für ihren Vater kaum einen Blick. Sie starrten allesamt wie gebannt auf den Fernseher, auf dem eine bunte Show mit unterlegtem Konservenapplaus immer wieder für Heiterkeit sorgte. Mehdi ging von einem Kind zum anderen und begrüßte es mit einem Kuss auf die Stirn. Baahir Akwasi, der Fünfzehnjährige, reagierte kaum auf die Berührung und konzentrierte sich weiterhin auf das Geschehen auf dem Bildschirm. Maddalen Ama und Machi Ama, die zwölfjährigen Zwillinge, die eng umschlungen auf dem Boden saßen, umarmten ihren Vater flüchtig. Den identischen zweiten Namen besaßen die beiden Mädchen, weil sie an einem Samstag geboren worden waren. Ihre Eltern waren damit der ghanaischen Tradition gefolgt, den Wochentag, an dem man das Licht der Welt erblickte, als Vornamen zu benutzen. Kofi Anan, der berühmteste Sohn des Landes, war demnach an einem Freitag geboren worden. Mehdi nahm den sechsjährigen Keano Kweku, seinen Jüngsten, auf den Arm und drückte ihn herzlich an sich, bevor er ihn wieder dem Fernsehgeschehen überließ. Anschließend ging er in das winzige Badezimmer, um sich frisch zu machen. Er musterte nachdenklich das dunkle Gesicht, das ihn im Spiegel aus müden Augen anstarrte. Wie schmal es geworden war, wie erschöpft und resigniert er aussah! An den Schläfen war das dichte schwarze Kraushaar schon von grauen Fäden durchsetzt, und die Sorgenfalten auf der Stirn ließen ihn älter als fünfundvierzig erscheinen, fand Mehdi. Dazu trug wohl auch der schmerzliche Zug um seinen Mund bei, der von der tiefen Traurigkeit herrührte, welche ihn seit dem Tod Maddalens, seiner Frau, nicht mehr verlassen wollte. Mehdi drehte den Wasserhahn auf und schüttete sich einige Händevoll kaltes Wasser ins Gesicht. Als er sich abgetrocknet hatte, versuchte er seinem Spiegelbild zuzulächeln, was seine makellos weißen Zähne zum Vorschein brachte. Er durfte sich vor seiner Familie seine Mutlosigkeit nicht anmerken lassen. Tatsächlich hob die fröhliche Mimik augenblicklich seine Stimmung, auch wenn es nur ein oberflächlicher Effekt war. Er ging betont munter zurück in die Wohnküche und setzte sich auf einen der Holzstühle an dem großen Tisch in der Mitte des Raumes. Seine Mutter sah ihm prüfend ins Gesicht. Sie durchschaute seine Maske sofort.

„Wieder nichts gefunden?", fragte sie.

Mehdi schüttelte resigniert den Kopf. Aalia drückte ihm mitfühlend die Schulter, bevor sie sich wieder den Kochtöpfen zuwandte.

„Halb so schlimm", meinte sie. „Dafina hat gesagt, ich kann ihr so viele Kleider liefern, wie ich machen kann. Vor allem Kinderkleider braucht sie. Wir haben also noch genug Geld, Mehdi. Mach dir nicht so große Sorgen."

Dafina war die Besitzerin des kleinen Kleiderladens weiter oben in der Gbobilor Street, in dem Aalia ihre Arbeiten anbot. Der euphemistisch als „Boutique" überschriebene Laden quoll über mit allen möglichen Waren, angefangen bei traditionellen bunten Kleidern über moderne T-Shirts und Jeanshosen bis hin zu Badeanzügen und Unterwäsche. Aalias selbst entworfenen und geschneiderten Röcke, Blusen und Kleider erfreuten sich großer Beliebtheit bei den Frauen in Accras Stadtteil Labadi, die nur wenige Cedi für ihre Ausstattung ausgeben konnten. Als Maddalen, Mehdis verstorbene Frau, noch lebte und zusammen mit Aalia an den Kleidungsstücken arbeitete, war der Verdienst der beiden Frauen der Grundstock des Lebensunterhaltes der Familie gewesen. Zusammen mit Mehdis Verdienst als Mechaniker in der Autowerkstatt hatten sie ein gutes Einkommen gehabt, so dass sie sich das relativ komfortable Haus leisten und sogar etwas Geld zurücklegen konnten. Dann jedoch hatten die Behandlungs- und Pflegekosten Maddalens fast alle Ersparnisse aufgefressen, bevor sie vor zwei Jahren ihrem Krebsleiden erlegen war.

„Kommt, Kinder, wascht euch die Hände und setzt euch an den Tisch. Wir wollen essen", forderte Aalia ihre Enkelkinder nun auf. Sie umfasste die riesige Schüssel, in die sie den Joloffreis mit der scharf gewürzten Gemüsesauce aus Tomaten, Bohnen und Auberginen gefüllt hatte, mit einem Küchentuch und stellte sie mitten auf den Tisch. Mehdi verteilte bunte Plastikbecher, in die er für die Kinder die Zitronenlimonade eingoss, während er und Aalia einfaches Wasser tranken. Die Kinder kamen der Aufforderung ihrer Großmutter nach und nahmen reihum an den Längsseiten des Tisches auf den ungepolsterten Holzstühlen Platz. Der würzige Duft der Reisspeise hatte sich appetitanregend im ganzen Raum verbreitet. Ungeachtet der empörten Proteste seiner Kinder hatte Mehdi den Fernseher ausgeschaltet. Er achtete sehr darauf, dass wenigstens bei den gemeinsamen Mahlzeiten Ruhe herrschte, so dass man miteinander sprechen konnte. Die Familie unterhielt sich auf Twi, der traditionellen Sprache der Ashanti-Volksgruppe, der Mehdi und seine Familie wie die meisten Bewohner Accras angehörten. Twi war neben Englisch Amtssprache in Ghana, und jedes Kind wuchs zweisprachig auf. In der weiterführenden Senior Secondary School, die Baahir bald besuchen sollte, lernten die Schülerinnen und Schüler außerdem Französisch, was der frankophilen Haltung der Ghanaer entsprach. Während Twi als ethnischer Dialekt neben anderen Stammessprachen zwar relativ viel gesprochen wurde, aber im modernen Ghana zunehmend an Bedeutung verlor, beherrschte jeder Ghanaer das Englische in Wort und Schrift zumeist sehr gut.

„Warst du heute beim Training?", fragte Mehdi seinen Ältesten, während er mit den Fingern geschickt eine mundgerechte Kugel aus Reis, Gemüsestückchen und Sauce formte. Jeder am

Tisch bediente sich mit der Hand aus der großen Schüssel; Besteck wurde nicht verwendet. Zum Abwischen der Finger hatte Aalia eine flache Schüssel mit Wasser auf den Tisch gestellt und ein Handtuch bereitgelegt.

„Ja", antwortete Baahir auf die Frage seines Vaters. „War gut. Der Trainer sagt, er will mich demnächst als offensiven Mittelfeldspieler einsetzen."

„Hm, gut!", sagte Mehdi kauend. Stolz musterte er seinen Sohn. Baahir war groß für sein Alter, schlank und athletisch gebaut. Wie sein Vater würde er sicher über 1,85 m groß werden. Ideal als Kopfballtorjäger, dachte Mehdi. Gerührt stellte er fest, dass das jugendliche Gesicht seines Sohnes schon den ersten Bartflaum zeigte. Baahirs Traum war es, Profifußballer zu werden, wie seine großen Vorbilder aus der Nationalmannschaft Ghanas, die er abgöttisch verehrte. Mehdi hingegen wollte, dass Baahir im nächsten Jahr nach dem Abschluss der Secondary School die Senior Secondary School besuchte, um später studieren zu können, aber wenn er, Mehdi, weiterhin keine Arbeit fand, würde er wohl kaum das Geld dafür aufbringen können.

„Wir sind heute beim Vorlesen drangekommen." Die helle Stimme Machis riss Mehdi aus seinen Gedanken.

„Bei einem ganz schwierigen Text", ergänzte Maddalen.

Lächelnd wandte Mehdi sich seinen Töchtern zu. Wie immer sprachen die Zwillinge wie eine Person. Ließ die eine einen Satz unvollendet, sprach die andere ihn zu Ende. Nicht nur, dass die beiden Mädchen sich ähnelten wie ein Ei dem anderen, sie liebten es, sich gleich zu kleiden und ihre krausen Haare zu den gleichen Frisuren zu flechten, so dass selbst ihr Vater zuweilen Mühe hatte, sie auseinander zu halten. Hinzu kam, dass die beiden schier unzertrennlich waren; sie hingen geradezu wie Kletten aneinander.

Nur der kleine Keano aß schweigend. Er hatte ein wenig Mühe, mit seinen rundlichen Fingern mundgerechte Portionen von dem Joloffreis zu formen und, ohne unterwegs etwas zu verlieren, zum Mund zu befördern. Mein Gott, wie der Kleine Maddalen ähnelt, dachte Mehdi wieder einmal. Immer noch gab die Erinnerung an seine verstorbene Frau, nach der die zuerst geborene Zwillingstochter benannt worden war, Mehdi einen Stich ins Herz. Er würde nie vergessen, welche Qual es ihm bereitet hatte, zusehen zu müssen, wie der Krebs seine schöne junge Frau innerlich zerstörte, so dass weder die traditionelle Heilerin noch die modernen Ärzte im Krankenhaus sie hatten retten können.

Es klingelte an der Tür. Überrascht wechselte Mehdi einen Blick mit seiner Mutter.

„Wer kann das sein?" Aalia zuckte mit den Schultern.

Mehdi stand auf, tauchte seine Hände kurz in die Wasserschüssel und trocknete sie auf dem Weg zur Tür mit dem Handtuch ab.

„Hallo, Abdi! Welch eine schöne Überraschung, dich zu sehen! Komm herein! Wir sind gerade beim Essen. Nimm Platz und iss mit uns, lieber Vetter."

Der Mann, der mit einem breiten Lächeln im Gesicht die Wohnküche betrat, hörte auf den Namen Abdi Ekow Okoye, war mittelgroß und von erstaunlicher Körperfülle. Er schnupperte genüsslich, als er den Duft des immer noch warmen Reisgerichtes wahrnahm. Aalia war aufgestanden und trat auf ihn zu.

„Wie schön, dass du uns wieder einmal besuchst, lieber Neffe." Sie umarmte den Mann, der sie seinerseits herzlich an sich drückte.

„Ich freue mich auch, liebe Tante, euch alle so gesund und munter beieinander zu sehen. Es ist ja schon eine ganze Weile her, seit ich euch das letzte Mal besucht habe."

Ohne Umschweife nahm er sich einen weiteren Stuhl und setzte sich neben die Zwillinge, die höflich ein Stück zur Seite rückten.

„Das duftet ja herrlich, Tante. Niemand bereitet dem Joloffreis so lecker zu wie du!"

Aalia lächelte geschmeichelt. Alle setzten ihre Mahlzeit fort, während Mehdi und Aalia die letzten Neuigkeiten mit ihrem Besucher austauschten. Abdi Okoye lebte mit seiner Frau Badi Kobena und seinen fünf Kindern in einem der neu erstellten Wohngebiete am Stadtrand von Accra, in einer Vierzimmerwohnung mit allem modernen Komfort. Mehdi hatte sich schon des Öfteren gefragt, woher Abdi das Geld dafür nahm; man munkelte in der Verwandtschaft lediglich, dass er „Geschäfte" machte. Welcher Art diese Geschäfte waren, wusste Mehdi nicht. Er fragte sich, ob es einen besonderen Anlass für den Besuch seines Vetters gebe, war aber viel zu höflich, um direkt danach zu fragen.

Aalia stellte zum Nachtisch einen Korb mit Früchten auf den Tisch: Mangos, Mandarinen, kleine Bananen und sogar ein paar Äpfel rundeten die Mahlzeit ab. Sie bot Abdi ein Bier an, das er gerne annahm.

„Lass uns ein paar Schritte gehen, Mehdi, das ist gut für die Verdauung", schlug Abdi seinem Vetter vor. An seine Tante gerichtet, fragte er höflich: „Du erlaubst doch? Und hab‘ Dank für das wunderbare Essen, Tante. Es war köstlich!"

Er nahm sein Bier und verließ mit Mehdi das Haus.

Die Hitze des Tages war jetzt am Abend einer angenehmen Wärme gewichen und es würde nicht mehr lange dauern, bis die Dunkelheit nach kurzer Dämmerung hereinbrach. Langsam und schweigend gingen die Männer nebeneinander her.

„Ich möchte etwas mit dir besprechen, Vetter", eröffnete Abdi schließlich das Gespräch.

„Aha. Ich habe mir schon so etwas gedacht. Was gibt es denn? Es ist doch hoffentlich alles in Ordnung mit Badi und den Kindern?" Besorgt blickte Mehdi seinem Cousin von der Seite ins Gesicht. Der lächelte und winkte ab.

„Denen geht es gut, keine Sorge. Alles bestens. Danke für deine Nachfrage. Nein, es geht eher um dich, Mehdi."

„Um mich?" Mehdi fing an, sich unbehaglich zu fühlen. „Wie meinst du das?"

Abdi nahm freundschaftlich Mehdis Arm. Wäre er zwanzig Zentimeter größer gewesen, hätte er seinem Vetter wohl den Arm um die Schultern gelegt.

„Die Sache ist die, Vetter", fing er an, „ich weiß, dass du seit Monaten keine Arbeit findest, und ich kann mir denken, dass es langsam knapp wird bei euch. Immerhin, mit den vier Kindern … und da Maddalen nicht mehr da ist … Ich kann mir gut vorstellen, wie es finanziell bei euch aussieht."

Mehdi schwieg. Es war ihm unangenehm, so durchschaut zu werden.

„Weißt du, Mehdi, ich habe da vielleicht was für dich. Immerhin bist du Teil der Familie, und wo kämen wir hin, wenn man sich in der Familie nicht gegenseitig helfen würde, nicht wahr?"

Er ließ den Arm Mehdis los und klopfte ihm freundschaftlich auf die Schulter.

„Hast du etwa einen Job für mich?", fragte Mehdi. Er war stehengeblieben und sah seinen Vetter voller Hoffnung an.

„Ja, allerdings. Das heißt, wenn du mit gewissen Bedingungen einverstanden bist, mein Freund."

„Bedingungen? Was für Bedingungen?"

„Nun ja. Manche würden vielleicht gewisse moralische Einwände haben gegen das, was ich dir anbieten will. Völlig unbegründet natürlich. Aber das erkläre ich dir später. Wärst du interessiert? Es springt sehr viel Geld dabei heraus, das verspreche ich dir."

Moralische Bedenken? Offensichtlich sprach Abdi von den ominösen „Geschäften", mit denen er so viel Geld verdiente. Als ob Mehdi sich in seiner Situation moralische Bedenken leisten könnte! Wo ihm das Wasser doch bis zum Halse stand und er nicht wusste, woher er das Geld für die nächste Mietzahlung nehmen sollte. Wenn es nicht gerade Mord und Totschlag war, was Abdi von ihm forderte, war er nur zu gerne bereit, auf alle Vorschläge seines Cousins einzugehen.

„Abdi, ich danke dir für das Angebot und werde es natürlich gerne annehmen. Sag mir nur, was ich tun soll."

Wieder schlug Abdi ihm auf die Schulter. „Das wollte ich hören, Vetter. Ich kann dir jetzt nicht alle Einzelheiten erklären. Komm doch bitte morgen zu mir in meine Wohnung, dann besprechen wir alles. Du wirst es nicht bereuen. Schon bald hast du keine Geldsorgen mehr."

Inzwischen war es schlagartig dunkel geworden. In den Häusern flammten die Lichter auf, die den beiden Männern an Stelle der nicht vorhandenen Straßenbeleuchtung den Weg wiesen. Immer noch wehte der warme Harmattan, aber Mehdi meinte, in der Luft schon die nahende Regenzeit riechen zu können.

15

Zweimal musste Mehdi umsteigen, bevor er mit einem der Kleinbusse in dem neuen Wohngebiet ankam, in dem Abdi mit seiner Familie lebte. Die sauberen, mit Bürgersteigen und Straßenlaternen ausgestatteten Straßen und die modernen mehrstöckigen Wohnblocks zeugten von dem steigenden Wohlstand des Landes. Die Bürger Accras, die sich diese Wohnungen leisten konnten, rechneten sich zu der immer größer werdenden Mittelschicht, die bemüht war, sich von der Unterschicht abzuheben. Sie bestand aus selbstständigen Handwerkern, Beamten, Kaufleuten, Restaurantbetreibern, Besitzern von Tankstellen und Werkstätten sowie vielen Dienstleistern. Bewundernd registrierte Mehdi die von Bewässerungsanlagen am Leben gehaltenen Grünflächen zwischen den Gebäuden. Der Fahrstuhl in dem fünfstöckigen Wohnbau, in dem Abdi lebte, funktionierte einwandfrei, und der Flur war tadellos sauber ohne Graffiti oder Müll.

Abdi öffnete selbst die Tür, nachdem Mehdi die Klingel betätigt hatte. Er begrüßte ihn herzlich, schlug ihm auf die Schulter und beteuerte, er sei glücklich, dass er gekommen sei. Badi, seine Frau, kam eilig aus der Küche herbei, wo sie mit der Vorbereitung des späteren Mittagessens beschäftigt gewesen war, umarmte ihren Cousin und fragte, wie es ihm gehe und ob zu Hause alle gesund seien. Badi war eine füllige Frau mit einem ausladenden Hinterteil, bekleidet mit einem lebhaft gemusterten langen Kleid und einem hochgetürmten Turban aus dem gleichen Stoff. Sie hatte ein hübsches rundes Gesicht mit einem gutmütigen Ausdruck. Da es trotz des frühen Morgens schon sehr heiß auf den Straßen war, bot sie ihrem Vetter ein Glas gekühlter Cola an, das er dankbar entgegennahm.

Abdi führte Mehdi durch das geräumige, üppig ausgestattete Wohnzimmer und durch den hinteren Flur in einen kleinen Nebenraum, dessen Fenster durch Jalousien verhängt waren. Im Raum befanden sich vier Tische, auf denen jeweils ein Computer mit Flachbildschirm stand. Drei junge Männer saßen vor den Computern und waren dabei, Texte und Bilder einzugeben. Mehdi kannte nur einen von ihnen, Abdis ältesten Sohn, der, soviel er gehört hatte, an der Hochschule Informatik studiert hatte. Er versuchte angestrengt, sich an den Namen des jungen Mannes zu erinnern, aber es gelang ihm nicht. Abdi kam ihm zu Hilfe.

„Du erinnerst dich sicher noch an Keesa, meinen Ältesten? Komm her, Keesa, und begrüße deinen Onkel."

Widerwillig löste der junge Mann seinen Blick von dem Bildschirm und stand auf. Keesa ähnelt seinem Vater sehr, stellte Mehdi fest. Die gleiche Größe, die gleiche untersetzte Gestalt, das gleiche breite Gesicht. Später wird er sicher genauso dick werden wie sein Vater, musste Mehdi unwillkürlich denken, vor allem, wenn er immer nur vor dem Computer sitzt.

„Also", setzte Abdi zu der Erklärung an, auf die Mehdi gespannt wartete. „Du siehst, wir sind hier vollkommen modern ausgestattet. Das Gebäude hat einen Internetanschluss, den uns die Hausverwaltung zur Verfügung stellt, natürlich gegen ein entsprechendes Entgelt. Noch ist es bei uns leider nicht so weit, dass wir wie in anderen Ländern umsonst ins World Wide Web gehen können." Er grinste seinen Vetter an, der ihn verständnislos anstarrte. Mehdi kannte sich mit Computern und dem Internet überhaupt nicht aus. Worauf wollte Abdi hinaus? Wie sollte er, Mehdi, hier Geld verdienen können?

„Keine Angst", versuchte Abdi, dem Mehdis Verwirrung nicht entgangen war, seinen Cousin zu beruhigen. „Alles, was du tun musst, ist, einen Text einzutippen und ein paar Tasten zu bedienen. Keesa wird dir alles ganz genau erklären. Es ist wirklich kinderleicht." Er nahm Mehdi am Arm und zog ihn mit sich. „Komm, wir gehen ins Wohnzimmer, dort spricht es sich besser." Wortlos folgte Mehdi ihm, immer noch völlig ahnungslos, um was für einen Job es sich hier handelte.

Abdi füllte Mehdis Glas mit frischer Cola und schob eine Schüssel mit Erdnüssen zu ihm hinüber, nachdem beide in dem weichen Sofa Platz genommen hatten.

„Du weißt, Mehdi, in Europa sind die Menschen reich. Wenn du es geschickt anfängst, bringst du sie dazu, dir Geld zu schicken, ganz freiwillig, ohne Zwang."

Ungläubig sah Mehdi seinen Vetter an. „Sie schicken uns Geld? Freiwillig? Wie soll das denn funktionieren?"

Abdi setzte sich zurecht und schob sich eine Handvoll Erdnüsse in den Mund. Kauend fuhr er fort: „Also: Die weißen Ladies in Italien, Deutschland, Frankreich oder Spanien haben oft nichts zu tun. Sie langweilen sich. Deshalb unterhalten sie sich im Internet gerne mit anderen Menschen. Es gibt etliche Portale, so nennt man diese Seiten, wo man andere Menschen treffen und sich via Bildschirm mit ihnen unterhalten kann. Du hast doch sicher schon von Facebook oder Instagram gehört, oder?"

Natürlich hatte Mehdi von diesen Dingen gehört, allein schon durch die Werbung im Fernsehen. Aber er hatte sich nie näher damit befasst.

„Und warum sollten uns fremde Menschen Geld schicken?"

„Berechtigte Frage, mein Lieber", sagte Abdi. Er beugte sich vor. „Das ist ja gerade der Witz dabei. Du musst die Ladies nur dazu bringen, dass sie dich mögen, dass sie sich vielleicht ein bisschen in dich verlieben, und dann bittest du sie, dir mit ein wenig Geld aus einer Notlage herauszuhelfen. Natürlich versprichst du ihnen, das Geld zurückzuzahlen, das ist doch klar."

„Aber ich behalte es, oder? Das ist doch Betrug, Abdi, das kann man doch nicht machen!"

„Ach was, die Summen, um die es hier geht, sind für die Frauen doch nur ein Taschengeld. Aber stell dir vor, du bekommst für die Arbeit von vier oder fünf Wochen auf einen Schlag zwei-, drei- oder sogar fünftausend Euro! Weißt du, wieviel Cedi das sind?"

Die Summen, die Abdi genannt hatten, ließen Mehdis Atem stocken. So viel Geld verdienen zu können, würde bedeuten, er wäre alle Geldsorgen los. In den besten Tagen hatte seine Familie kaum über tausend Cedi im Jahr verdient, und jetzt sprachen sie von mehreren Tausend in ein paar Wochen! Er konnte es nicht glauben.

„Aber die Frauen wollen doch sicher ihr Geld zurückhaben. Was, wenn sie zur Polizei gehen?"

„Das ist ja der Clou dabei, Mehdi! Sie wissen ja nicht, wer wir sind!"

„Wie soll das denn gehen? Wir sprechen doch mit ihnen, oder …?"

„Aber nicht unter unserem eigenen Namen. Einem schwarzen Mann aus Ghana würden sie wohl auch kaum vertrauen, das kannst du dir doch denken. Nein, wir sprechen mit ihnen unter einer anderen Identität. Der Identität eines weißen Mannes, am besten eines Amerikaners. Europäerinnen stehen auf Amerikaner."

„Aha. Und diese Identität denken wir uns aus?"

„Aber nicht doch!" Abdi lehnte sich weit in die Polster zurück und strich sich über seinen Bauch. „Das wäre ja viel zu leicht zu durchschauen. Und nachprüfbar. Nein, es muss eine echte Person sein, damit sie allen Nachprüfungen standhält. Dafür ist Keesa zuständig. Er findet im Internet die richtigen Leute, hackt ihre Daten samt aller Details, Fotos und Dokumente, ohne dass sie etwas davon ahnen. Und schon haben wir die komplette Person. Den passenden Lebenslauf denken wir uns natürlich dazu aus."

„Aber das ist doch illegal, oder?"

Abdi machte eine wegwerfende Handbewegung, bevor er sich noch eine Handvoll Erdnüsse aus der Schale fischte.

„Ach, was heißt schon illegal? Wir schaden doch keinem damit. Da ist nichts dabei."

Mehdi schwieg nachdenklich. So wie Abdi die Sache erklärte, leuchtete sie ihm durchaus ein. Und so viel Geld! Sein Leben und das seiner Familie würde auf einen Schlag unsagbar viel besser werden!

„Nun, was denkst du, Vetter? Bist du dabei?"

Mehdi zögerte. „Ich weiß nicht recht …"

„Du weißt nicht recht? Schau dich doch einmal um, Mehdi! Was glaubst du, wodurch ich mir das alles hier leisten kann. Und meine Kinder gehen auf die besten Schulen. Schließlich sollen sie eine Zukunft haben. Denkst du denn nicht an Baahir, an die Zwillinge und den kleinen Keano? Maddalen hätte sicher auch das Beste für die Kinder gewollt, meinst du nicht? Überleg nicht lange, Vetter, schlag ein und du bist bald ein gemachter Mann!"

Er hielt Mehdi auffordernd seine rechte Hand hin. Nach kurzem Zögern schlug Mehdi ein.

16

Es war nicht so einfach, wie Abdi es dargestellt hatte. Zunächst musste Mehdi lernen, möglichst zügig und fehlerfrei auf der Computertastatur zu schreiben. Dann zeigte Keesa ihm, wie er verschiedene Bilder und Texte, zum Beispiel Blumensträuße, Morgengrüße, Gute-Nacht-Grüße, Gedichte oder Sinnsprüche aus dem Fundus des Internets herunterladen und in seinen Chattext integrieren konnte. Auch den Übersetzungsservice musste er bedienen lernen, für den Fall, dass seine Partnerin kein Englisch sprach. Als er diese technischen Dinge einigermaßen beherrschte, bot Keesa ihm verschiedene Identitäten an, die er gehackt hatte. Besonders gut geeignet waren Soldaten der US-Armee, denn anscheinend waren Uniformträger bei den potentiellen Opfern besonders beliebt.

Mehdi entschied sich nach langem Überlegen schließlich für einen US-Soldaten namens Dominic J. Anderson. Das Gesicht des Mannes war ihm sympathisch, er war etwa im gleichen Alter wie er selbst und auf den Fotos sah man ihn oft beim Spielen mit seinem Sohn, der Mehdi an Keano erinnerte. Sodann konstruierte er mit Hilfe Abdis eine Biographie, die darauf abzielte, das Mitgefühl der Frauen zu wecken: Einzelkind, schwierige Kindheit, Eltern früh verloren, lange Militärdienstzeit, Heirat, ein Kind, in diesem Fall ein Sohn von etwa neun Jahren, Ehefrau tödlich verunglückt vor fünf Jahren (auch das erinnerte Mehdi an sein eigenes Schicksal), oft in UN-Friedensmissionen unterwegs in den Krisenherden der Welt. Der Notfall, der zu der Bitte um Geld führen sollte, bestand darin, dass Anderson zu einer neuen langjährigen Mission in das Kriegsgebiet in Syrien geschickt werden sollte, wovon er sich nur durch eine hohe Summe Geldes freikaufen konnte. Die dazu nötigen Papiere und Dokumente hatte Keesa von den entsprechenden Behörden gehackt. Die Summe sollte zwischen 3000 und 6000 Euro betragen. Keesa zeigte Mehdi, wie er sich über alle Schauplätze in dieser fiktiven Biographie im Internet kundig machen konnte: Afghanistan, Syrien, San Francisco als Wohnort, Aussehen eines UN-Camps, Aussehen seines Hauses in San Francisco und so weiter.

Immer wieder schärfte Abdi Mehdi ein, nie zu konkret auf Fragen zu antworten, stattdessen stets auf das einzugehen, was die Frau von sich erzählte. Wichtig sei es, Fragen zu stellen nach ihren Wünschen, Träumen, Gedanken; Interesse an allem zu zeigen, was sie erzählte, Gefühle zu offenbaren, Komplimente zu machen. Er ließ Mehdi eine Weile zuschauen, wie die anderen die Sache handhaben. Die beiden jungen Männer, Kommilitonen von Keesa, hatten sich auf jüngere Singlefrauen zwischen dreißig und vierzig spezialisiert, Mehdi sollte sich ältere Frauen um die Fünfzig aussuchen. Mehdi beobachtete aufmerksam, wie die Studenten kommunizierten, oft mit mehreren Frauen gleichzeitig, die natürlich nicht ahnten, dass sie nicht die Einzigen waren.

Nach einer Woche Einarbeitung fühlte sich Mehdi in der Lage, sein Glück zu versuchen. Abdi nahm ihn beiseite. „Jetzt ist es an der Zeit, die Formalitäten zu erledigen, Vetter."

„Formalitäten?"

„Ja, mein Freund. Jetzt sind wir Geschäftspartner, und da müssen wir genau festlegen, was für Pflichten und Rechte jeder von uns hat, nicht wahr? Damit es keine Unklarheiten gibt, wenn das große Geld kommt." Er holte aus einer Schublade der Wohnzimmerschrankes ein mehrseitiges Formular. „Dies ist ein Vertrag, der genau festlegt, was wir hier miteinander vereinbaren. Lies ihn dir bitte in Ruhe durch. Im Grunde besagt er nur, dass du die Räume und die Gerätschaften hier in meiner Wohnung nutzen darfst, ebenso wie den Zugang zum Internet. Von dem Geld, das du durch diese Nutzung erwirtschaftest, erhalte ich 50 %. Das finde ich fair, denn ich trage nicht nur alle Unkosten, sondern auch das Risiko, dass du keinen Erfolg hast. Außerdem haben wir dich ausgebildet für diese Tätigkeit, was einiges an Arbeitszeit gekostet hat, und stellen dir die notwendigen Internetdaten zur Verfügung. Wir legen gemeinsam fest, wann und wie viele Stunden täglich du den Computer nutzen darfst; das halten wir flexibel, denn manchmal ist er notwendig, gegen Ende eines Chats mehr Zeit zu investieren. Mehdi überflog den Vertrag. Halbe – halbe, das war in Ordnung.

„Einverstanden! Hast du einen Stift, damit ich unterschreiben kann?"

Abdi lachte erfreut auf. „Selbstverständlich, mein Freund!" Er wuchtete seinen schweren Körper hoch, ging zum Schrank und holte einen Kugelschreiber aus der Schublade. Während Mehdi unterschrieb, besorgte Abdi zwei Flaschen Heineken aus dem Kühlschrank in der Küche und öffnete sie. „Darauf müssen wir anstoßen, Vetter. Nun sind wir Geschäftspartner. Auf gute Geschäfte!"

„Auf gute Geschäfte", antwortete Mehdi und stieß mit seiner Flasche gegen die Abdis. „Morgen fange ich an."

Früh am nächsten Morgen saß Mehdi mit vor Aufregung feuchten Händen auf seinem Platz vor dem Computer und ging die Liste der Frauenprofile bei Facebook durch, die Keesa nach einem bestimmten System aus dem Netz herausgefiltert hatte. Es waren allesamt Frauen mittleren Alters mit ansprechendem Aussehen und aussagekräftigen Chroniken. Abdi, Keesa und Mehdi hatten sich darauf geeinigt, zuerst mit Deutschland anzufangen, weil Mehdi mit dem Deutsch-Übersetzer am besten zurechtkam. Mehdi ging bei der Auswahl der weißen Frauengesichter ganz und gar intuitiv vor und schickte schließlich etliche Freundschaftsanfragen los. Danach hieß es warten, ob eine der Frauen auf die Anfragen reagierte. Abdis Erfahrung zeigte, dass die meisten der Frauen die Anfrage sofort löschten, einige sich

Tage oder sogar Wochen Zeit ließen zu antworten und einige wenige sofort reagierten.

Nervös tigerte Mehdi in dem engen Raum hin und her, während er wartete. Endlich! Ein Pling verkündete, dass jemand die Freundschaftsanfrage angenommen hatte. Gespannt rief Mehdi das entsprechende Profil auf. Christina Wegner hieß die Frau. Ihren Angaben zufolge hatte sie studiert, war verheiratet und einundfünfzig Jahre alt. Sie hatte eine bescheidene Anzahl von „Freunden" beiderlei Geschlechts, alte und junge, und nur wenige eigene Beiträge. Mehdi studierte das Gesicht auf dem Foto. Das sympathische Antlitz einer weißen Frau. Sie hatte ein nettes Lächeln, fand er, und sah wesentlich jünger aus als einundfünfzig. Aber das konnte man bei weißen Frauen sowieso schwer einschätzen. Auf einem weiteren Foto war sie vollständig zu sehen, in einem Sessel im Freien sitzend, in die Kamera lachend. Klein, zierlich und schlank war sie. Mehdi gefielen die großen braunen Augen in dem fein gezeichneten Gesicht und die weich aussehenden glatten schulterlangen Haare. Also, dann wollen wir mal, sprach er sich selbst Mut zu.

Hello, Christina! Thank you for accepting my request. How are you?

Hoffentlich spricht sie Englisch, dachte er. Von Keesa wusste er, dass die meisten Deutschen Englisch in der Schule lernten. Voller Ungeduld wartete er auf ihre Antwort. Auf Deutsch.

Guten Tag! Sprechen Sie Deutsch?

Verflixt! Also musste er doch den Übersetzer benutzen. Schnell tippte er seine Antwort auf Englisch ein, die sogleich auf Deutsch auf dem Bildschirm erschien.

Ich kann einen Translator benutzen, so können wir uns unterhalten auf Deutsch, wenn du willst.

Sie fragte:

Wie bist du darauf gekommen, mich zu kontaktieren?

Eine schwierige Frage. Was sollte er antworten? Was hatte Abdi gesagt: Nicht konkret werden! Komplimente machen!

Dein Lächeln hat mir gefallen. Es hat etwas ganz Besonderes.

Gute Antwort, dachte Mehdi zufrieden. Und es war nicht einmal gelogen.

Die nächste Nachricht war auf Englisch.

Das Deutsch des Übersetzers ist schrecklich. Wir sollten uns besser in deiner Sprache unterhalten.

Mehdi war überrascht und erleichtert. Das lief ja besser als erwartet.

Oh ja, das wäre gut. Großartig, dass du Englisch sprichst!

Die Unterhaltung entwickelte sich wie erhofft. Sie bat ihn, etwas über sich zu erzählen und er spulte die Details der erfundenen Biografie herunter. Dann jedoch fragte die Frau, wahrscheinlich, weil er gesagt hatte, er sei verwitwet, ob er nicht gesehen habe, dass sie verheiratet sei. Wenn er also auf der Suche nach einer Frau sei, sei sie nicht die Richtige. Eine brenzlige Situation. Wenn er jetzt nicht überzeugend antwortete, würde sie wahrscheinlich den Chat beenden. Fieberhaft überlegte er.

Ich bin nicht auf der Suche nach einer Frau, Ich möchte nur ein freundschaftliches Gespräch. Hier im Camp sind nur meine Kameraden. Wenn du nichts dagegen hast, können wir uns doch weiter unterhalten, auch wenn du verheiratet bist. Ich würde mich freuen darüber. Was denkst du, Christina?

Nervös wartete er auf ihre Antwort.

Das ist nett. Also unterhalten wir uns.

Gott sei Dank! Die erste Klippe hatte er umschifft. Jetzt würde er den Chat aus einem Vorwand abbrechen, wie Keesa ihm geraten hatte, damit die Frau sich an den Gedanken gewöhnen konnte, einen online-Gesprächspartner zu haben. Beim nächsten Mal würde alles schon viel leichter gehen, hatte der junge Informatiker versprochen.

17

Es wurde tatsächlich leichter. Die deutsche Frau schien sich über die Bilder und Texte, die Mehdi auf einer entsprechenden Seite im Internet gefunden hatte und die er ihr morgens und abends schickte, sehr zu freuen. Keesa wies ihn darauf hin, dass er den Zeitunterschied zwischen Deutschland und Afghanistan beachten und die Zeituhr am Computer entsprechend einstellen musste, damit seine Chatpartnerin nicht über eventuelle Ungereimtheiten stolperte.

Christina Wegner, deren Portraitfoto Mehdi stets vor Augen hatte, wenn er ihr schrieb, erwies sich als ausgesprochen freundliche Gesprächspartnerin. Bereitwillig ging sie auf jedes Thema ein, das Mehdi anschnitt. Ihre Ansichten gefielen ihm und er mochte es, wie feinfühlig sie auf die von dem angeblichen amerikanischen Soldaten geäußerten Bedenken hinsichtlich seines Dienstes einging. Oft fiel es Mehdi schwer, in seiner Rolle zu bleiben, besonders wenn das Gespräch auf persönliche Dinge kam. Chrissie, wie er sie nannte, schien ausgesprochen offen und ehrlich zu sein. Manchmal war sie nachdenklich und ernst, manchmal humorvoll und lustig. Als sie das erste Mal einen Witz erzählte, über den er lauthals lachen musste, begriff er plötzlich, dass er es mit einem wirklich existierenden, warmherzigen und originellen Menschen zu tun hatte.

Sie schickte ihm Fotos von sich, wie sie vor ihrem Computer saß, wenn sie mit ihm chattete, ihr lächelndes Gesicht ihm zugewandt. Sie erzählte kleine Erlebnisse von ihren Joggingtouren, schilderte ihm ihre Eindrücke von der Umgebung, in der sie lebte. Geradezu bezaubert war Mehdi von einem Foto, welches ihr Wohnhaus zeigte, im Winter, mitten in einem tief verschneiten Garten und mit einer dicken Schneehaube auf dem Dach.

Noch nie hatte er etwas Märchenhafteres gesehen, waren ihm Jahreszeiten wie die im Norden Europas doch völlig unbekannt. Fasziniert las er, wie Christina ihre norddeutsche Heimat beschrieb, die Küste der Nordsee mit ihren Gezeiten, und wie sie ihm typische Speisen schmackhaft machte. Sie erzählte freimütig von den Schwierigkeiten ihres Berufes als Lehrerin, von den verwöhnten und oft schlecht erzogenen Jugendlichen, mit denen sie zu tun hatte. Wenn sie von ihrer Familie sprach, fühlte er die Fürsorge und Liebe in jedem ihrer Worte.

Manchmal bedauerte Mehdi es, dass er nicht als er selbst mit ihr sprechen konnte, sondern immer als Dominic Anderson reagieren musste. Er machte sich kundig über San Francisco, über amerikanische Bräuche und Vorlieben, so dass er zumindest ansatzweise auf ihre Fragen eingehen konnte. Wie gerne hätte er ihr von seinem wirklichen Leben erzählt und ihre Reaktion auf seine eigene Person erfahren! Es fiel ihm zunehmend schwer, den Amerikaner zu spielen, und er musste sich immer wieder klarmachen, dass Chrissie mit ihren Worten nicht ihn, Mehdi, meinte, sondern den Mann, dessen Bild sie auf ihrem Computerbildschirm sah.

„Na, wie läuft's bei dir, Vetter?", fragte Abdi. Sein Cousin war hinter Mehdis Sessel getreten und legte ihm vertraulich den Arm um die Schulter. Inzwischen waren fast drei Wochen vergangen und Mehdi wusste, dass er bald zum entscheiden Schritt kommen musste. „Hast du die Lady bald soweit?"

Mehdi nickte. „Ich denke, ich werde demnächst mit der Versetzung nach Syrien beginnen können und mit der Liste", antwortete er.

„Gut, gut", sagte Abdi, während er den Dialog las, der gerade auf dem Bildschirm erschien. „Wie ich sehe, frisst die Lady dir schon aus der Hand, Vetter. Wenn alles richtig läuft, sind bestimmt Fünf- oder Sechstausend drin. Pass nur gut auf, dass sie dir nicht im letzten Moment von der Angel geht. Geh' ordentlich ran, mein Freund. Sie darf vor lauter Liebe gar nicht mehr wissen, wo ihr der Kopf steht." Er stand auf und wandte sich den anderen Chattern zu, die teilweise mit mehreren Frauen gleichzeitig kommunizierten. Mehdi fragte sich oft, wie die jungen Männer das fertigbrachten. Er fühlte sich mit seiner Chatpartnerin vollkommen ausgelastet, obwohl er nur morgens eine Stunde und abends ein oder zwei Stunden mit ihr sprach. Gerade hatte Christina die Verbindung unterbrochen und Mehdi stand auf. Außerdem hatte er im Moment ganz andere Sorgen.

„Abdi, kann ich dich vielleicht einen Moment sprechen?", fragte er seinen Vetter höflich.

„Aber sicher doch, mein Freund." Jovial nahm Abdi seinen Arm. „Lass uns ins Wohnzimmer gehen, das Schreibgeklapper hier macht mich ganz nervös."

Nervös folge Mehdi seinem Cousin. Sein Anliegen war ihm peinlich und er wischte seine schweißigen Hände an seiner Jeans ab.

Abdi wies auf das ausladende Sofa. „Setz dich doch, Vetter. Möchtest du ein Bier?" Schon war er in der Küche verschwunden und kehrte eine Minute später mit zwei Flachen eisgekühlten Heineken-Biers zurück. Während er die Flaschen öffnete, fragte er „Was gibt es denn?"

Mehdi nahm das Bier und drehte die Flasche in seinen Händen hin und her. Es fiel ich schwer, über die Angelegenheit zu sprechen

„Es ist so, Abdi. Keano ist seit ein paar Tagen krank. Das ständige feuchte Regenwetter, weißt du. Zuerst war es nur eine Erkältung, aber dann ist es eine Lungenentzündung geworden. Wir haben ihm Medizin gegeben, aber die hat nicht richtig geholfen. Der Doktor sagt, er muss in ein Krankenhaus, damit er wieder ganz gesund wird. Aber du weißt ja, die nehmen einen nur auf, wenn man bezahlen kann. Und da ..."

„Schon gut, Mehdi, alles klar. Selbstverständlich gebe ich dir einen Vorschuss, denn ich bin sicher, du wirst diese Sache zu einem erfolgreichen Ende führen. Wieviel brauchst du?"

Erleichtert sah Mehdi seinen Vetter an. So viel Entgegen-
kommen hatte er nicht erwartet, galt Abdi in der Verwandtschaft doch als knallharter Geschäftsmann und als überaus
knauserig.

„Ich dachte an hundert Cedi …"

„Ach was, ich gebe dir zweihundert. Dann hast du eine kleine
Reserve." Abdi stand auf, ging zum Schrank und öffnete eine
Tür, hinter der sich ein kleiner Safe aus grün gestrichenen Stahl
befand. Flink gab er eine Zahlenkombination ein und schon
sprang die Tür auf. Er entnahm dem Safe eine Anzahl Geldscheine, verschloss ihn wieder und drehte sich mit einem wohl-
wollenden Lächeln zu Mehdi um.

„Hier, nimm", sagte er und drückte Mehdi die Scheine in die
Hand.

„Vielen, vielen Dank, Vetter", sagte Mehdi überwältigt. Ihm
fiel ein Stein vom Herzen, hatte doch die Sorge um Keano ihn
die letzten Nächte kaum schlafen lassen

„Schon gut!" Mit einer Geste wischte Abdi Mehdis Dank beiseite. „Jetzt trinken wir unser Bier und reden nicht mehr von
Geld. Hoffentlich wird Keano bald wieder gesund. Unsere Kinder sind doch das Wertvollste, was wir haben, ist es nicht so?"
Er stieß mit seiner Flasche gegen Mehdis, setzte sie an seine
Lippen und trank sie auf einem Zug leer. Mehdi tat es ihm
gleich.

18

Schon am ersten Morgen, als Mehdi mit den voll besetzten
Tro-Tros über mehrere Stationen durch die besseren Bezirke
Accras in das Viertel fuhr, in dem Abdi wohnte, fiel ihm auf,
wie sehr der Autoverkehr in den Straßen zugenommen hatte.
Offensichtlich konnten sich immer mehr Bewohner Accras

Autos leisten. Es waren zwar zumeist alte gebrauchte Fahrzeuge, die billig aus Europa oder Japan eingeführt worden waren, aber immerhin! Wo es so viele Autos gibt, muss es doch auch entsprechend viele Autowerkstätten geben, dachte Mehdi. Gerade die gebrauchten Fahrzeuge mussten schließlich gewartet und gegebenenfalls repariert werden.

In den nächsten Tagen hielt er aufmerksam Ausschau und tatsächlich entdeckte er insgesamt fünf Tankstellen und Autowerkstätten auf seinem Weg von zu Hause zu Abdis Wohnblock. Da er zwischen den Stunden, in denen er online sein musste, reichlich Zeit hatte, steckte er seinen Ausweis und das Arbeitszeugnis ein, das Kofi Ibori, sein ehemaliger Arbeitgeber, ihm ausgestellt hatte, als er seine Werkstatt in der Gbobilor Street aufgeben musste, und machte sich auf den Weg zu der ersten großen Tankstelle. Der Geschäftsführer, mit dem er sprach, war zwar durchaus interessiert an einem qualifizierten Automechaniker - immerhin konnte Mehdi auf einundzwanzig Jahre Berufserfahrung verweisen - aber er wollte nicht einmal den gesetzlich festgelegten Mindestlohn von 9,20 Cedi pro Tag bezahlen. Außerdem verlangte er ein Fee, ein Extrageld von hundert Cedi, damit er Mehdi vorläufig beschäftigte. Mehdi lehnte ab.

Bei der dritten Werkstatt, die er aufsuchte, hatte er Glück. Der Besitzer, ein ehrgeiziger junger Mann namens Ballard Akiutola, der voller Optimismus den Betrieb gerade neu eröffnet hatte, suchte wegen der großen Nachfrage händeringend einen versierten Mechaniker, der sich mit allen Automarken auskannte und auch in der Lage war, Motorräder und Mopeds zu reparieren. Da Mehdi genau diese Art von Arbeit jahrelang ausgeübt hatte, „zur vollsten Zufriedenheit seines Arbeitsgebers", wie in seinem Zeugnis zu lesen stand, bot Akiutola ihm vierzig Cedi am Tag. Dafür sollte er jeden Tag außer sonntags von 8.00 Uhr bis 18.00 Uhr arbeiten, Pausen nach Dringlichkeit der Arbeit. Das passte gut mit seiner Computerarbeit bei Abdi zusammen, überlegte Mehdi, allerdings würde er seine Familie kaum noch zu Gesicht bekommen. Kurz zog er in Erwägung, die Sache mit dem Chatting aufzugeben. Aber da war das viele Geld … Tausende von Euro, wenn es klappte! Das konnte er sich nicht entgehen lassen! Außerdem: Er hatte angefangen, die Unterhaltungen mit der Deutschen dort oben in dem fernen Land spannend und reizvoll zu finden. Mehdi entschloss sich, den Job in der Werkstatt anzunehmen. Endlich hatte er wieder eine normale Arbeit, die seinen Lebensunterhalt sicherte. Und zugleich mit dieser Chat-Geschichte die Chance, an das große Geld zu kommen. Glücklich fuhr Mehdi an diesem Abend nach Hause.

Überhaupt entwickelte sich alles zu Mehdis Zufriedenheit. Keano hatte sich im Medical Center schnell von seiner Lungenentzündung erholt und konnte nach drei Tagen wieder nach Hause entlassen werden. Die Tätigkeit in der kleinen, aber modern ausgestatteten Werkstatt von Ballard Akiutola gefiel ihm, auch wenn er in den zehn Stunden, die er dort zubrachte, vor lauter Arbeit kaum Zeit hatte, die Mahlzeit, die Aalia ihm eingepackt hatte, in Ruhe zu essen. Jeden Abend zahlte sein junger Chef ihm seine vierzig Cedi bar aus. Mehdi wagte nicht, ihn nach einem festen Arbeitsvertrag zu fragen, damit er sich regulär um eine Kranken- und Altersversicherung kümmern könnte. Vorerst war er glücklich über das regelmäßige Einkommen, das es ihm ermöglichte, seine Familie zu ernähren.

Außerdem war da ja noch die Aussicht auf Erfolg bei der Chat-Aktion. Keesa hatte im Internet recherchiert, wieviel die Menschen in Deutschland verdienten, und Mehdi hatte es kaum glauben können, als er ihm sagte, dass eine Lehrerin wie Christina im Monat 3000 bis 4000 Euro verdiente. Das entsprach der geradezu atemberaubenden Summe von mehr als 15 000 Cedi! Und das nicht im Jahr, sondern im Monat! Unfassbar! Also, stellte Mehdi sich vor, würde es Christina wohl nicht allzu viel ausmachen, ihm ein paar tausend Euro zu geben, besonders wenn sie glaubte, das Geld später zurückzubekommen. Dennoch: Er fühlte sich nicht wohl bei der Sache. Egal, wie er es drehte und wendete: Es war Betrug.

Mehdi zog die Kapuze seines Regencapes tiefer in die Stirn, während der heftige Regen auf ihn niederprasselte. Er stand am Straßenrand unweit von Abdis Haus und wartete darauf, dass ein Tro-Tro vorbeikam, das er anhalten konnte. Es war spät in der Nacht, aber immer noch herrschte lebhafter Verkehr auf den Straßen. Die Regenzeit war in vollem Gange und der dauernde Regen sorgte dafür, dass die Straßen sich zeitweise in schmutzige Bäche verwandelten. Dabei waren die Temperaturen kaum geringer als in der Trockenzeit. Mehdi hasste die allgegenwärtige Nässe und trat von einem Fuß auf den anderen in seinen völlig aufgeweichten Turnschuhen. Endlich hielt ein Tro-Tro an und er stieg erleichtert ein, nachdem er sein nasses Cape abgenommen und ausgeschüttelt hatte. Für ein paar Pesewas würden die Kleinbusse ihn wie jeden Abend nach ein- oder zweimaligem Wechsel bis zur Maale Dada Street mitnehmen. Den Rest des Weges musste er zu Fuß zurücklegen.

Während der Fahrt hing Mehdi weiter seinen Gedanken nach. Beunruhigt hatte er festgestellt, dass die deutsche Frau, mit der er seit nunmehr vier Wochen in Verbindung stand, sich in seinem Kopf festgesetzt hatte auf eine Art und Weise, die er nicht vorhergesehen hatte. Immerzu musste er an sie denken. Mit geradezu kindlicher Freude setzte er sich morgens an den Computer, um ein besonders schönes Bild für sie auszusuchen und romantische Verse zu finden für den üblichen Morgengruß, dabei hoffend, vor Beginn ihres Arbeitstages ein paar Minuten mit ihr reden zu können. Abends, wenn sie länger Zeit hatte, nahm er sich stets einige besondere Themen vor, über die er mit ihr sprechen wollte.

Gibt es in deiner Stadt einen Platz, wo du gerne bist, meine Chrissie?

Da ist ein Café in der Fußgängerzone, weißt du, wo man bei schönem Wetter draußen sitzen kann. Man genießt die Sonne und beobachtet die Leute, die vorbeikommen. Manchmal kommt jemand vorbei, den man kennt, und man sagt Hallo.

Das ist wirklich nett! Eines Tages könnte ich dort sitzen, und wenn ich dich vorbeigehen sehe, würde ich aufstehen, dich packen und einen dicken Kuss direkt auf deine Wange drücken, vor allen Leuten (Smily)

Ja, das wäre nett! Du bringst mich zum Lachen, Dominic!

Ach, mein Liebes! Ich träume ständig von so etwas und ich wünschte mir, es würde bald Wirklichkeit werden. Sag mir, war tust du sonst, um dich zu entspannen oder um dir eine Freude zu machen?

Ich esse Schokolade. Oder ich gehe joggen im Wald. Oder ich arbeite im Garten.

Okay. Ich mache dann oft einen langen Spaziergang. Oder ich umgebe mich mit Dingen, die mich glücklich machen.

Welche Dinge machen dich glücklich?

Meine Gitarre. Ich liebe es Gitarre zu spielen.

Mehdi dachte an das uralte, schäbige Instrument, auf dem er sich das Gitarrenspiel beigebracht hatte. Seit Maddalens Tod hatte er nicht mehr gespielt. Vielleicht sollte er wieder damit anfangen, ging es ihm durch den Kopf.

Wie schön, Dominic! Wenn ich traurig oder deprimiert bin, höre ich auch gerne Musik. Oft ist es sentimentale Musik, die mich noch trauriger macht. Es ist verrückt, ich weiß.

Hmm, ich glaube, du wirst meine Gitarrenmusik mögen. Sag mir, welche Art Musik magst du am liebsten?

Ich mag jede Art von Musik. Pop-Musik, Rock'n Roll, auch Country-Music mag ich, die ihr in Amerika so gerne hört. Aber auch klassische Musik. Und ich werde sehr gerne deiner Gitarre zuhören und deiner Stimme, wenn du singst.

Oh, meine Chrissie, ich werde nur für dich einen besonderen Song komponieren, mit einer schönen Melodie.

Ich bin sicher, ich werde ihn lieben!

Ganz sicher wirst du das. Ich werde all mein Gefühl für dich hineinlegen, meine Liebste. Du könntest beim Zuhören spüren, wieviel du mir bedeutest.

Dass Christina stets Bezug zu dem Amerikaner nahm, den sie in ihm vermutete, störte Mehdi immer mehr. Er wünschte sich, sie würde ihn, Mehdi, meinen, wenn sie davon sprach, wie schön es wäre, zusammen ihre jeweilige Heimat zu erkunden oder gemeinsam etwas Schönes zu unternehmen. Wenn sie nur wenig Zeit hatte und sich schnell aus dem Chat verabschiedete, fühlte er sich zurückgesetzt und unglücklich. Schon nach kurzer Zeit fing er an, sie zu vermissen und sich nach ihr zu sehnen. Konnte es sein, fragte er sich, dass er dabei war, sich in diese weiße Frau zu verlieben? Nein, das konnte, das durfte nicht geschehen! Alles, was er von ihr wollte, war ihr Geld, das für sie wenig, für ihn aber so viel bedeutete. Er wusste, er musste zwar von Liebe reden, damit sie ihm vertraute, aber natürlich durfte von seiner Seite aus kein Gefühl dabei sein. Er musste sich am Riemen reißen. Sicher empfand er nur deshalb so, weil er so lange keine Frau mehr gehabt hatte, versuchte er sich zu beruhigen. Es war also durchaus verständlich, wenn er sich angezogen fühlte von ihrem weiblichen Erscheinungsbild. Dieses feine zarte Gesicht mit den wunderschönen, ausdrucksvollen Augen! Diese makellose weiße Haut! Wie sich das lange, glatte Haar wohl anfühlte, wenn man mit der Hand darüberstrich? Ob ihre Haut überall an ihrem Körper diese blasse, seidige Zartheit besaß? Wie es wohl wäre, sie im Arm zu halten …

„Willst du nicht aussteigen?" Die Stimme des Busfahrers, der Mehdi mittlerweile schon kannte, riss ihn aus seinen Träumereien. Erschrocken sprang er auf.

„Ja, natürlich! Danke dir!"

Eilig stieg er aus. „Gute Nacht!"

„Gute Nacht", antwortete der Fahrer und schloss die Tür hinter ihm.

Ich muss das Ganze möglichst schnell hinter mich bringen, dachte Mehdi, als er in die Gbobilor Street einbog. Gleich morgen würde er anfangen, ernsthaft von Liebe zu reden. Mal sehen, wie sie darauf reagierte. Schließlich war sie ja verheiratet. Komisch, von ihrem Mann redete sie nie. Er musste sie einmal behutsam nach ihrer Ehe fragen. Irgendetwas stimmte da nicht, sonst würde sie doch nicht so viel mit ihm, Mehdi, oder besser, mit dem vermeintlichen Amerikaner reden. Oder hatte sie nur Mitleid mit dem Soldaten, der in dem unseligen Land kämpfen musste? Das wäre nicht schlecht. Womöglich würde sie ihm schon aus Mitgefühl mit ihrem Geld helfen, aus diesem Kriegsgebiet zu entkommen. Schließlich war das ja der Plan, den Abdi und Keesa verfolgten. Angeblich fielen die Frauen regelmäßig darauf herein. Ob Christina es auch tun würde?

Mehdi war zu Hause angekommen. Der Regen hatte endlich einmal aufgehört, und am Himmel glitzerten Tausende Sterne. Er merkte plötzlich, wie müde er war. Wie immer hatte Aalia in der Ecke des Wohnraumes, die ihr tagsüber als Schneiderwerkstatt diente, eine Matratze als Bett für ihn hergerichtet. Der letzte Gedanke, der ihm durch den Kopf ging, als er sich unter der dünnen Decke ausstreckte, beschäftigte sich damit, wie er den Morgengruß für Christina diesmal gestalten könnte.

19

„Du musst das Ganze forcieren, Mehdi! Setzt einen Zeitpunkt fest, damit sie gar nicht erst anfängt, lange zu überlegen. Du kannst ja nicht ewig mit ihr herumflirten."

Abdi, der hinter Mehdi stand und verfolgte, was auf dem Bildschirm zu lesen war, bekräftigte seine Worte mit einem aufmunternden Schulterklopfen. Mehdi nickte nur. Es war ihm unangenehm, dass Abdi die Chat-Dialoge las, die er mit Christina führte. Viel zu sehr identifizierte er sich inzwischen mit dem, was er schrieb, obwohl er darauf achtete, alles, was er sagte, wie die Worte des angeblichen Amerikaners klingen zu lassen. Wenn er Christina beteuerte, wie sehr er sie mochte, sie bewunderte und verehrte, war es längst keine Lüge mehr. Es war tatsächlich wahr, er bewunderte Christinas Intelligenz und

Bildung, die aus all ihren Redewendungen und Kommentaren sprachen, ihre Menschenliebe und die Sorge um die Zustände in der Welt, die sich im Moment vor allem auf die Krisenherde in Afghanistan und Syrien bezogen, weil ihr vermeintlicher Gesprächspartner dort seinen Dienst tat. Besonders liebte Mehdi ihren leisen Humor, der in den Schilderungen der kleinen, alltäglichen Dinge zum Ausdruck kam. Er lächelte unwillkürlich, als er an die Situation mit dem Pferd dachte, die sie sich als typisch für den amerikanischen Westen ausgedacht hatte.

Weißt du, woran ich oft denken muss, Dominic? Wie es wohl wäre, auf einem riesig großen, lebendigen Pferd zu sitzen... (Smily) Ich nehme an, ich würde herunterfallen, sobald das Pferd anfinge, sich zu bewegen.

(Smily)), Mein Liebes, ich werde an deiner Seite sein, und bevor du allein reitest, werde ich dir das Reiten beibringen. Vertrau mir. Es ist ganz leicht. Du wirst nicht herunterfallen, und wenn doch, wäre ich da und würde dich auffangen.

Okay. Wir werden sehen. Ich werde es versuchen, mit dir an meiner Seite werde ich keine Angst haben, Dominic.

Du machst mich glücklich, wenn du so etwas zu mir sagst. Wenn du mir vertraust. Ich bin gerührt. Und glücklich, mein Schatz!

Und am Abend werden wir ein Lagerfeuer machen und einige große Steaks essen. Und du wirst auf der Gitarre spielen und Countrysongs singen.

Ja, das ist es, wovon ich träume, mein Liebes. Ich singe sentimentale Lieder und ich bringe dir das Gitarrespielen bei.

Genau. Ich werde versuchen, zusammen mit dir zu singen. Du musst wissen, ich habe lange in einem Chor gesungen. Ich habe eine gute Stimme.

Meine geliebte Chrissie! In meinen Träumen hast du schon oft mit mir gesungen.

Ich hoffe, deine Träume waren schön, genau wie der, den wir gerade beschreiben.

Ja, mein Liebling! Du weißt nicht, wie glücklich ich bin, dass du in mein Leben gekommen bist. Du bringst mir nichts als Freude.

Ja, es war wahr, er hatte sich wider Willen über beide Ohren in Christina verliebt. Er liebte ihre Persönlichkeit, ihre Art, sich auf Englisch auszudrücken, liebte jeden ihrer Rechtschreibfehler, die ihm vorkamen wie ein niedlicher Akzent beim Sprechen. Er konnte sich gar nicht mehr vorstellen, auch nur einen Tag ohne Kontakt mit ihr zu sein. Jede Sekunde während des langen Arbeitstages in der Autowerkstatt dachte er an sie, voller Ungeduld sehnte er den Abend herbei, wenn sie endlich wieder online war und ihn fragte, wie sein Tag gewesen sei. Wenn sie sich besorgt nach der Situation in dem afghanischen Krisengebiet erkundigte, weil sie in den Nachrichten wieder einmal von Bombenattentaten und Gefechten gehört hatte, fühlte er bisweilen einen Stich Eifersucht, weil ihre Sorge nicht ihm, Mehdi, galt, sondern diesem Mann, den es gar nicht gab.

In solchen Augenblicken wurde ihm bewusst, wie falsch es war, was er tat. Er missbrauchte die Gefühle dieser wundervollen Frau um des Geldes willen. Er hatte ein schlechtes Gewissen, ja, aber wie sollte er jetzt aufhören? Abdi erwartete von ihm, dass er die Kosten, die er verursachte, wieder hereinbrachte. Schließlich hatte Mehdi einen Vertrag unterschrieben.

„Setz einen bestimmten Tag fest, Mehdi, in vierzehn Tagen muss das erste Geld da sein!"

Abdi klopfte ihm abschließend noch einmal kräftig auf die Schulter und wandte sich den drei anderen zu, die eifrig auf der Computertastatur herumhämmerten.

„Verdammt", rief Keesa in diesem Augenblick. „Sie ist weg!" Offensichtlich hatte die Frau, mit der er seit Tagen chattete, die Lust verloren und die Unterhaltung abgebrochen. „Drei Wochen Arbeit umsonst!", schimpfte Abdis Sohn.

„Was hast du falsch gemacht, du Dummkopf?", fuhr Abdi ihn an.

„Du weißt, doch, du musst sie erst ganz fest an der Angel haben, bevor du von dem Geld redest!"

„Hatte ich ja", maulte Keesa, „aber anscheinend hat sie die Sache mit dem Unfall nicht geglaubt."

Mehdi wusste, angebliche Unfälle von nahen Familienangehörigen stellten eine der Möglichkeiten dar, den Gesprächspartnerinnen eine finanzielle Notlage vorzumachen. Hohe Kosten für die lebensrettende Operation, die man nicht allein aufbringen konnte, zum Beispiel. Er wollte gar nicht so genau wissen, welche Tricks noch angewendet wurden, um an das Geld der Frauen heranzukommen.

Er konzentrierte sich lieber auf seine Unterhaltung mit Christina, die ihn sofort wieder gefangen nahm. Gerade schilderte sie ihm ein Erlebnis aus ihrer Kindheit, als sie ein verletztes Kaninchen zu retten versucht hatte. Mehdi war zutiefst gerührt. Als sie ihn aufforderte, ihr von seiner Jugend zu erzählen, hätte er ihr gerne von dem kargen, harten Leben am Stadtrand von Accra erzählt, von dem ständigen Kampf um die täglichen Mahlzeiten, den Entbehrungen und von den Träumen, die er als Junge gehabt hatte. Aber er musste sich auf das beschränken, was zu seiner fiktiven Identität passte. Wenn er doch nur einmal er selbst sein könnte!

Es war schon spät in der Nacht, die anderen hatten ihre Chats bereits beendet und waren gegangen, als Christina bat: Let's pretend ... Lass uns so tun, als ob ... und ihn aufforderte, sich vorzustellen, wie es sein würde, wenn er nach Deutschland käme und sie beide zusammen sein könnten. Mehdi ging bereitwillig auf ihren Vorschlag ein. Sie würden zusammen durchs Land reisen, Christina würde ihm alles zeigen, was besonders schön sei, sie würden zusammen essen und tanzen gehen ... In Mehdis Kopf wurde die Vorstellung zunehmend real. Er sah die weiße Frau mit den schönen Augen lebendig vor sich, ihr weiches Haar, ihre zierliche Ge-

119

stalt. Er hörte ihr Lachen, ihre Stimme, glaubte, ihren Duft wahrzunehmen. Seine Fantasie ging mit ihm durch. Ermuntert durch Christinas Reaktion, die mit ihren Antworten anscheinend völlig fasziniert in dieselbe Vorstellungswelt eintauchte, schilderte er, wie er in diesem fiktiven Hotelzimmer, bei leiser Musik und angeregt durch ein paar Gläser Wein, Sex mit ihr hatte. Leidenschaftlichen, herrlichen Sex bis zum gemeinsamen Höhepunkt. Mehdi konnte es nicht fassen: Diese unglaubliche Frau ging dabei vollkommen mit! Sie folgte ihm bei allem, was er beschrieb, mit einer Bereitwilligkeit, die ihn erregte und immer mehr vorantrieb. Ob sie ahnte, dass er nicht anders konnte, als sich dabei selbst zu befriedigen? Wie sehr hatte er den Körper und die Zuwendung einer Frau vermisst! Wie unfassbar war es, trotz der Distanz von einigen tausenden Kilometern gemeinsam diesen Ansturm von Gefühlen zu erleben! Noch nie in den fünfundvierzig Jahren seines Lebens hatte er etwas Derartiges erlebt.

Als es zu Ende war, verabschiedete Mehdi sich schnell von Christina, was ihr ganz recht zu sein schien. Er wagte gar nicht daran zu denken, was sie jetzt von ihm halten würde. Ob sie morgen überhaupt noch da sein würde? In dieser Nacht tat Mehdi Magoro kein Auge zu.

20

Mehdi wusste nicht, wie er Christina nach diesem Erlebnis wieder begegnen sollte. Einerseits plagte ihn ein furchtbar schlechtes Gewissen, hatte er doch ihre Gefühle für ihn schamlos für sein eigenes körperliches Vergnügen ausgenutzt. Andererseits war sie durchaus bereitwillig mitgegangen bei diesem verrückten online-Sex-Trip, sagte er sich und versuchte, damit seine Schuldgefühle zu besänftigen. Was für eine außergewöhnliche Frau Christina doch war! Wenn er sie nur im wirklichen Leben einmal treffen könnte! Aber das musste für immer ein Traum bleiben. Nein, an so etwas sollte er besser gar nicht denken. Am besten wäre es, die ganze Angelegenheit möglichst schnell zu Ende zu bringen und dann zu vergessen.

Er beschloss, gar nicht erst auf die Ereignisse der letzten Nacht einzugehen und Christina gleich mit der von Keesa vorbereiteten Liste zu konfrontieren. Erstaunlich, wie echt das Dokument aussah! Abdi und Keesa hatten ihm eingeschärft, zunächst den Ahnungslosen zu spielen, der nichts von irgendwelchen Bedingungen, geschweige denn Geldzahlungen wusste. Wenn die Frau das erste Bittgesuch geschrieben habe, sei die entscheidende Hürde genommen, hatte Keesa gesagt. Die zweite Mail, die die einzelnen Daten erfragte, würde die Frau von der Richtigkeit des Vorgangs überzeugen. Wenn die E-Mail mit der Geldforderung eintraf, sollte Mehdi sich überrascht und entsetzt zeigen, dann aber darauf hinarbeiten, dass sie das Geld auf ein Konto bei der Bank of America in San Francisco überwies. Dort, so hatte Abdi ihm erklärt, besaß er einen Mittelsmann, der für ein Fee von 1% der eingegangenen Summe das restliche Geld auf sein Konto bei seiner Bank hier in Accra überwies. Wegen des Bankgeheimnisses war der Verbleib des Geldes so nicht nachzuverfolgen. Wenn alles gut ging, würde Mehdi also bald im Besitz von mehreren tausend Cedi sein.

Mehdi fühlte sich hin- und hergerissen. Einerseits würde das Geld ihm einige schwere Sorgen von den Schultern nehmen. Wenn er, wie Abdi ihm vorgeschlagen hatte, weiterhin für ihn arbeitete, hätte er eine ständige Einnahmequelle, die ihm und seiner Familie ein sorgenfreies und bequemes Leben ermöglichte. Statt sich für wenige Cedi den ganzen Tag in der Autowerkstatt abzurackern, bräuchte er nur am Computer ein wenig Süßholz zu raspeln und reiche Frauen dazu zu verführen, ihm Geld zu leihen, das sie natürlich nie zurückerhielten. Andererseits: Er wusste, es war falsch, was er tat. Dieses eine Mal musste er das Ganze wohl durchziehen, schon, um Abdi seinen Vorschuss zurückzahlen zu können. Aber noch einmal würde er sich auf so etwas nicht einlassen, schwor er sich. Schlimm genug, dass er diese einzigartige, wunderbare Frau dort in Deutschland so hintergehen musste! Er zwang sich, nicht daran zu denken, wie unglücklich und enttäuscht Christina sein würde, wenn er sich, nachdem sie das Geld überwiesen hatte, nicht mehr bei ihr meldete. Sie musste ihn für einen infamen Betrüger und Lügner halten, der er ja auch war. Seine geliebte Chrissie! Zwar würde sie denken, es wäre der amerikanische Soldat gewesen, der sie hintergangen hatte, aber das änderte nichts an seiner, Mehdis, Schuld.

Mehdi schob die deprimierenden Gedanken daran, was er Christina antat, weit von sich und versuchte, sich auf seine momentane Aufgabe zu konzentrieren. Zuerst einmal musste sie davon überzeugt werden, dass das Schreiben an das UN-Headquarter den amerikanischen Soldaten vor dem Dienst in Syrien rettete.

Natürlich war Christina skeptisch, was die Wirkung des Gesuchs betraf, und Mehdi brauchte gute Argumente, um sie zu überreden, die Mail zu schicken, was sie schließlich tat. Während er gemeinsam mit ihr zwei Tage lang auf die Antwort wartete, hatte er Gelegenheit, sie nach ihrer Ehe zu fragen, wie er es sich vorgenommen hatte.

Darf ich dir eine persönliche Frage stellen, mein Liebes?

Ja, natürlich, Dominic.

Sag mir, bist du glücklich in deiner Ehe?

Die Antwort ließ lange auf sich warten, so lange, dass Mehdi sich besorgt fragte, ob er nicht zu weit gegangen war. Aber zu seiner Erleichterung meldete Christina sich wieder.

Das ist eine schwere Frage, Dominic. Ich musste erst einmal darüber nachdenken. Ob ich glücklich bin? Ich weiß nicht. Ich bin zufrieden, das stimmt. Mein Mann liebt mich und ich ihn wohl auch. Aber, weißt du, manchmal vermisse ich etwas ... Ich weiß nicht recht, wie ich es beschreiben soll.

Es ist eine Art Sehnsucht, die Sehnsucht nach dem vollkom-
menen Glück, glaube ich. – Verstehst du, was ich meine?

Mehdi verstand sie nur zu gut! Oh, wenn er sie doch in diesem Augenblick in den Armen halten könnte, diese einzigartige Frau dort in dem fernen Deutschland, die ihm so vollkommen aus der Seele sprach! Wie gut er sie verstehen konnte, trug er doch selbst diese Sehnsucht tief in sich verborgen,
seit dem Tod seiner geliebten Maddalen ohne Hoffnung auf
Erfüllung. Wie war es nur möglich, dass er sich selbst in einer
Frau wiedererkannte, die er noch nie in seinem Leben real vor
sich gesehen hatte!

Es fiel ihm unsäglich schwer, wieder in die Rolle des Amerikaners zu schlüpfen, der Christina in immer neuen Worten
beteuerte, wie sehr er sich ein gemeinsames Leben mit ihr und
Sammy in San Francisco wünschte und wie sehr er sie liebte.
Christinas Vertrauen in ihn, ihr Mitgefühl mit dem angeblichen Schicksal des Soldaten und ihr Bemühen, ihn aufzuhei-
tern und von seiner angeblichen Furcht vor dem Einsatz in
Syrien abzulenken, berührten ihn zutiefst.

Als Keesa den amtlich aussehenden Bescheid über die angeblichen Kosten einer Beurlaubung an Christinas E-Mail-
Adresse schickte, sahen er und Abdi Mehdi über die Schulter,
um die Reaktion Christinas mitzuerleben. Wie erwartet war
sie bestürzt über die hohen Summen, die es kostete, „ihren"
geliebten Soldaten freizukaufen.

„Jetzt kommt es auf dich an, Mehdi!", sagte Abdi. „Dies ist
der kritische Moment. Versau es jetzt nicht!"

Mehdi war klar, jetzt musste er all seine Überredungskunst
aufbieten, um Christina zu überzeugen, das Geld zu schicken.
Es sei nur für kurze Zeit, er werde es sofort nach seiner Rück-
kehr in die USA zurückzahlen, schließlich habe er genügend
Geld gespart im Laufe seiner Dienstjahre. Niemand werde
bemerken, dass das Geld für diesen kurzen Zeitraum von ihrem Konto verschwunden sei. Aber vor allem musste er an
ihre Liebe zu ihm appellieren, sie an ihrer beider Träume von

einer gemeinsamen Zukunft erinnern, von seiner Sehnsucht nach ihr erzählen. Wenn er zu Christina von solchen Gefühlen sprach, gingen ihm die Worte leicht über die Lippen, weil es das war, was er selbst empfand.

„Du bist wirklich gut darin", lobte Abdi ihn, als er zu Mehdis großem Unbehagen einen solchen Dialog las. „Ich wusste gar nicht, dass du der geborene Verführer bist, mein Lieber." Er klopfte ihm anerkennend auf die Schulter. „Weiter so! Die Lady haben wir im Sack!"

Tatsächlich war Christina bereit, die Summe für einen Transfer nach Deutschland zu bezahlen, und Keesa schickte ihr die entsprechenden Bankdaten. Jetzt brauchten sie nur noch abzuwarten, bis das Geld auf Abdis Konto bei der Bank of Ghana eingetroffen war. Sobald das der Fall war, würde Keesa das Facebook-Profil des Dominic J. Anderson samt sämtlicher Fotos und Dokumente löschen, den E-Mail-Account, den Mehdi angegeben hatte, ebenfalls, sowie das Konto bei der Bank of Amerika in San Francisco durch den Mittelsmann auflösen und gleich ein anderes unter einem anderen Namen eröffnen lassen für den nächsten Deal. Seine Adresse in San Francisco erwiese sich als Standort eines Kaufhauses, sollte Christina sie überprüfen, und die Telefonnummer, die Mehdi ihr gegeben hatte, als nicht existent. Es würde sein, als habe es nie eine Verbindung zwischen ihnen gegeben.

TEIL DREI

21

„Christina!", rief Stefan.

Etwas in seiner Stimme ließ Christina alarmiert aufhorchen. Es musste etwas passiert sein!

„Ja? Ich bin hier im Arbeitszimmer."

Beunruhigt sah sie ihrem Mann entgegen, der, noch mit der Regenjacke bekleidet, in ihr Zimmer kam. „Ist etwas?", fragte sie.

„Ich weiß nicht. Sag du's mir."

Stefan hielt einige Papiere in der Hand, die er jetzt demonstrativ vor ihr auf dem Schreibtisch ausbreitete. Es waren die Kontoauszüge ihrer Bank, wie Christina mit einem Blick feststellte. Ihr Herz setzte einen Moment aus, bevor es wieder heftig zu schlagen anfing. Ihr wurde plötzlich siedend heiß und sie fühlte, wie ihr Gesicht rot anlief. Stefan hatte die Überweisung entdeckt! Wieso hatte er überhaupt die Kontoauszüge geholt? Das tat er doch sonst nie!

„Wieso …?"

„Ich habe Günter heute zufällig in der Stadt getroffen. Er wollte in die Bank und da dachte ich, ich kann auch gleich Geld abheben, weil ich kein Bargeld mehr hatte. Die Auszüge habe ich bei der Gelegenheit auch gleich ausdrucken lassen, wie du siehst." Aufgebracht tippte Stefan mit dem Finger auf eine bestimmte Stelle eines Auszuges. Sein Gesicht war außergewöhnlich blass und ernst. „Würdest du mir das bitte erklären, Christina?"

„Ja, natürlich! Ich … Weißt du, ich …" Hilflos stotterte Christina herum. Sie hatte keine Ahnung, wie sie die Geldüberweisung begründen sollte. Sie hatte fest damit gerechnet,

Stefan würde nie davon erfahren, dass das Geld für kurze Zeit von dem Konto verschwunden war.

„Du hast, ohne mich zu fragen, 5900 Euro von unserem gemeinsamen Sparkonto auf ein amerikanisches Konto in San Francisco überwiesen, Christina. Würdest du mir bitte verraten, an wen? Und wofür?"

Stefan stand vor ihr wie der höchste Richter persönlich. Seine Stimme klang kalt und betont beherrscht. Christina hatte ihren Mann noch nie so wütend gesehen.

„Jetzt beruhige dich erst einmal, Schatz. Ich kann das alles erklären."

Stefan ließ sich auf den Computersessel vor Christinas PC fallen. Er starrte ihr aufgebracht ins Gesicht.

„Ich höre!"

Seine Stimme klang schneidend.

„Willst du nicht erst einmal deine Jacke ausziehen? Sie ist ja ganz nass von dem Regen draußen." Christina versuchte verzweifelt, Zeit zu gewinnen und die Situation zu entspannen.

„Nein! Ich will auf der Stelle wissen, was hier los ist."

„Also. Ich brauchte das Geld, um einem Freund zu helfen, weißt du?" Christina hatte sich entschlossen, die Wahrheit zu sagen, schon weil ihr so schnell keine glaubhafte Lüge eingefallen war.

„Aha. Einem Freund zu helfen. Welchem Freund, wenn ich fragen darf? Kenne ich ihn?"

„Nein, du kennst ihn nicht. Ich kenne ihn selbst erst seit ein paar Wochen."

„Du kennst ihn erst seit ein paar Wochen und gibst ihm 5900 Euro? Bist du denn von allen guten Geistern verlassen?" Stefan stand auf, zerrte aggressiv an dem Reisverschluss seiner Jacke und riss sie sich vom Leib. „Das darf doch wohl nicht wahr sein!" Sein Gesicht hatte eine ungesunde Röte angenommen. Wütend schleuderte er die Jacke auf den Boden.

Christina saß eingeschüchtert auf ihrem Schreibtischstuhl und wagte nicht, sich zu rühren.

„Wie heißt der Mann und was hast du mit ihm zu tun, Christina?"

„Also, ich kenne ihn über das Internet, weißt du. Der Amerikaner, von dem ich dir erzählt habe. Der in Afghanistan stationiert ist als UN-Soldat, erinnerst du dich?"

Ungläubig starrte Stefan seiner Frau ins Gesicht.

„Das gibt es doch nicht! Wie kommst du dazu, einem wildfremden Menschen irgendwo in Afghanistan solch eine Menge Geld zu schicken?"

„Er ist kein wildfremder Mensch für mich. Er heißt Dominic Anderson und ich kenne ihn gut. Er wird das Geld in spätestens zwei Wochen zurückzahlen."

„Wofür brauchte er denn plötzlich so viel Geld? Und was heißt: Du kennst ihn gut?"

„Er brauchte das Geld für seine Sonderbeurlaubung aus dem Militärdienst. Damit er nicht in das Kriegsgebiet in Syrien versetzt wird. Die durch die Beurlaubung entstehenden Kosten müssen im Voraus bezahlt werden durch einen Bürgen, wenn du so willst."

Inzwischen hatte Stefan sich wieder auf den Computersessel gesetzt. Er starrte Christina mit offenem Mund an.

„Willst du damit sagen, dieser… wie heißt er noch gleich? Dieser Anderson hat sich durch dich vom Militärdienst freikaufen lassen? Das gibt es doch gar nicht! Und das hast du geglaubt? Wie naiv bist du eigentlich, Christina?"

Plötzlich kam Christina die Erklärung ebenfalls ziemlich merkwürdig vor.

„Es sind die Kosten, die durch den Verwaltungsaufwand und durch die Bereitstellung eines Ersatzmannes entstehen. Das ist doch nachvollziehbar", versuchte sie ihre Begründung zu erhärten. „Ich habe doch selbst die entsprechenden dienstlichen Briefe gesehen und das Gesuch eingereicht."

„Was hast du?" Stefans Wut war grenzlosem Erstaunen gewichen. „Du hast selbst mit den UN-Behörden korrespondiert? Hast du die Briefe noch?"

„Es ging doch alles per E-Mail."

„Ach so, natürlich. Also nicht überprüfbar. Und wieso kennst du diesen Anderson so gut, dass du ihm ohne Weiteres vertraust und meinst, ihm helfen zu müssen?"

Christina wusste nicht mehr, was sie sagen sollte. Sie konnte ihrem Mann doch unmöglich von ihren Gesprächen mit Dominic erzählen.

„Wir haben uns gelegentlich übers Internet miteinander unterhalten. Dabei hat er mir erzählt, wie schrecklich es dort ist in Kabul und in Kandahar. Dass die UN-Soldaten immer wieder in Kämpfe mit den Taliban verwickelt werden. Man sieht doch auch ständig im Fernsehen, wie es dort zugeht. Die Bombenanschläge auf zivile Ziele und das alles."

„Du hast dich also mit ihm unterhalten, aha. Über Facebook, nehme ich an? Messenger?"

Stefan drehte sich auf seinem Sessel um und aktivierte den im Schlafmodus befindlichen Computer. Christinas Facebook-Profil leuchtete auf. „Das möchte ich doch einmal sehen", zischte er durch die Zähne.

„Nein, Stefan, das darfst du nicht! Das ist meine Privatsache!"

Entsetzt sprang Christina auf und versuchte, ihren Mann daran zu hindern, den Messenger-Dienst aufzurufen. Oh Gott, wenn er ihre Gespräche mit Dominic las, war alles aus!

„Stefan! Das darfst du nicht! Das ist zu persönlich! Bitte!"

Sie langte nach der escape-Taste auf der Tastatur, um zu verhindern, dass das Chat-Protokoll aufleuchtete, aber Stefan schlug ihre Hand beiseite. Verzweifelt schrie Christina auf: „Tu das nicht, Stefan! Ich bitte dich!"

Sie zerrte an seinem Arm und versuchte, ihn von dem Computer wegzuziehen. Mit einer überraschend heftigen Armbewegung schleuderte Stefan sie von sich, so dass sie zu Boden stürzte.

„Lass mich. Ich will das jetzt lesen", schrie er und scrollte das Protokoll zum Anfang zurück. „Ich will wissen, was meine Frau wochenlang mit einem anderen Mann zu reden hat", presste er mit zusammengebissenen Zähnen hervor.

Weinend rappelte Christina sich auf und rannte aus dem Zimmer. Im Schlafzimmer ließ sie sich schluchzend aufs Bett fallen. Wenn Stefan alles las, was sie geschrieben hatte, war ihre Ehe zu Ende! Niemals würde er ihr verzeihen, wie intim sie mit Dominic geworden war. Sie setzte sich auf. Was sollte sie jetzt nur tun? Sie konnte doch nicht hier auf der Bettkannte sitzen und darauf warten, bis er alles gelesen hatte! Die Vorstellung, wie er gerade die Morgengrüße und die Liebesbriefe von Dominic las, jagte ihr einen Schauer über den Rücken. Das war schlimmer, als hätte er sie mit einem anderen Mann im Bett überrascht. Nein, sie konnte nicht hier sitzen und darauf warten, bis er fertig war. Sie rannte in den Flur, schnappte ihre Jacke, ihre Handtasche und die Autoschlüssel und flüchtete aus dem Haus. Im Auto fiel ihr ein, dass sie gar nicht wusste, wohin sie fahren sollte. Zu Julia oder zu Lukas? Nein, unmöglich! Sanne! Susanne würde sie aufnehmen, ohne groß zu fragen. Sie startete den Wagen und fuhr los.

22

Susanne nahm ihre völlig aufgelöste Freundin wortlos in die Arme und führte sie in ihr geräumiges Wohnzimmer, das sie mit allen möglichen Sachen vollgestopft hatte. Unbekümmert über stilistische Fragen stand ein altes, mit rotem Samt bezogenes Sofa mit geschwungener Rückenlehne neben einem ausladenden modernen Fernsehsessel und einem bunt gepolsterten Korbstuhl rund um einen mit Büchern und Zeitschriften übersäten ovalen Holztisch. Alte Schränke im Bauernstil standen Seite an Seite mit vollgestopften modernen Bücheregalen und zierlichen Barock-Kommödchen. Überall wuchsen Grünpflanzen, die das Sammelsurium von Möbelstücken zu einem bunten Miteinander vereinten, ebenso wie der glänzende Holzboden. Die mit schneeweißen kurzen Gardinen umrahmten großen Fenster gaben den Blick frei auf die jetzt im März noch kahlen Bäume in dem großen Garten, der den städtischen Altbau umgab.

„Nun beruhige dich erstmal, Mäuschen", sagte Susanne, während sie der hemmungslos heulenden Christina unablässig über den vom heftigen Schluchzen bebenden Rücken strich. Nach einer Weile, als das laute Weinen in leises Wimmern übergegangen war, sagte sie: „Was hälst du davon, wenn ich uns erst einmal eine schöne Tasse Tee mache, Mäuschen? Danach sieht alles schon nicht mehr so schlimm aus, glaub' mir." Noch einmal strich sie ihrer Freundin tröstend über den Arm, dann stand sie auf und ging in die angrenzende Küche „Was es auch ist, Christina, was dich so außer Fassung gebracht hat", rief sie von dort mit erhobener Stimme, damit Christina sie verstand, „du wirst nicht daran sterben." Plötzlich beunruhigt von der Möglichkeit, die ihre eigenen Worte beinhalteten, steckte sie den Kopf zur Wohnzimmertür hinein und fragte: „Es ist doch niemand krank, oder?"

Christina hob irritiert den Kopf. „Nein", antwortete sie, „niemand ist krank." Sie suchte in ihrer Handtasche nach einem Taschentuch, wischte sich die Tränen ab und putzte sich heftig die Nase. Immerhin das nicht, dachte sie. Nur, dass ihr ganzes Leben in Trümmern lag. Mühsam drängte sie die Tränen zurück, die schon wieder in ihre Augen stiegen.

Susanne kam mit einem Tablett aus der Küche, fegte mit einer Handbewegung die Zeitschriften und Bücher zu Seite und stellte das Geschirr auf den Couchtisch. Gerade, als sie die bunten Becher mit dem kräftigen schwarzen Tee gefüllt hatte und Christina die Zuckerdose reichen wollte, gab das Telefon, das im Flur auf der Kommode stand, einen melodischen Ton von sich. „Entschuldige", sagte Susanne, „da muss ich rangehen. Könnte wichtig sein."

Christina hatte sich inzwischen einigermaßen gefangen. Sie bereitete sich ihren Tee zu und wärmte ihre eiskalten Hände an dem warmen Becher, während sie langsam einen Schluck nach dem anderen trank.

„Hallo?", hörte sie Susanne ins Telefon sprechen. „Ach, du bist's, Stefan!" Christina erschrak. Stefan rief hier an? Alles in ihr ging in Abwehrposition. Sie konnte jetzt auf keinen Fall mit ihm sprechen!

„Ja, sie ist hier. Willst du … Ach so, okay …", hörte sie Susanne sagen. Dann eine ganze Weile nichts. Dann: „Gut, richte ich ihr aus."

Angstvoll sah Christina ihrer Freundin entgegen, die mit völlig konsterniertem Gesichtsausdruck ins Wohnzimmer zurückkam.

„Das war Stefan", erklärte sie überflüssigerweise. „Ich soll dir ausrichten, er will dich nicht mehr sehen. Er gibt dir heute Abend zwei Stunden Zeit, um die wichtigsten Sachen aus dem Haus zu holen. Er wird derweil bei Lukas sein, sagt er. Und er will die Scheidung, sagt er." Sie setzte sich auf den Korbstuhl und nahm ihren Teebecher. „Mann, war der wütend!", meinte sie kopfschüttelnd. „Was hast du denn nur so Furchtbares verbrochen, Mäuschen?"

Christina sah ihre Freundin aus todunglücklichen Augen an, in denen schon wieder Tränen lauerten. „Ach Sanne, es ist alles aus. Meine Ehe ist am Ende!"

Susanne setzte sich neben sie aufs Sofa und legte ihr tröstend den Arm um die Schultern.

„Ach komm, Kleines, es wird nichts so heiß gegessen wie gekocht. Nun erzähl mir erst mal, was passiert ist. Warum ist Stefan so stinkwütend auf dich? Wo er doch sonst nicht aus der Ruhe zu bringen ist."

„Er hat auch allen Grund wütend zu sein. Ich habe ihn betrogen, Sanne."

„Du hast ihn betrogen?" Susannes Stimme war die pure Ungläubigkeit. „Du, mein braves, gewissenhaftes Mäuschen, hast deinen Ehemann betrogen?"

Wider Willen musste Christina lächeln.

„Ja, nicht eigentlich wirklich betrogen. Nicht körperlich, meine ich."

Susanne rückte zur Seite und sah Christina ins Gesicht. „Das musst du mir erklären, meine Süße. Ich verstehe nur Bahnhof."

Christina holte tief Luft.

„Du weißt doch noch, letztens, als wir eigentlich ins Kino wollten und du mich beim Chatten überrascht hast …"

„Ja, ich erinnere mich. Wie hieß er noch? Dominic oder so, nicht?"

„Ja, genau. Dominic Anderson. Ich habe mich in Dominic verliebt, Sanne. Richtig verliebt. Eigentlich ist ‚verliebt' nicht das richtige Wort. Ich liebe ihn, wie ich noch nie jemanden geliebt habe. Und er liebt mich", fügte sie trotzig hinzu, als sie Susannes skeptischen Gesichtsausdruck bemerkte.

„Du willst sagen, du liebst einen anderen Mann, noch dazu einen Mann, den du nur vom Chatten im Internet kennst? Den du noch nie leibhaftig gesehen hast?"

„Ja, ich weiß, es klingt komisch, aber es ist so. Dominic versteht mich, er weiß genau, was ich fühle, und er fühlt genauso. Er ist mein Seelenverwandter."

„Dein Seelenverwandter! Christina, entschuldige, aber da muss ich doch lachen. Wie kannst du nur so altmodisch sein! So etwas gibt es doch gar nicht mehr heutzutage!" Kopfschüttelnd nahm Susanne ihren Becher und trank den Rest des nur noch lauwarmen Tees aus.

Erstaunt und verletzt über Susannes Reaktion maß Christina ihre Freundin mit einem Seitenblick. Susanne verstand sie einfach nicht. Kein Wunder, dass sie zweimal geschieden war. Anscheinend war sie nicht fähig, wirklich tief zu lieben, so wie sie, Christina, es tat. Sich wirklich in einem anderen wiederzuerkennen, sich grenzenlos aufgehoben zu fühlen, sich in dieser Liebe zu verlieren.

„Wir hatten sogar richtigen online-Sex zusammen, Dominic und ich", sagte sie trotzig. „Es war wunderschön, glaub' mir."

„Wow", sagte Susanne verblüfft, „das hätte ich dir wirklich nicht zugetraut, Mäuschen!"

Ein kurzes Schweigen entstand. Beide Frauen hingen einen Moment lang ihren ganz eigenen Gedanken nach. Dann nahm Susanne den Gesprächsfaden wieder auf.

„Und was ist jetzt mit Stefan? Wie ist er dir draufgekommen?"

Christina fuhr aus ihren Träumereien auf. „Ach, er hat die Kontoauszüge gesehen. Sonst kümmert er sich nie um unsere finanziellen Angelegenheiten, aber diesmal … ein blöder Zufall …! Und dann hat er den Chat gelesen …"

„Den Chat gelesen? Mit dem online-Sex? Kein Wunder, dass er so wütend ist", platzte Susanne heraus.

„Ja, ich weiß! Es ist furchtbar", bestätigte Christina die Einschätzung ihrer Freundin.

Susannes Gedanken waren bei einem anderen Wort hängengeblieben.

„Kontoauszüge? Wieso Kontoauszüge?", hakte sie nach.

„Ja, Er hat gesehen, dass ich Geld an Dominic überwiesen habe. Er wird es mir innerhalb von zwei Wochen zurückzahlen. Stefan hätte gar nichts davon gemerkt, wenn er nicht ausnahmsweise diese blöden Auszüge gesehen hätte."

„Du hast Geld überwiesen?" Mit immer entsetzter werdendem Gesichtsausdruck hörte Susanne zu, wie Christina in kurzen Worten erklärte, wozu Dominic das Geld gebraucht hatte.

„Du brauchst gar nicht so zu gucken, Sanne! Hätte ich ihn vielleicht nach Syrien gehen lassen sollen, wo ihn möglicherweise der Tod erwartete?"

„Oh mein Gott, Christina! So naiv kannst du doch gar nicht sein!"

„Wieso naiv? Ich vertraue Dominic. Und er mir auch. Wir lieben uns. Aber das scheinst du ja nicht zu verstehen."

Christina richtete sich auf und hob trotzig den Kopf. Ihre Tränen waren versiegt und sie fühlte eine neue Klarheit in sich aufsteigen. Eigentlich war es ganz gut, dass es jetzt zu diesem Bruch zwischen ihr und Stefan gekommen war, überlegte sie. Wenn Dominic in zwei oder drei Wochen seine Angelegenheiten zu Hause in San Francisco geregelt hatte, würde er mit Sammy hier nach Deutschland kommen, und spätestens dann hätte sie Stefan reinen Wein einschenken müssen. Jetzt war sie sich sicher, dass sie ihr weiteres Leben mit Dominic Anderson verbringen wollte. Sie würde alles hinter sich lassen und ihm nach Kalifornien folgen. Alle ihre Träume würden wahr werden. Eine aufregende Zukunft lag vor ihr, zusammen mit dem über alles geliebten Mann! Sie würden ein ganz neues Leben beginnen. Sicher, es würde nicht leicht werden, Lukas und Julia zu erklären, warum sie so handeln musste, und die beiden Kleinen nur noch selten sehen zu können, würde hart sein. Aber das alles war nichts gegen das unfassbare Glück, in ihrem Alter noch einmal ganz von vorne anfangen zu dürfen.

Sie bemerkte, dass Susanne inzwischen aufgestanden war und ihren Laptop von dem riesigen, antik anmutenden Schreibtisch in der Arbeitsecke des Raumes geholt hatte. Sie legte ihn vor sich auf den Couchtisch und war dabei, etwas einzutippen.

„Er hat doch einen Facebook Account, dein Dominic, oder?"

„Ja. Wieso?"

„Hast du über Messenger mit ihm gechattet?"

„Ja."

„Ich finde hier keinen Dominic J. Anderson aus San Francisco bei Facebook. Nur einige andere Andersons, die es aber wohl nicht sein können."

„Was? Das kann nicht sein!"

„Hier. Schau selbst. Es gibt keinen Dominic J. Anderson."

Christina war aufgesprungen und hatte sich neben Susanne gestellt. Aufgeregt schaute sie ihr über die Schultern.

„Hast du den Namen auch richtig eingegeben?"

„Natürlich! Sieh doch selbst."

„Lass mich mal!"

Christina nahm den Laptop und meldete sich unter ihrem eigenen Namen an. Mit zitternden Händen scrollte sie ihre Freundesliste herunter. Kein Dominic J. Anderson mehr unter ihren Freunden! Sie rief das Messenger-Protokoll auf, das sie archiviert hatte. Sein Name war verschwunden, stattdessen stand dort nur noch ‚Ein Facebook-Nutzer'. Dominic war verschwunden! Was hatte das zu bedeuten? Ihr wurde plötzlich ganz kalt. Dann fiel es ihr ein. Natürlich! Er hatte ja immer gesagt, dass er sein Facebook-Profil nur nutzte, um mit seinem Sohn und dessen Lehrer zu kommunizieren. Und mit ihr, Christina, natürlich. Jetzt, wo er in Amerika war, konnte er ihr ja auch per E-Mail schreiben und brauchte den Account nicht mehr.

Susanne, die sie aufmerksam beobachtete, stellte nüchtern fest.: „Er hat seinen Account gelöscht, Christina. Hast du sonst irgendwelche Daten von ihm? Seine Adresse? Seine E-Mail? Oder die Telefonnummer?"

„Ja, natürlich! Ich habe alles von ihm. Bisher haben wir uns immer über Facebook unterhalten, weil das am einfachsten war. Aber jetzt werde ich ihm gleich mal eine E-Mail schicken." Sie kramte in ihrer Handtasche herum. „Ach, ich habe mein Handy vergessen. Susanne, würdest du vielleicht …?"

Susanne hatte schon ihren Postserver aufgerufen.

„Wie lautet seine E-Mail?", fragte sie.

„Joshuadominic122@gmail.com ", diktierte Christina.

„Was soll ich ihm schreiben?"

„Schreib einfach, bitte melde dich, Christina. Er wird sich zwar über deine Absenderadresse wundern, aber das werde ich ihm später erklären."

„Okay. Ich schicke die Mail los."

Die Antwort erschien umgehend auf dem Bildschirm. Die Sendung sei fehlgeschlagen, es existiere keine entsprechende Mail-Adresse. Fassungslos starrte Christina auf den Bildschirm.

„Du musst dich vertippt haben, Sanne! Versuch es bitte noch einmal!"

Susanne tat wie ihr geheißen. Der zweite Versuch zeigte das gleiche Ergebnis, ebenso der dritte.

„Die Adresse gibt es nicht mehr, Christina. Er hat sie gecancelt."

Besorgt betrachtete Susanne ihre Freundin. Christina war leichenblass geworden. Mit langsamen Bewegungen wie in Zeitlupe ließ sie sich wieder auf das Sofa nieder. Oh mein Gott, die Arme, dachte Susanne. Wie muss sie sich jetzt fühlen!

„Wie lautet denn seine Heimatadresse? Ich kann sie ja mal googlen", bot sie als letzten Strohhalm an.

„268 Mallorca Way, San Francisco CA 94123", antwortete Christina mit einer Stimme, die kaum zu hören war.

„Die Adresse gibt es wirklich, Christina!" Hoffnungsvoll hob Christina den Kopf.

„Ich schaue mal bei Google earth nach, was das für ein Gebäude ist. Einen Moment." Sie scrollte auf die richtige Stelle des Stadtplanes und rief die StreetView auf. Ein riesiges Gebäude war bei der angegebenen Hausnummer zu sehen. Ein Kaufhaus, kein Wohngebäude.

„Es ist ein Kaufhaus, Christina!"

Christina fing zu Susannes Entsetzen plötzlich an zu lachen. Sie sprang auf, rannte im Zimmer hin und her wie ein eingesperrter Tiger und bog sich vor Lachen, hysterisch kreischend lachte sie immer weiter, bis das Gelächter schließlich zu einem herzzerreißenden Weinen wurde. Mitten im Raum blieb sie stehen, schlug die Hände vors Gesicht und weinte. Susanne umfing ihre Freundin mit beiden Armen und hielt den zitternden und von Schluchzen geschüttelten Körper fest, bis sie merkte, dass Christina sich ein wenig beruhigt hatte. Ohne ein Wort zu sagen, führte sie sie zum Sofa, schüttelte ein Kissen zurecht und nötigte Christina, sich hinzulegen. Sie nahm die bunte

Patchworkdecke, die in dem Fernsehsessel lag, und breitete sie über die immer noch bebende Gestalt aus.

„Ruh dich ein wenig aus, Mäuschen", sagte sie sanft, „das war jetzt ein bisschen zu viel für dich. Ich geb' dir was, damit du etwas schlafen kannst. Warte einen Moment. Bin gleich wieder da."

Eilig ging sie in die Küche, löste zwei Beruhigungstabletten aus ihrer Hausapotheke in einem Glas Wasser auf und kehrte zu Christina zurück. „Hier, trink das. Das ist jetzt gut für dich, Mäuschen!"

Gehorsam setzte sich Christina auf und trank das ganze Glas in einen Zug aus. Danach legte sie sich hin und schloss erschöpft die Augen. Susanne breitete fürsorglich die Decke über sie aus.

„Vorerst kannst du bei mir bleiben, Christina", sagte sie. „Heute Abend holen wir gemeinsam ein paar Sachen aus euerm Haus und morgen sehen wir weiter. Ruh dich jetzt ein bisschen aus, Kleines."

23

In den Tagen, die diesem folgten, hatte Christina das Gefühl, alles, was um sie herum passierte, wie unter einer Glasglocke wahrzunehmen. Die Stimmen und die Geräusche erschienen ihr gedämpft; sie musste sich anstrengen, zu verstehen, was gesagt wurde. In ihrem Inneren war ein Vakuum, eine kalte Leere. Sie hatte Angst, wenn sie es zuließe, etwas zu empfinden, würde sie sterben. Gegen jede Wahrscheinlichkeit hoffte sie, wenn sie morgens und abends ihren Computer hochfuhr, eine Nachricht und ein zauberhaftes Bild mit einem Blumenbukett oder einer romantischen Abendlandlandschaft vorzufinden, und jedes Mal trieb ihr die Enttäuschung die Tränen in die Augen. Immer wieder las sie die Chat-Dialoge der letzten Tage, besonders die allerletzte Nachricht von Dominic.

Dann endlich werden wir uns sehen, mein Herz, und ich werde dich für immer festhalten und lieben. Du bedeutest ein ganz neues Leben für mich. Ich liebe dich, Chrissie!

Nein, sie konnte das, was sie Wahrheit nannten, nicht akzeptieren! Ihr Verstand sagte ihr, dass sie auf grausame Art betrogen worden war, aber ihr Gefühl weigerte sich, es zu glauben. Der Mann, der ihr so zärtliche, liebevolle, einfühlsame Botschaften geschickt hatte, der sie so gut verstand und sich in sie hineinversetzt hatte, dieser Mann konnte nicht derselbe sein, der die 5900 Euro genommen hatte und verschwunden war. Aber dieser Mann war einfach nicht mehr da. Als hätte er nie existiert. Als Christina die letzte Verbindung mit ihm, die Telefonnummer, die Dominic ihr gegeben hatte, anrief, ertönte nur die automatische Stimme, die sagte, es gebe keinen Anschluss unter dieser Nummer.

Sie hatte sich in Susannes Wohnung eingeigelt wie in einen Kokon. In der Schule hatte sie sich krankgemeldet; sie fühlte sich außerstande, unter Menschen zu gehen, geschweige denn, normalen Unterricht zu geben. Den ganzen Tag lief sie im Morgenmantel herum. Sie stellte den Fernseher an und starrte stundenlang auf den Bildschirm, ohne anschließend sagen zu können, was sie gesehen hatte.

Susanne erwies sich derweil als wahre Freundin. Sie erledigte alles für Christina: Sie transportierte den Computer und etliche Kisten mit Büchern und den wichtigsten Schulsachen in ihre Wohnung und richtete ihr in dem kleinen Gästezimmer einen Arbeitsplatz ein. Sie schleppte einen Koffer mit Kleidung und anderen Alltagsdingen herbei und versuchte alles, damit Christina sich einigermaßen wohlfühlte. Voller Sorge sah sie, dass ihre Freundin kaum etwas von dem aß, was sie ihr vorsetzte, dass sie ihr Äußeres vernachlässigte, kaum ein Wort sprach und völlig apathisch herumsaß.

„Du hast eine ausgewachsene Depression, Mäuschen", stellte sie fest. „Und diesmal hast du sogar einen handfesten Grund dafür. Wir müssen etwas dagegen tun." Mit in den Hüften aufgestützten Armen baute sie sich vor Christina auf, die wie ein Häufchen Elend mit angezogenen Beinen auf dem Sofa hockte.

„Als Erstes gehen wir jetzt zur Polizei und erstatten Anzeige gegen diesen Dominic Anderson. Immerhin hat er dich um 5900 Euro betrogen. Das ist nicht gerade eine Kleinigkeit. Ganz abgesehen davon, was er dir sonst noch angetan hat. Deshalb sollten wir wenigsten versuchen, das Geld irgendwie zurückzubekommen."

Es kostete sie einige Mühe, Christina dazu zu bewegen, sich anständig anzuziehen und zurechtzumachen. In der Polizeiinspektion Schönfeldes wurden sie an die Oberkommissarin Jasmin Deddens verwiesen, 3. Stock, am Ende des Flurs links. Die junge Kommissarin war schlank, blond, trug einen Pferdeschwanz und empfing sie ausgesprochen freundlich. Sie erhob sich von ihrem Platz hinter dem Schreibtisch in dem kleinen, modern und zweckmäßig eingerichteten Büro, auf dessen Fensterbank lediglich eine blühende Orchidee für etwas Natur sorgte, und begrüßte die beiden Frauen, indem sie ihnen die Hand reichte.

„Bitte nehmen Sie Platz", sagte sie und wies auf die beiden Stühle neben ihrem Schreibtisch.

„Mein Name ist Jasmin Deddens. Ich bin Oberkommissarin und zuständig für Cyber-Kriminalität hier im Landkreis. Wie ich höre, wollen Sie Anzeige erstatten? Darf ich Sie zunächst um Ihre Namen bitten?"

Susanne übernahm nach einem schnellen Seitenblick auf Christina, die regungslos und mit verschlossenem Gesichtsausdruck neben ihr saß, das Reden. Sie stellte sich und Christina vor.

„Meine Freundin hier möchte Anzeige erstatten. Sie ist betrogen worden durch einen Mann, der sich im Internet als Freund ausgegeben hat. Er hat sie um Hilfe gebeten, um aus einer angeblichen Notlage heraus zu kommen. Natürlich mit Geld. Seitdem ist er nicht mehr auffindbar."

Oberkommissarin Deddens nickte wissend zu ihren Worten und tippte mit flinken Fingern einige Notizen in den Computer ein.

„Aha", sagte sie, „ein Romance-Scammer."

„Ein was?", fragte Susanne verblüfft.

Jasmin Deddens lächelte. „Wir nennen diese Betrüger Romance-Scammer oder auch Love-Scammer. Früher sagte man Heiratsschwindler, aber in den Zeiten des Internets hat sich diese Art Kriminalität entsprechend weiterentwickelt. Die Täter, in einigen Fällen sind es auch Frauen, melden sich per Chat in den sozialen Medien, entwickeln ein sehr persönliches, oft intimes Verhältnis zu ihren Opfern und bitten sie schließlich um Geld, um aus einer angeblichen Notlage herauszukommen. Oft gehen diese Bekanntschaften wochen-, manchmal monatelang, und wenn die Opfer zahlen, kommen immer neue sogenannte Notfälle dazu, so dass es oft zig-Tausende Euro sind. Manche Frauen verschulden sich sogar, nur um ihren ‚Geliebten' nicht zu verlieren."

Sie setzte das Wort ‚Geliebten' mit ihren Fingern in Anführungszeichen. Susanne und Christina hörten fassungslos zu. Sie erfuhren, dass die Cyber-Kriminalität in den letzten Jahren sprunghaft angestiegen sei. Dass neben dem bekannten Phishing von Daten, dem sogenannten Enkeltrick und den angeblichen Riesenerbschaften, die jemand gemacht habe und die man nur noch mit ein paar Hundert Euro auslösen müsse, die Romance-Scammer besonders zugenommen hätten. Die Masche dabei sei immer ähnlich.

„Es werden gestohlene Identitäten samt Fotos benutzt, um intime Beziehungen aufzubauen. Besonders häufig sind es amerikanische Soldaten, die angeblich in Krisengebieten stationiert sind, weil man dann darauf verweisen kann, es sei nicht erlaubt, Telefon und Videokontakt aufzunehmen", erklärte die Kommissarin.

„Denn bei einem solchen Kontakt fliegt die falsche Identität schnell auf", fuhr sie fort. „Oft gibt sich der Scammer als Witwer oder Geschiedener mit Kind aus auf der Suche nach einer neuen Liebe. Nach einiger Zeit wird dann ein Notfall konstruiert, etwa ein Unfall oder eine Krankheit, wobei für die lebensrettende Operation das Geld fehlt, oder es wird ein Treffen vereinbart, aber es fehlt das Geld für den Flug. Die Summen bewegen sich dabei zwischen einigen Hundert und mehreren Tausend Euro. Das Geld soll meistens auf ein Auslandskonto überwiesen werden. Natürlich ist es so nicht wieder aufzufinden, ebenso wenig wie die persönlichen Daten, die der Scammer seinem Opfer übermittelt hat."

Susanne fasste Christinas Hand, als sie hörten, wie exakt diese polizeilichen Erkenntnisse auf den angeblichen Dominic Anderson zutrafen. Christina wurde im blasser, als Susanne anschließend schilderte, wie Anderson vorgegangen war.

„Frau Wegner, Sie dürfen nicht annehmen, dass die Person, deren Foto Sie gesehen und die Ihnen sympathisch gewesen ist, auch nur im Entferntesten etwas mit dem Scammer zu tun hat. Wahrscheinlich ahnt der Mann auf dem Foto nicht einmal, dass seine Identität für diese Betrugsmasche missbraucht wurde. Da alle Daten falsch sind, wie Sie ja selbst gesehen haben, ist es unmöglich, die Spur zurückzuverfolgen. Auch, weil das Geld ins Ausland geht und deswegen die Bundespolizei und Interpol eingeschaltet werden müssen, ist es nahezu aussichtslos, etwas zu erreichen." Sie zuckte bedauernd mit den Schultern. „Das Geld können Sie, um die Wahrheit zu sagen, abschreiben."

Susanne wollte es nicht glauben.

„Hat man denn gar keine Erkenntnisse darüber, wer hinter diesen Betrügereien steckt? Die Tatsache, dass es immer die gleiche Masche ist, weist doch darauf hin, dass es nicht einzelne Männer sind, die für sich allein arbeiten, oder?"

„Ganz genau, Frau Olbrich! Wir gehen davon aus, dass organisierte Banden in Afrika und Indien dahinterstecken. Vor allem in Westafrika sollen solche Organisationen existieren. Wir sprechen von der sogenannten Nigeria-Connection. Aber die Verfolgung dieser Straftaten erfordert die Zusammenarbeit mit diesen Staaten, und die verläuft meistens eher schleppend."

„Okay. Und was machen wir jetzt?"

Jasmin Deddens stieß einen resignierten kleinen Seufzer aus. Sie wandte sich direkt an Christina. „Wir nehmen Ihre Anzeige auf. Sie erzählen mir alle Einzelheiten über die Vorgehensweise dieses angeblichen Dominic J. Anderson, Frau Wegner. Am besten, Sie geben mir einen Ausdruck des Chat-Protokolls. Dann gehe ich unsere Aufzeichnungen durch und suche nach Übereinstimmung mit anderen Fällen. Vielleicht ist die Identität des Mister Anderson ja schon einmal benutzt worden. Und dann kommt sein Foto natürlich auf die Liste derjenigen, die als Scammer bekannt sind. Damit andere Frauen nicht mehr auf ihn hereinfallen."

Sie tippte schnell einige Worte auf ihrem Computer. „Auf welches Konto haben Sie denn das Geld überwiesen? Und wieviel?"

„Die Nummer des Kontos wissen wir nicht auswendig. Es ist bei der Bank of America in San Francisco, Kalifornien."

„Oh, das wird schwierig. Auf ein Auslandskonto, wie gesagt, haben wir keinen Zugriff. Sie wissen, das Bankgeheimnis", sagte Jasmin Deddens.

Plötzlich stand Christina auf und zog Susanne am Arm. „Komm, wie gehen, Sanne. Das hat doch alles keinen Sinn."

„Aber Sie müssen Ihre Anzeige noch unterschreiben, Frau Wegner!"

„Nein, danke! Komm, Sanne!" Christine zog ihre widerstrebende Freundin hoch. Susanne zuckte hilflos mit den Schultern und sah die Polizistin entschuldigend an. „Entschuldigen Sie bitte, Frau Kommissarin! Vielen Dank für Ihre Mühe! Wiedersehen!"

Draußen vor dem Gebäude hielt Susanne Christine an, die mit schnellen Schritten auf den Parkplatz zuhielt, auf dem Susanne ihr Auto geparkt hatte.

„Sag mal, was war denn das auf einmal, Mäuschen? Wenn du keine Anzeige erstattest, passiert gar nichts, das ist dir doch klar, oder?"

Ein unglücklicher Blick aus den Rehaugen Christinas traf sie. „Glaubst du wirklich, ich will, dass alle Welt meine Unterhaltung mit Dominic liest? Es ist alles so schon peinlich genug, da muss das ja wohl nicht auch noch sein, oder?"

Ohne auf Susannes Antwort zu warten, lief sie weiter. Susanne rannte hinter ihr her und hakte sich bei ihr unter. Christina blieb stehen und sah ihrer Freundin ins Gesicht. In ihren Augen glitzerten schon wieder Tränen. „Ich könnte es nicht ertragen, Sanne!", flüsterte sie.

„Das verstehe ich doch, Mäuschen!" antwortete Susanne und drückte den Arm ihrer Freundin.

24

Es klingelte an der Tür. Christina fuhr auf. Wer konnte das sein? Susanne war in der Schule; es war heute der letzte Schultag vor den Osterferien. Vielleicht der Postbote? Sie stellte den Fernseher aus, warf die Decke von sich und stand vom Sofa auf. Flüchtig ordnete sie ihr Haar, zog den Pulli zurecht, den sie zu ihrer grauen Jogginghose trug, und öffnete die Wohnungstür.

„Hallo, Mama!"

Überrascht blickte Christina in das Gesicht ihrer Tochter.

„Julia!" Sie warf einen Blick auf ihre Armbanduhr. Es war viertel nach zwei, Freitagnachmittag. „Musst du gar nicht arbeiten?" Was für eine blöde Frage, schalt sie sich im selben Augenblick. Statt ihr zu sagen, wie sehr du dich freust, sie zu sehen.

„Ich bin heute etwas eher gegangen. Ich wollte mal sehen, was du machst."

Julia ging an Christina vorbei, die immer noch die Tür festhielt, und sah sich in Susannes Wohnzimmer um. „Wirklich eine interessante Einrichtung, fällt mir immer wieder auf", bemerkte sie, während sie sich ihr Jackett auszog. „Hier versteckst du dich also die ganze Zeit."

Christina war ihrer Tochter langsam gefolgt. Sie wusste nicht, wie sie sich verhalten sollte. Sicher hatte Stefan Julia und Lukas über alles informiert, was vorgefallen war. Sie selbst hatte überhaupt noch nicht daran gedacht, was ihr Weggang von zu Hause für ihre Kinder bedeutete. Viel zu sehr war sie mit sich selbst und ihrem Kummer beschäftigt gewesen. Augenblicklich bekam sie ein schlechtes Gewissen. Was war sie nur für eine Mutter!

Julia hatte sich inzwischen auf dem roten Sofa niedergelassen. Sie breitete ihre Arme aus und legte sie rechts und links auf die geschwungene Rückenlehne. Lächelnd sah sie ihre Mutter an, die mit hängenden Armen dastand.

„Gemütlich hier, wirklich. Ein bisschen schräg, ja, aber wirklich gemütlich. Und originell. Typisch Sanne."

Christina musste an Julias kleine Wohnung denken, die stilbewusst ausschließlich mit Ikea-Möbeln ausgestattet war. Sie nickte.

„Ja, das stimmt."

„Nett von ihr, dass sie dich hier wohnen lässt", meinte Julia.

Irritiert schaute Christina ihre Tochter an. Wie meinte Julia das? Dachte sie etwa, sie habe so viel Freundlichkeit gar nicht verdient? Wie stand ihre Tochter zu der ganzen Angelegenheit? Verurteilte sie ihre Mutter für das, was sie getan hatte? Verunsichert flüchtete Christina sich in die Rolle der Gastgeberin.

„Soll ich uns einen Tee machen, Julia? Oder möchtest du lieber eine Cola? Oder einen Saft vielleicht?"

Julia lachte kurz auf. „Du mit deinem Tee, Mama! Als ob Tee das Allheilmittel wäre. Geeignet für alle Lebenskrisen, was?"

Hilflos stand Christina da. Sie wusste nicht, was sie erwidern sollte. Diese Situation war denkbar ungewohnt. Schließlich war es normalerweise umgekehrt und sie war die diejenige, die Julia Trost und Beistand bot.

„Ach Mama, steh doch nicht so da! Komm, setz dich einfach mal her zu mir." Julia klopfte auf das Polster neben sich. Als Christina sich gesetzt hatte, wandte Julia sich ihr zu und fragte sanft. „Wie geht es dir denn, Mama. Du siehst ein bisschen angegriffen aus."

Überrascht und gerührt von der Fürsorge ihrer Tochter, entspannte sich Christina ein wenig.

„Ich freue mich so, dass du gekommen bist, Julia. Du und Lukas, ihr seid sicher furchtbar böse auf mich, stimmt's?"

„Naja, Lukas jedenfalls steht ganz auf Papas Seite. Männliche Solidarität oder sowas in der Art, denke ich."

„Und du? Wie denkst du darüber, Julia?" Beklommen suchte Christina den Blick ihrer Tochter.

„Ich weiß ja bisher nur, was Papa uns erzählt hat, und das ist nicht gerade viel. Ich würde gerne hören, was du dazu zu sagen hast, Mama."

Christina veränderte unruhig ihre Sitzposition. Wie sollte sie ihrer Tochter erklären, was ihr widerfahren war in den letzten Wochen? Würde Julia es verstehen, wo sie es doch selbst kaum verstand? Unglücklich schaute sie in das erwartungsvolle Gesicht ihrer Tochter. Wie jung sie aussah! Dieses faltenlose, glatte Gesicht, diese unschuldigen Augen! Wie sollte sie ihr von der Sehnsucht erzählen, die sie in ihrem Innern verbarg? Wie ihr erklären, dass sie eine Liebe ganz besonderer Art erlebt hatte? Eine Liebe, die sie in ihrer tiefsten Seele berührt hatte. Und schließlich: Wie sollte sie ihr gestehen, dass sich alles letztlich als grausame Täuschung herausgestellt hatte. Würde Julia verstehen, wie sehr ihr Herz blutete, wie schrecklich weh die furchtbare Erkenntnis tat, missbraucht und betrogen worden zu sein? Dass sie all ihre Kraft brauchte, um weiterzuleben, jeden Tag aufs Neue. Dass sie sich zwingen musste, am Morgen überhaupt aufzustehen, sich überwinden musste, etwas zu essen, überhaupt weiter zu atmen. Nein, sie konnte Julia all das nicht sagen.

Christina griff nach der Hand ihrer Tochter und streichelte sie.

„Julia, es ist furchtbar schwer zu erklären. Dein Vater hat allen Grund, wütend zu sein und ich kann verstehen, dass er mich nicht mehr sehen will. Ich habe ihn betrogen. Nein, nicht betrogen im üblichen Sinn, körperlich, meine ich, aber ich habe mich in einen anderen Mann verliebt. Diese Liebe entwickelte sich über einen gedanklichen Austausch, und ich glaube, das ist letztlich schlimmer, als hätte ich mit einem anderen Mann geschlafen. Ich war mit diesem Mann vertrauter als ich es jemals mit deinem Vater war, und das war es wohl auch, was deinen Vater so sehr verletzt hat, dass er mich nicht mehr ertragen kann. Verstehst du das, Kleines?"

Julia sah sie nachdenklich an. „Ich denke, ich verstehe das", sagte sie leise. „Glaubst du, dass er dir jemals verzeihen wird? Und würdest du zurückkommen, wenn er es tut, Mama?" Sie stieß ein kurzes, kindliches Lachen aus. „Schließlich sind wir ja auch noch da. Wir sind doch immer noch eine Familie!"

Christina ließ die Hand ihrer Tochter los. „Jetzt mache ich uns doch erst einmal einen Tee. Wenn du magst, komm doch mit in die Küche und hilf mir ein bisschen. Wir können ja dabei weiter reden."

Während sie den Tee vorbereitete und Julia auf den kleinen Küchentisch das Geschirr bereitstellte, dachte Christina über die Frage ihrer Tochter nach. Ja, sie hatte eine Familie, eine wunderbare Familie, die ihr alles bedeutete. Und doch war sie bereit gewesen, diese Familie und alles, was sonst noch ihr Leben ausmachte, zu verlassen, um ganz ihrer Liebe zu dem Mann, den sie als Dominic Anderson kannte, zu leben. Jedes Mal, wenn sie an ihn dachte, fühlte sie diese schreckliche Sehnsucht nach einem Wort von ihm. Ihr Inneres war nichts als eine einzige große schmerzende Wunde.

Julia wiederholte ihre Frage. In ihren Augen stand die rührende Angst eines Kindes vor dem Verlassenwerden. Christina konnte sie so gut verstehen. Solange sie noch keine eigene Familie hatte, waren die Eltern und ihr Bruder die Menschen, die Julia Halt und Geborgenheit gaben.

„Wenn ich ehrlich sein soll, Kleines, ich weiß es nicht. Diese Sache hat mich verändert, erst recht meine Ehe mit deinem Vater. Ich weiß nicht, ob wir damit fertig werden. Bitte, frage mich nicht. Es ist im Moment alles noch zu frisch." Sie war froh, Julia den Rücken zudrehen zu können, während sie den Tee aufgoss, weil sie merkte, dass ihr schon wieder die Tränen kamen.

„Was hat es denn eigentlich mit dem Geld auf sich? Papa hat nur etwas von Betrug gesagt."

Christina schluckte ihre Tränen hinunter und atmete ein paar Mal tief ein und aus. Auch das noch! Mein Gott, war das schwer!

„Also, der Mann, von dem ich geglaubt habe, er würde auch in mich verliebt sein, hat mir etwas vorgemacht. In Wirklichkeit wollte er nur Geld von mir. Nachdem ich es ihm gegeben habe, ist er von der Bildfläche verschwunden." Sie lachte bitter auf. „Du siehst, auch die Heiratsschwindler bedienen sich heutzutage der sozialen Medien. Romance-Scammer nennt man das. Haben wir bei der Polizei erfahren."

„Du hast also Anzeige erstattet? Gut so! Hoffentlich erwischen sie den Typen."

Christina brachte es nicht fertig, Julia mitzuteilen, dass sie auf eine Anzeige verzichtet hatte. Sie war mit ihrer Kraft am Ende.

„Julia, sei mir bitte nicht böse, aber wenn du deinen Tee ausgetrunken hast, möchte ich dich bitten zu gehen. Ich fühle mich nicht gut. Deshalb habe ich mich in der Schule auch krankgemeldet."

„Ach. Aber du bist doch nicht ernsthaft krank, Mama, oder?"

„Nein, es ist wohl bloß eine kleine Infektion oder sowas. Es ist auch schon fast wieder vorbei. Mach dir keine Sorgen, meine Kleine."

Als Julia später an der Tür stand, um sich zu verabschieden, schloss Christina sie in ihre Arme. „Ich habe mich sehr gefreut, dass du gekommen bist, Julia.", sagte sie leise.

„Mach's gut, Mama. Werde schnell wieder gesund! Und das mit Papa: Vielleicht wird ja doch alles wieder gut." Sie lächelte ihrer Mutter aufmunternd zu und ging.

Christina schloss aufatmend die Tür hinter ihr. Wie eine Marionette ging sie zurück ins Wohnzimmer, legte sich aufs Sofa und zog die Decke über sich. Wenn ich doch nur schlafen könnte, dachte sie und schloss die Augen, schlafen und alles vergessen.

25

„Sanne, ich werde ein paar Tage an die Nordsee fahren. Wir haben ja jetzt Ferien."

Susanne sah ihre Freundin überrascht an. Die beiden Frauen saßen in Susannes kleiner Küche an dem Zwei-Personen-Tisch und aßen zu Abend. Christina hatte gekocht, ausnahmsweise, und Susanne ließ sich das scharfe ungarische Gulasch und die Spätzle schmecken, während Christina wie üblich kaum etwas aß.

„Hm", machte Susanne, während sie an einem Stück Rindfleisch kaute, „gute Idee! Vielleicht tut dir ein bisschen Seeluft ganz gut, nachdem du eine Woche lang hier in der Bude gehockt hast."

Christina nickte. *Ein Meer, das kommt und geht. Wie merkwürdig!* Sie schob eine Spätzlenudel auf ihrem Teller hin und her.

„Das glaube ich auch. Ich muss meinen Kopf freibekommen, weißt du. Es war doch alles ein bisschen viel in letzter Zeit."

„Kann man wohl sagen", stimmte Susanne ihrer Freundin zu. „Hast du denn schon eine Idee, wie es weitergehen soll?" Sie nahm sich eine zweite Portion von dem Gulasch und füllte ihr Glasschälchen erneut mit dem gemischten Salat, den Christina aus roten Paprikaschoten, Blattsalat und Gurkenstückchen zubereitet hatte.

„Ach, ich weiß nicht. Ich werde mir wohl eine Wohnung suchen müssen, denke ich. Wenn es dir nichts ausmacht, bleibe ich so lange hier bei dir."

Susanne winkte mit der Linken energisch ab, während sie sich mit der Rechten eine Portion Nudeln in den Mund schob.

„Kein Problem, Mäuschen. Du bist mir doch immer herzlich willkommen", sagte sie, als sie wieder sprechen konnte. „Glaubst du denn, Stefan meint es ernst mit der Scheidung?"

Christina zuckte mit den Schultern. „Keine Ahnung. Ich kann ihm jedenfalls nicht übelnehmen, dass er verletzt und wütend ist. Was ich alles in dem Chat geschrieben habe ..." *Du bist ein phantastischer Liebhaber! Du weißt genau, wie mein Körper reagiert und was ich fühle. Ich liebe dich, Dominic!*

„Er ist ja selbst schuld. Warum musste er seine Nase auch da reinstecken. Schließlich ist ja außer ein bisschen Verbalflirterei nichts Schlimmes passiert. Er soll sich bloß nicht so anstellen!"

„Ach, ich weiß nicht ... Diese Sache mit dem online-Sex. Ich könnte mir vorstellen, dass die viel schlimmer sein muss für den Betrogenen als richtiger Sex. Wenn er das liest, so detailliert ... Als wäre er selbst dabei."

„Trotzdem", widersprach Susanne entschieden. „Schließlich seid ihr schon ewig verheiratet. Ihr habt Kinder und Enkel zusammen. Und das schöne Haus. Zählt das gar nichts?"

Christina stützte beide Arme auf den Tisch und legte ihr Kinn auf die Hände. Nachdenklich wiegte sie den Kopf.

„Ich weiß nicht, Sanne. Diese Sache hat alles verändert. Ich weiß gar nicht, ob ich einfach so weiterleben kann wie bisher, selbst wenn Stefan mir verzeihen würde. Du kannst es dir vielleicht nicht vorstellen, aber ich habe diesen Mann, Dominic oder wie auch immer er heißen mag, wirklich geliebt. Ich frage mich, was das aussagt über meine Ehe." *Was wünscht du dir von deinem Traummann, Chrissie?*

Susanne schob ihren leergegessenen Teller von sich und wischte sich mit der Serviette den Mund ab. Aufmerksam musterte sie ihre Freundin.

„Ich dachte immer, ihr seid glücklich miteinander, du und Stefan. Jedenfalls habe ich euch stets als leuchtendes Beispiel für eine gelungene Ehe dargestellt, bei jedem, der es wissen wollte. Ganz im Gegensatz zu mir mit meinen elenden Scheidungen."

Christina lächelte wehmütig. „Glücklich? Ja, sicher, wir waren wohl glücklich. Oder mindestens zufrieden. Es war alles so einfach. So normal, weißt du? Die Kinder erwachsen und auf eigenen Füßen, die Enkelkinder gesund und munter, die Finanzen stimmten, alles war in Ordnung. Unser ganzes Leben war in Ordnung." Sie schaute Susanne mit einem grüblerischen Ausdruck an. „Vielleicht war das das Problem, Sanne: Alles war so schrecklich in Ordnung!" *Bist du glücklich in deiner Ehe, Chrissie?*

Susanne erwiderte ihren Blick, ohne zu antworten. Sie war ratlos. Schweigen breitete sich aus in dem kleinen Raum und wurde allmählich bedrückend.

Abrupt stand Christina auf. „Wie dem auch sei", sagte sie und knüllte ihre Serviette zusammen. „Jedenfalls brauche ich Zeit, um über das alles nachzudenken." Sie trat an Susanne heran und umarmte sie. „Ich danke dir für deine Freundschaft, Sanne! Ich weiß nicht, was ich ohne dich gemacht hätte!"

„Ach, du dummes Mäuschen", wehrte Susanne ihren Dank verlegen ab, „dafür sind Freundinnen doch da."

Sie erhob sich und fing an, den Tisch abzuräumen. Christina half ihr dabei.

„Soll ich nachher googeln, ob es noch ein Zimmer gibt in einem der Nordseebäder? Du weißt, die Osterferien fangen an, da ist bestimmt alles voll."

„Ach ja, Sanne, das wäre nett. Es ist mir ganz egal, wo es ist und ob es gut ist. Es kann meinetwegen ganz einfach sein, in einer Pension oder so. Hauptsache, es ist ruhig."

Susanne fand tatsächlich noch ein freies Zimmer in einer kleinen Pension in Horumersiel. Nicht direkt am Strand, auch nicht sehr komfortabel, dafür aber preiswert und mit Halbpension. Und es war gerade frei geworden, so dass Christina gleich am nächsten Tag, dem Samstag, einziehen konnte. Christina war zufrieden.

Susanne sah ihr nachdenklich hinterher, als Christina ins Gästezimmer ging, um ihren Koffer zu packen. Sie konnte es gut verstehen, ihre Freundin brauchte jetzt Zeit für sich allein.

26

Die Kapuze tief ins Gesicht gezogen, joggte Christina den Deich entlang und bog dann ab in die schmale Straße, die durch den Ort zu ihrer Pension führte. Der Wind, der über das auflaufende Wasser blies, war empfindlich kalt und spritzte ihr winzige Wassertropfen ins Gesicht. Der März hatte noch einmal ungemütlich raues Winterwetter gebracht, dem die blühenden Krokusse in den adretten Vorgärten der kleinen geduckten Häuser ebenso trotzten wie die Osterglocken, die ihre grünen Stängel mit den Knospen mutig aus der Erde reckten.

Keuchend von dem schnellen Endspurt blieb Christina vor der Haustür stehen und angelte ihren Schlüssel aus der Jackentasche. Die Pension, in der sie seit nunmehr einer Woche wohnte, sah aus wie ein normales Wohnhaus und unterschied sich von den anderen in der ruhigen Straße nur durch das kleine Schild mit der Aufschrift „Pension Ingrid", das in einem der vorderen Fenster angebracht war. Die „Pension Ingrid" verfügte nur über zwei Fremdenzimmer, bot dafür aber eine Art Familienanschluss. Das Rentnerehepaar, dem die Pension gehörte, betreute höchstpersönlich die beiden Hausgäste, die die Gästeräume bewohnten. Neben Christina hatte ein älterer Herr, dem man den pensionierten Beamten von Weitem ansah, Unterschlupf bei den freundlichen Wirtsleuten gefunden. Morgens gab es in dem gemütlichen kleinen Speisezimmer ein üppiges Frühstück, bestehend aus frischen Brötchen direkt vom Bäcker, einem gekochten Ei unter einem gehäkelten Eierwärmer, selbstgekochter Marmelade, Honig und einer Aufschnitt- und Käseplatte, abends servierte die mollige Wirtin eine warme Mahlzeit, die guter Hausmannskost entsprach.

Christina stand spät am Morgen auf, frühstückte, ohne besonders darauf zu achten, was sie gerade aß, womit sie sich manch missbilligenden Blick ihrer Wirtin einhandelte, und antwortete auf die Fragen ihres Hausgenossen so einsilbig, dass er es nach einer Weile aufgab, sich mit ihr zu unterhalten. Sie machte lange Spaziergänge am Strand, setzte sich auf eine der Bänke auf dem Deich und starrte aufs Wasser. Sie beobachtete, wie die Flut kam und die Wellen langsam, aber stetig übers Watt heranrollten und dann, bei Ebbe, sich ebenso langsam wieder zurückzogen. Die in der Ferne vorbeilaufenden Frachter verfolgte sie mit den Augen so lange, bis sie am Horizont verschwanden. Wenn sie nicht mehr sitzen konnte, schlenderte sie über die Deichstraße und überquerte im Ortskern die Brücke über das Horumer Tief zur Goldstraße, wo die Geschäfte allerlei maritime Andenken zum Kauf anboten.

Mittags aß sie meistens eine Kleinigkeit im Restaurant „Romeo", etwa eine Portion Pommes frites mit Mayonnaise oder ein Fischgericht.

Sie unterschied sich in nichts von den anderen Küstenbesuchern, aber sie fühlte sich wie ein Fremdling unter den gut gelaunten Touristen, die zu zweit oder als Familie den Aufenthalt an der Nordsee genossen. *Wenn ich könnte, würde ich zusammen mit dir fortgehen, irgendwohin, wo uns keiner kennt, und ein neues Leben beginnen, meine Liebste.* Immer noch war ihr Inneres wie erstarrt. Sie fühlte sich, als wäre sie krank, obwohl ihr körperlich nichts fehlte. Das umfassende, alles andere in den Hintergrund drängende Gefühl des Verlustes ließ sie trauern, als hätte sie einen geliebten Menschen durch den Tod verloren. Er fehlte ihr so sehr, ihr Dominic! Obwohl sie wusste, ganz genau wusste, dass der Mann, mit dem sie gechattet hatte, nichts mit ihrem Dominic zu tun hatte, sehnte sie sich geradezu schmerzhaft nach ihm. *Chrissie, mein Liebling, du gibst mir alles, Fröhlichkeit, Glück, Liebe und Fürsorge, schon seit wir angefangen haben uns zu schreiben.* Gleichzeitig war ihr klar, dass alles, was er zu ihr gesagt hatte, gelogen gewesen war. Seine liebevollen, zärtlichen Geständnisse, seine nachdenklichen Kommentare zu jedem Thema, über das sie sich unterhalten hatten, seine offenherzig dargelegten Ängste und Befürchtungen, alles, alles war nur gespielt gewesen, vorgetäuscht, um ihr Interesse und ihre Anteilnahme zu wecken! *Du machst mich glücklich, wann immer ich an dich denke.* Immer noch konnte sie es kaum glauben. Dennoch war kein Groll in ihr, keine Wut über seine infame Täuschung. Nur Schmerz und Traurigkeit. Und Sehnsucht nach dem Glücksgefühl, das die Wochen mit Dominic ihr beschert hatten. *Ich möchte, dass du der erste Mensch bist, den ich am Morgen sehe, und der letzte am Abend, bevor ich einschlafe. Du bist der Grund dafür, dass ich jeden Morgen mit einem Lächeln aufwache.*

„Entschuldigen Sie bitte!" Eine muntere Stimme riss Christina aus ihren Gedanken. Irritiert schaute sie auf.

„Würden Sie wohl so nett sein und ein Foto von mir und meinem Freund machen?"

Der frische Seewind hatte das Gesicht der jungen Frau gerötet. Ihr Lächeln strahlte das Glück aus, das sie offensichtlich empfand. Der junge Mann neben ihr hatte seinen Arm um ihre Taille gelegt und drückte sie besitzergreifend an sich.

„Ja, natürlich!", antwortete Christina. Sie nahm den Fotoapparat entgegen, den das Mädchen ihr hinhielt.

„Es ist solch ein schöner Abendhimmel, finden Sie nicht auch? Ein idealer Bildhintergrund, nicht wahr?", meinte das Mädchen.

Christina stand auf und nahm zum ersten Mal bewusst wahr, was um sie herum vorging. Tatsächlich, über dem ablaufenden Wasser dehnte sich ein spektakulärer violetter Abendhimmel. Die streifenförmigen Wolkengebilde wurden von der untergehenden Sonne am Meereshorizont von unten angestrahlt und leuchteten dunkelblau mit goldenen Rändern. Wirklich wunderschön, musste Christina zugeben.

Das junge Paar vor ihr sah sie erwartungsvoll an.

„Mein Freund ist Hobbyfotograf, müssen Sie wissen", verkündigte das Mädchen. „Er meint, das würde ein schönes Erinnerungsfoto geben." Sie zeigte auf den Auslöser der Kamera. „Sie brauchen nur hier zu drücken."

Christina nahm den Fotoapparat näher in Augenschein. Eine moderne halbautomatische Spiegelreflexkamera, ein teures Markengerät, stellte sie bewundernd fest. Und das im Zeitalter der Handykameras, dachte sie.

„Eine schöne Kamera haben Sie da", sagte sie anerkennend zu dem jungen Mann.

„Ja", antwortete er stolz, „sie macht wunderbare Bilder."

„Wo sollen wir uns hinstellen?", fragte das Mädchen eifrig. „Vielleicht hier, direkt vor der Bank? Oder besser unten am Wasser?"

Christina musterte die beiden jungen Leute mit neuem Interesse. Das Mädchen trug einen roten Anorak und eine blaue Jeans, dazu einen bunten Schal, der junge Mann eine hellbraune Windjacke und eine schwarze Hose. Das würde farblich einen schönen Kontrast ergeben, dachte Christina. Die Farben korrespondierten ideal mit den Himmelsfarben.

„Am besten, Sie setzen sich auf die Bank und schauen in Richtung Meer. Wenn Sie erlauben, mache ich gleich mehrere Fotos von Ihnen. Ich kenne mich ein bisschen aus."

„Wirklich? Das ist toll!" Das Mädchen klatschte wie ein Kind begeistert in die Hände. Sie zerrte ihren Freund mit sich und suchte eine passende Position auf der Bank. Christina wählte die richtige Blende und Belichtungszeit und fotografierte die verliebten jungen Leute aus verschiedenen Blickwinkeln, mal stehend, mal sitzend, mal als Rückenfiguren im verlorenen Profil, mal frontal als Portrait mit Kcamerablick. Immer achtete sie dabei auf den passenden Hintergrund. Mit Begeisterung folgten die beiden ihren Anweisungen, besonders das junge Mädchen gefiel sich in der Rolle des Fotomodells. Anschließend bewunderten sie die Bilder im Display der Kamera und kommentierten sie anerkennend.

„Die sind ja phantastisch", lobte der junge Hobbyfotograf Christinas Arbeit. „Sind Sie professionelle Fotografin?"

„Nein, nein", winkte Christina ab. „Aber ich habe mal ganz gerne fotografiert."

Die beiden Verliebten bedankten sich überschwänglich bei ihr und gingen eng umschlungen ihrer Wege. Nachdenklich sah Christina ihnen nach. Sie setzte sich wieder auf die Bank, zog ihre Jacke fester um sich und beobachtete, wie die Sonne ihre letzten Strahlen über das Wattenmeer schickte. Das Fotografieren hatte ihr Spaß gemacht, stellte Christina fest, sie hatte darüber ihren Kummer für eine kurze Zeit vergessen. Nun aber kehrte er mit vermehrter Kraft zurück. Ein zitternder Seufzer entfuhr ihren Lungen. Sie schlang die Arme um ihren Oberkörper, beugte sich nach vorn, als hätte sie Schmerzen, und schaukelte leicht vor und zurück. Schließlich richtete sie sich auf und ließ ihren Blick übers Meer wandern.

27

Die Abenddämmerung hatte das Farbenspiel aufgelöst und der Himmel im Westen verdunkelte sich zusehends. Wie lange saß sie jetzt schon auf dieser Bank am Deich? Nur noch vereinzelt wanderten Menschen am Ufer entlang; das langsam trockenlaufende Watt zeigte hier und da noch große Wasserlachen, in denen sich der schwarze Himmel spiegelte.

Ein Mann setzte sich neben sie, und Christina rückte automatisch etwas beiseite, um ihm mehr Platz zu geben.

„Hallo, Christina!"

Erschrocken löste Christina ihren Blick vom Meer und sah den Mann an: Stefan! Seit ihrem Streit hatte sie ihn nicht mehr gesehen. Ihr Herz klopfte plötzlich heftig in ihrer Brust. Ihr Mann war hierhergekommen, um sie zu sehen! Damit hatte sie nicht gerechnet. Überhaupt fiel ihr jetzt erst ein, dass sie wenig an Stefan gedacht hatte in den letzten Tagen. Jetzt, wo er so überraschend neben ihr saß und sie mit seinen hellen Augen forschend ansah, bekam sie ein schlechtes Gewissen.

„Hallo, Stefan! Woher wusstest du …?"

„Susanne. Sie hat mir verraten, wo du bist. Und in der Pension sagte mir die Wirtin, dass du dich meistens hier auf dem Deich am Wasser aufhältst. Es war nicht schwer, dich zu finden."

„Ach so." Christina wusste nicht, was sie sagen sollte.

„Wie geht es dir, Christina?"

Die Sorge in Stefans Stimme überraschte sie. Sie warf ihrem Mann einen erstaunten Seitenblick zu.

„Gut!", antwortete sie viel zu schnell. „Mir geht es gut." War er wirklich interessiert daran, wie es ihr ging?

„Und dir?"

„Nicht so gut, das kannst du dir ja denken."

Natürlich. Augenblicklich fühlte Christina sich schuldig.

Stefan zog seine Windjacke enger um sich und zerrte den Reißverschluss bis zum Kragen hoch. Es wurde abends empfindlich kühl am Wasser und er schien zu frösteln. Christina unterdrückte den Impuls, seinen Arm zu nehmen und sich an ihn zu drücken, damit ihm wärmer wurde. Wie oft hatte sie diese Geste schon ausgeführt, wenn sie gemeinsam am Meer spazieren gegangen waren. Sie räusperte sich und fragte: „Hat Susanne dir erzählt, dass wir bei der Polizei waren? Es gibt leider kaum eine Chance, dass wir das Geld zurückbekommen, hat man uns gesagt. Es tut mir leid, Stefan."

„Ach, das Geld", erwiderte Stefan. „Halb so wichtig."

Er steckte die Hände tief in seine Jackentaschen und zog die Schultern hoch. „Findest du nicht, dass es langsam ungemütlich wird hier am Wasser, Christina? Es ist verdammt kalt hier. Wollen wir nicht woanders hingehen, wo es wärmer ist?"

Christina stand auf. „Natürlich, du hast Recht. Wir können ins Alte Zollhaus gehen, wenn es dir recht ist. Es ist nicht weit."

„Gut, gehen wir."

Schweigend wanderten sie nebeneinander her über den Deich zum Zentrum des Ortes, wo gegenüber der Brücke in der Ortsmitte die Restaurant- und Hotelanlage Altes Zollhaus lag. Die erleuchteten Fenster schickten ihr warmes Licht in die einsetzende Dunkelheit, und im Inneren des jetzt zur Abendbrotzeit gut besuchten Gastraumes begrüßte sie anheimelnde Wärme.

Höflich half Stefan Christina aus der Steppjacke. Christina erinnerte sich flüchtig daran, dass er den grob gestrickten hellblauen Rollkragenpullover, den sie zu ihrer schwarzen Jeans trug, an ihr besonders mochte. Spielte es noch eine Rolle, ob sie ihm gefiel? Es war doch alles vorbei.

Sie fanden Platz an einem weiß gedeckten Tisch im hinteren Teil des Lokals, auf dem eine Vase mit einer einzelnen Osterblume stand. Die Serviererin begrüßte sie höflich und zündete die Kerze auf dem Tisch an. Sie reichte beiden je eine ledergebundene Speisekarte.

„Darf es vielleicht schon etwas zu trinken sein?", fragte sie dienstbeflissen.

„Ich hätte gern etwas Warmes. Einen Tee mit Zitrone, bitte", antwortete Christina.

„Ich nehme ein Pils", sagte Stefan.

„Möchtest du was essen?", fragte er, nachdem die Kellnerin mit der Bestellung gegangen war.

„Ich habe schon in meiner Pension gegessen", antwortete Christina. „Halbpension."

„Ach so. Dann esse ich vielleicht später etwas."

Eine Weile saßen sie sich schweigend gegenüber. Christina wagte kaum, ihren Mann anzusehen. Blass sah er aus, fand sie. Hatte er abgenommen? Seit mehr als zwei Wochen hatte sie ihn nicht mehr gesehen. Wie es ihm wohl ergangen war in dieser Zeit. Wieder machte sie sich Vorwürfe. Egoistisch hatte sie immer nur an ihren eigenen Schmerz gedacht. Wie schrecklich musste es für Stefan gewesen sein, als er das Chat-Protokoll gelesen hatte! Sie mochte gar nicht daran denken, was er dabei empfunden haben musste, besonders bei der Sex-Szene. Sie fühlte, wie ihr die Röte ins Gesicht stieg, als sie daran dachte.

Stefan räusperte sich.

„Was machst du hier den ganzen Tag, Christina? Das Wetter ist ja nicht gerade dazu angetan, am Strand zu liegen, was?"

Sein hilfloser Versuch, in dieser unmöglichen Situation Konversation zu machen, rührte Christina.

„Nein, da hast du Recht. Was ich mache? Ach, ich jogge, gehe spazieren, sehe fern … Du musst wissen, ich besitze einen winzigen, altmodischen Fernseher auf meinem Zimmer", versuchte sie auf seien Plauderton einzugehen. Ein Blick in sein ernstes Gesicht sagte ihr, dass es nicht klappte. Im veränderten Ton ergänzte sie: „Ich denke viel nach."

„Ja", sagte Stefan. Er richtete sich gerade auf und legte beide Hände vor sich auf den Tisch. „Das tue ich auch."

Zum ersten Mal trafen sich ihre Blicke. Christina erschrak über den Schmerz in den Augen ihres Mannes. Oh Gott, was hatte sie ihm angetan? Wie sehr hatte sie ihn verletzt? Wie hatte sie ihm nur so wehtun können!

„Es tut mir alles so leid, Stefan!" Sie war versucht, seine unruhigen Hände zu fassen und festzuhalten, traute sich aber nicht.

„Aha. Es tut dir also leid." Stefan faltete seine Hände so kräftig, dass die Fingerknöchel weiß hervortraten. Sein Blick hielt ihren fest.

„Bitte, erkläre es mir, Christina! Ich verstehe es nicht. Erklär mir, was dich veranlasst hat, dich so intensiv auf diesen Mann einzulassen."

Christina schloss für einen Moment die Augen. Wie sollte sie ihrem Mann etwas erklären, was sie selbst nicht verstand?

„Ach Stefan, ich weiß es ja selbst nicht. Es war irgendwie so anders, so neu … Ich kannte so etwas vorher nicht. Ich fand es unterhaltsam, witzig, irgendwie faszinierend." Hilflos zuckte sie mit den Schultern.

„Aha, unterhaltsam und witzig also. Aber da muss ja wohl noch etwas mehr gewesen sein, oder?" Er lehnte sich zurück und kreuzte die Arme vor der Brust. Der verletzte Zug um seinen Mund schnitt Christina ins Herz. Sie fühlte, wie ihr die Tränen kamen. Nicht weinen jetzt, nur nicht weinen! Sie hob die Hände und verbarg ihr Gesicht für einen Moment in den Handflächen. Dann holte sie tief Luft und sah Stefan offen an.

„Ja, es entwickelte sich immer weiter. Ich gebe zu, ich habe mich in Dominic verliebt. Er hat mir das Gefühl gegeben, ihm alles sagen zu können. Er selbst war ja auch immer so offen und ehrlich zu mir." Sie hielt inne. „So schien es jedenfalls. Ich habe ihm jedes Wort geglaubt. Die ganze Zeit." Eigentlich kann ich jetzt noch nicht glauben, dass alles nur gelogen war, dachte sie. Ein Mensch kann sich doch nicht so verstellen.

„Dieser Typ … nennen wir ihn ruhig Dominic, ist ziemlich weit gegangen, finde ich. Und du … du hast offenbar gerne mitgemacht. Wie konntest du nur, Christina! Hast du eigentlich eine Ahnung, wie ich mich jetzt fühle?"

Wieder dieser gekränkte, gedemütigte Ausdruck im Gesicht ihres Mannes. Christina konnte es kaum aushalten, ihn anzusehen.

„Es tut mir so unendlich leid, Stefan. Ich wollte dich nicht verletzen, glaub mir! Das Ganze hatte eigentlich gar nichts mit dir zu tun. Bitte, verzeih mir!"

Wieder spürte sie, wie ihr die Tränen in die Augen traten. Mühsam blinzelte sie sie weg. Sie durfte jetzt nicht weinen. Diese Aussprache war das Mindeste, was sie ihrem Mann schuldete, so schmerzhaft es für sie auch sein mochte.

Stefan beugte sich vor und nahm ihre Rechte, mit der sie sich krampfhaft an ihrem Teeglas festklammerte, in seine beiden Hände.

„Christina, du sprichst mit diesem Dominic über viele sehr persönliche Dinge. Über deine Träume, über das, was dich traurig oder glücklich macht, über die Liebe. Warum hast du über so etwas nicht mit mir gesprochen? Warum mit einem Fremden und nicht mit mir, deinem Mann?"

Christina sah den tiefen Ernst in den Augen ihres Mannes, der ihren Blick nicht losließ. Ja, warum nicht?

„Ich weiß es nicht, Stefan. Ich kann mir das Ganze auch nicht erklären. Vielleicht, weil wir schon so lange verheiratet sind? Vielleicht glauben wir, es sei gar nicht mehr nötig, uns über uns selbst zu unterhalten, weil wir uns schon so gut kennen und meinen, alles über uns zu wissen?"

Fragend sah sie Stefan an, der immer noch ihre Hand hielt und mit ihrem Ehering spielte.

„Ich habe lange darüber nachgedacht, Christina. Kann es sein, dass wir alles viel zu selbstverständlich nehmen? Unsere Ehe, unsere Familie, alles, was unser Leben ausmacht?" Er machte eine Pause und sah ihr in die Augen. „Weißt du eigentlich, was wir zu verlieren haben, Christina?"

Christina nickte zu seinen Worten. Ja, er hatte Recht. Wie oft hatte sie sich dasselbe gesagt. Dennoch: Irgendetwas hatte ihr gefehlt. Hätte sie sich sonst auf diese Beziehung mit Dominic eingelassen? Sie schwieg.

„Warst du eigentlich jemals restlos glücklich mit mir, Christina? Bitte, sag die Wahrheit! Liebst du mich noch?"

Da waren sie, die alles entscheidenden Fragen. Christina sah die Angst in Stefans Augen, aber sie konnte nicht antworten. Nicht jetzt, nicht in dieser Situation.

„Stefan, bitte, gib mir etwas Zeit. Ich kann jetzt nichts dazu sagen, es ist alles durcheinander in mir. Ich muss diese Erfahrung erst verarbeiten. Bitte, versteh das!"

Stefan lehnte sich zurück und sah sie lange an. Dann beugte er sich vor, strich mit der Hand eine Haarsträhne aus ihrer Stirn und fuhr mit den Fingerspitzen behutsam über ihre Wange. Er nahm ihre beiden Hände und umfasste sie mit den seinen.

„Ich möchte dir etwas sagen, Christina. Ich habe in diesen Tagen viel über uns nachgedacht. Du sollst wissen, dass ich dich liebe. Du bedeutest alles für mich. Ich kann mir ein Leben ohne dich nicht vorstellen. Ich wünsche mir, dass du zurückkommst, zu mir, in unser schönes Haus, zu unseren Kindern und Enkeln. Bitte komm zurück, Christina! Ich liebe dich!"

Reglos saß Christina da. Sie sah ihren Mann an und es war, als sähe sie ihn zum ersten Mal: Sein gutgeschnittenes Gesicht mit der geraden Nase, dem sensiblen Mund und den hellen Augen. Das Grau in seinen blonden Haaren, die Fältchen um die Augen herum, die Kerben, die von seinen Nasenflügeln zu den Mundwinkeln verliefen, all die Kleinigkeiten, die verrieten, dass er nicht mehr jung war. Wie gut sie jeden Zug seines Gesichtes kannte, wie unendlich vertraut es ihr war! Und dennoch: Wer war er? Wann hatte sie das letzte Mal darüber nachgedacht, wie es in seiner Seele aussah? Was er sich wünschte oder erträumte? Hatte er vielleicht genau wie sie eine heimliche, unerfüllte

Sehnsucht? Kannte sie ihn überhaupt? Und, was noch wichtiger war: Liebte sie ihn eigentlich?

Unmöglich, dachte sie, ich kann unmöglich jetzt zu ihm sagen, dass ich ihn auch liebe. Ich weiß es einfach nicht mehr. Sie musste zuerst das Gefühlschaos, das in ihrem Innern tobte, zur Ruhe kommen lassen, musste warten, bis der schlimmste Schmerz vergangen war. Vielleicht konnte sie dann ihre Gefühle ordnen.

„Gib mir bitte noch etwas Zeit, Stefan! Nur ein paar Tage, bitte. Ich muss erst mit mir selbst im Klaren sein, das verstehst du doch sicher."

Sie sah die Enttäuschung auf seinem Gesicht, aber auch, wie er gleich darauf wieder lächelte.

„Natürlich, Schatz, nimm dir nur so viel Zeit wie du brauchst. Es genügt mir schon zu wissen, dass du darüber nachdenkst." Wieder nahm er ihre beiden Hände. „Ich verspreche dir, ich werde ab jetzt aufmerksamer sein, Christina. Ich will dich nicht verlieren!"

28

Die Woche darauf bescherte den Touristen an der Nordseeküste die ersten wirklich warmen Frühlingstage. Der frische Nordwestwind hatte alle Wolken vertrieben, eine milde Sonne wärmte die Erde und verlockte die Menschen dazu, mit offenen Jacken spazieren zu gehen. Christina hatte sich mit Susanne verabredet, die immer wieder besorgt anrief und sich erkundigte, wie es ihr gehe. Sie wollten sich im Teestübchen treffen, um gemütlich beieinandersitzen und reden zu können.

Christina hatte schon ein Ostfriesenteegedeck vor sich stehen, als Susanne wie der Frühling persönlich hereinkam und sie stürmisch umarmte. Sie trug zu ihren geblümten Leggins einen kanariengelben Blouson und einen violetten Pullover. Wie immer kam Christina sich in ihrem beigefarbenen Pulli und der schwarzen Jeans unscheinbar neben ihrer Freundin vor, aber daran war sie gewöhnt. Nachdem Susanne sich ihrer Jacke entledigt und ihr gegenüber Platz genommen hatte, nahm sie Christinas Hand in die ihre und sah ihr forschend ins Gesicht.

„Wie geht es dir, Mäuschen?", fragte sie liebevoll. „Ich habe mir Sorgen um dich gemacht."

Christina zog die Brauen zusammen. „Sanne, bitte nenn mich nicht immer Mäuschen. Ich kann das nicht leiden", sagte sie.

Susanne zog konsterniert ihre Hand zurück. „Seit wann das denn? Ich nenn dich doch schon immer so, Mäu…, Christina. Warum hast du denn nichts gesagt, wenn es dich stört?"

„Ach, lass nur." Christina bedauerte, ihre Unterhaltung mit einem Misston begonnen zu haben, aber sie hatte es endlich einmal sagen müssen. „Entschuldige, Sanne, ich wollte nicht unhöflich zu dir sein. Aber in Wirklichkeit hat es mich schon immer gestört. Ich finde, es macht mich so klein, irgendwie so kindlich … Ich weiß auch nicht …"

„Ach", meinte Susanne. „Das wusste ich nicht. Entschuldige!"

„Schon gut. Ich weiß ja, du hast es nur nett gemeint." Christina lächelte ihre Freundin versöhnlich an. Diese ging bereitwillig auf das Friedensangebot ein und erwiderte das Lächeln. „Aber nun sag, Christina, was hast du hier die ganze Zeit so allein gemacht?"

Bevor Christina antworten konnte, kam die Kellnerin und fragte nach Susannes Wünschen. „Hm, so einen Ostfriesentee hätte ich auch gern", sagte Susanne und wies auf das Stövchengedeck, das vor Christina stand. „Mit braunem Kandis bitte", ergänzte sie.

„Selbstverständlich", antwortete die Kellnerin und verschwand.

Wieder streichelte Susanne eine Hand ihrer Freundin und schaute ihr eindringlich ins Gesicht. „Nun erzähl schon, Christina", wiederholte sie.

Christina goss die heiße goldbraune Flüssigkeit über die Kandisstückchen, die dabei ein leises klingelndes Geräusch von sich gaben, und schöpfte mit dem Sahnelöffel etwas Milch in den Tee.

„Also. Du kannst dir ja denken, ich musste über vieles nachdenken. Nach dieser…" sie stockte, um das richtige Wort zu finden, „also, dieser Sache mit dem online-Chat und dem Streit mit Stefan wusste ich wirklich nicht mehr aus noch ein. Ich fühlte mich so schrecklich verletzt und gedemütigt, und ich wusste nicht, wie ich auf Stefans verständliche Wut reagieren sollte. Ach, ich war innerlich so durcheinander, Sanne, ich konnte keinen klaren Gedanken fassen."

„Das kann ich mir gut vorstellen, du Arme." Susanne tätschelte mitleidig Christinas Hand.

„Naja, du kennst mich ja, Sanne. Normalerweise liege ich dann auf dem Sofa herum und heule mir die Seele aus dem Leib. Und das meistens, ohne eigentlich zu wissen, warum. Ich bin schon eine merkwürdige Person, nicht?"

„Aber diesmal hättest du wirklich Grund genug dazu gehabt, Kleines. Das war ja wirklich ein starkes Stück, was dieser Dominic da mit dir abgezogen hat."

Christina nickte und rührte die Kandisstückchen in ihrer Tasse hin und her. Sie wollte es Susanne nicht verraten, aber sie glaubte immer noch daran, dass die Gefühle des Mannes, der sich Dominic genannt hatte, ihr gegenüber echt gewesen waren, zumindest teilweise.

„Weißt du, Sanne, ich bin mir über manches in meinem Leben klar geworden in den letzten Tagen. Über das, was darin nicht stimmte und was wahrscheinlich der Grund war für meine merkwürdigen Zustände. Und dafür, dass ich mich auf diese online-Beziehung eingelassen habe."

„Ach ja?" Susanne beugte sich vor und hörte aufmerksam zu. „Erzähl!"

Christina richtete sich auf und stieß einen Seufzer aus. „Es ist gar nicht so leicht in Worte zu fassen, das kannst du mir glauben. Und ich bin nicht einmal sicher, ob ich nicht auf einem ganz falschen Dampfer bin."

„Meine liebe Freundin", fing Susanne an, „du bist eine kluge, gebildete Frau. Du weißt über so vieles bestens Bescheid. Als Pädagogin kannst du andere Menschen ohne Weiteres richtig einschätzen. Da wirst du doch wohl auch das bisschen Selbsterkenntnis bewältigen, oder?"

Christina lächelte sie dankbar an. „Du bist lieb, Sanne! Danke!"

„Nun rück schon raus damit! Zu welchen tiefschürfenden Erkenntnissen bist du gekommen in deiner selbstgewählten Einsamkeit hier?"

Um Zeit zu gewinnen, trank Christina einen Schluck Tee.

„Weißt du eigentlich, dass Stefan mich hier besucht hat?"

„Nein, sag bloß! Was hat er gewollt?"

„Er hat mich gebeten, wieder nach Hause zu kommen. Er sagte, dass er mich immer noch liebt."

„Ach! Das hätte ich ehrlich gesagt nicht erwartet, Christina. Das finde ich sehr anständig von ihm. Er ist wirklich ein toller Typ, dein Mann!"

„Ja, das ist er", bestätigte Christina. „Aber ich habe mich entschlossen, mich von ihm zu trennen."

„Was?", rief Susanne laut. Das Paar am Nebentisch drehte sich erstaunt nach ihnen um.

„Psst, nicht so laut!", flüsterte Christina.

„Was?", wiederholte Susanne mit gedämpfter Stimme. „Er hat dir deine Affäre verziehen und DU willst IHN verlassen?"

„Ja", wiederholte Christina. Sie hob das Kinn und sah ihre Freundin offen an. „Ich werde mich scheiden lassen"

„Komm, Christina, das musst du mir erklären!"

„Ja, das will ich ja. Also, hör zu!"

Gespannt beugte sich Susanne vor.

„Erinnerst du dich noch an damals, an unsere Studienzeit, an den Freund, den ich damals hatte, diesen René? Der mich misshandelt hat? Weißt du noch?"

Überrascht sah Susanne Christina an. „Ja, ich erinnere mich. Du warst damals ziemlich fertig. Es war ja auch schrecklich, was dieser Unmensch dir angetan hat. Wir hätten ihn anzeigen sollen!" Sie runzelte die Stirn und rührte automatisch in ihrem Tee. „Aber was hat das mit dem Heute zu tun? Es ist doch mindestens schon dreißig Jahre her?"

„Ist dir eigentlich bewusst, dass wir nie darüber gesprochen haben, du, Stefan und ich? Wir haben anschließend getan, als wäre das alles gar nicht geschehen, weißt du das?"

Susanne nickte. „Ja, das stimmt. Die Sache war ja auch vorbei und erledigt. Oder?", fügte sie hinzu, als sie Christinas Kopfschütteln sah.

„Ich habe viel darüber nachgedacht, Sanne. Dieses schreckliche Erlebnis damals hat mein ganzes Leben verändert. Ich war total traumatisiert. Ich hatte Angst vor Männern, ich hatte Angst vor Berührungen, vor Intimität, ich wusste nicht, wie ich mein Leben geregelt bekommen sollte. Ich war innerlich wie erstarrt, außerstande, irgendetwas klar zu durchdenken oder zu entscheiden."

„Aber es lief doch alles gut, Christina! Du hast dich in Stefan verliebt und ihn geheiratet. Ihr habt die beiden Kinder bekommen, habt beide studiert, eure berufliche Karriere lief wie geschmiert. Sieh euch doch jetzt an: Ihr habt zwei wohlgeratene erwachsene Kinder, zwei süße Enkel, ein wunderschönes Haus, keine finanziellen Sorgen. Was kann man sich denn sonst noch wünschen?" Aus den Worten Susannes sprach pures Unverständnis.

„Ja", sagte Christina mit einem traurigen Lächeln, „das habe ich mir ja auch tausendmal vor Augen gehalten. Aber es stimmte nicht, Sanne! Ich habe diese Sache mit René nie richtig verarbeitet. Das ist mir in den letzten Tagen nach allem, was passiert ist, klargeworden."

Susanne schüttelte den Kopf. „Ich versteh's nicht, Süße", seufzte sie.

Christina beugte sich vor. „Ich weiß jetzt endlich, was damals schiefgelaufen ist, Sanne. Ich hätte des Schwein anzeigen müssen, da hast du Recht. Aber ich habe mich natürlich viel zu sehr geschämt, und es wäre schrecklich gewesen, vor der Polizei und später vor Gericht alles bis ins Kleinste erzählen zu müssen. Ich war völlig durcheinander, fühlte mich so hilflos und verletzt, ich wollte einfach alles nur möglichst schnell vergessen. Das war falsch. Ich hätte das ganze schreckliche Erlebnis aufarbeiten müssen, womöglich mit einem Therapeuten. So aber habe ich den falschen Weg gewählt, habe falsche Entscheidungen getroffen, vielmehr, habe andere die Entscheidungen für mich treffen lassen."

„Aber wir waren doch alle für dich da, Christina, Stefan und ich, deine Eltern …"

„Ja, das stimmt, Sanne, und ich habe mich unter eure Fittiche geflüchtet. Ich wollte nichts anderes als Sicherheit und Schutz und alles vergessen. Besonders Stefan hat mir das geboten. Er war so lieb und fürsorglich, bei ihm fühlte ich mich sicher. Ich habe dieses Gefühl der Geborgenheit mit Liebe verwechselt, aber es war keine Liebe, Sanne, das weiß ich jetzt."

Susanne schüttelte ungläubig den Kopf. „Soll das heißen, …"

Christina unterbrach sie. Sie wollte ihre Erklärung zu Ende führen.

„Erinnerst du dich, Sanne, ich wollte eigentlich gar nicht Lehrerin werden. Ich wollte Fotografin werden!" Sie musste an das kleine Erlebnis mit dem jungen Paar am Deich denken, das sie fotografiert hatte. Was für ein schönes Gefühl es gewesen war, die Kamera in der Hand zu halten, den richtigen Bildausschnitt zu suchen, die passende Blende …

„Ich wollte Reiseberichte schreiben" fuhr sie fort, „Journalistin werden. Und ich wollte auch Stefan nicht heiraten. Ich war auch nicht verliebt in ihn, ich war überhaupt zu keinem Gefühl fähig damals. Ich war ihm nur so unendlich dankbar, dass er mir aus dieser schrecklichen Zwangslage mit René herausgeholfen hat. Deshalb habe ich mich auf ihn eingelassen. Ich wollte auch kein Kind mit ihm damals, jung, wie ich noch war. Aber es ist einfach passiert. Als ich schwanger war, musste natürlich geheiratet werden, wie unsere Eltern es für selbstverständlich hielten. Ich weiß noch, wie mein Vater mir sagte, ich solle auf Lehramt studieren, das ginge schneller und ich hätte einen sicheren Job anschließend. Reisejournalistin: wie sollte das gehen mit Kindern! Und als die Weichen erst einmal gestellt waren, ging alles den einmal eingeschlagenen Weg. Ich wurde Lehrerin, Stefan Jurist, wir bekamen unsere Planstellen in Schönfelde, alles war scheinbar wunderschön." Sie schloss ihre lange Rede mit einem resignierten Lächeln.

„War es nicht?", fragte Susanne, die mit wachsender Fassungslosigkeit zugehört hatte.

„Nein, war es nicht!", bestätigte Christina mit Nachdruck.

„Was meinst du, warum hatte ich regelmäßig diese depressiven Schübe? Warum konnte ich beim Sex mit Stefan nie zum Höhepunkt kommen? Warum, denkst du, konnte es geschehen, dass ich mich in einen Mann verliebte, den ich noch nie gesehen hatte?" Sie hielt inne. „Da war immer etwas, was ich vermisst habe, Sanne. Etwas Wichtiges. Ich weiß nicht, ob du verstehen kannst, was ich meine." Sie brachte es nicht fertig, ihrer Freundin von ihrer Sehnsucht zu erzählen, dieser unstillbaren Sehnsucht …

Susanne starrte ihre Freundin an. Langsam fing sie an zu verstehen. „Oh mein Gott, Christina! Du warst die ganzen Jahre in deinem Innern tief unglücklich! Wieso habe ich das nicht bemerkt?"

„Ach, Sanne! Wie solltest du das bemerken. Stefan hat es auch nicht bemerkt. Ich habe es doch selbst nicht bemerkt. Erst durch diese Sache jetzt ist mir klargeworden, dass ich in meinem Leben einiges ändern muss."

„Und ich habe dich immer um deine intakte Welt beneidet, Christina! Es war alles so vollkommen bei euch. Wenn ich mir dagegen meine verkorkste Biografie ansehe! Gar kein Vergleich!"

„Aber dein Leben war echt, Sanne! Du hast dir nichts vorgemacht. Wenn eine Beziehung nicht richtig lief, hast du die Augen nicht davor verschlossen, sondern hast der Wahrheit ins Gesicht geschaut, auch wenn sie schmerzlich für dich war. Und du hast die Konsequenzen gezogen. Du warst so tapfer, als das mit deinen Fehlgeburten passierte. Ich habe dich immer bewundert, Sanne, glaub mir."

In den Augen Susannes glitzerten plötzlich Tränen. „Danke, Christina", sagte sie, „danke, dass du das sagst. Ich habe mich immer für eine Versagerin gehalten, weiß du? Nichts in meinem Leben klappte so, wie ich es mir gewünscht hatte."

Überrascht sah Christina ihre Freundin an. Sieh mal an, dachte sie, meine taffe Susanne, die immer einen lockeren Spruch auf den Lippen hat und die in allen Lebenslagen weiß, wo es langgeht! Plötzlich zeigte sich ihre sensible Seite. Sie hatten doch viel gemeinsam, Sanne und sie.

Diesmal war sie es, die die Hand der anderen nahm und sie streichelte. „Siehst du, auch bei dir ist nicht alles so, wie es nach außen hin scheint. Kein Wunder, dass wir uns so gut verstehen, Sanne."

Susanne räusperte sich, richtete sich auf und trank einen Schluck von dem durch das Teelicht im Stövchen warmgehaltenen Tee.

„Nun lass uns mal nicht sentimental werden, liebe Freundin", sagte sie betont burschikos. „Du hast mir noch nicht gesagt, wie es denn nun weitergehen soll mit dir."

„Tja, da kommst du ins Spiel, Sanne. Ich brauche deine Hilfe. Ich will nicht mehr nach Hause zurück. Ich werde mir baldmöglichst eine eigene Wohnung nehmen in Schönfelde. Das kann allerdings etwas dauern, deshalb wollte ich dich fragen, ob ich vielleicht bei dir solange wohnen kann."

Aufmerksam sah Susanne ihr ins Gesicht. „Es ist dir also wirklich ernst damit, dich scheiden zu lassen, Christina? Hast du dabei auch einmal an Julia und Lukas gedacht? Und an Stefan? Dein Mann tut mir richtig leid, der Arme."

„Du kennst Stefan ja. Zu Anfang wird es hart für ihn sein, das stimmt. Ich weiß, ich habe ihn sehr gekränkt. Vielleicht liebt er mich auch wirklich, so wie er sagte. Aber er wird darüber hinwegkommen. Und ganz bestimmt wird er bald eine neue Partnerin finden, so gut wie er aussieht. Du weißt ja, wie leicht er auf Menschen zugehen kann und wie beliebt er überall ist. Nein, ich mache mir um ihn keine Sorgen."

„Hm", machte Susanne, „vielleicht angele ich ihn mir ja."

Als sie Christinas entsetztes Gesicht sah, lachte sie lauthals los. „Das war ein Scherz, du Schaf, keine Angst. Dein Mann ist für mich immer wie ein Bruder gewesen, da besteht keine Gefahr."

„Und? Meinst du, ich kann eine Weile bei dir wohnen? Ich beteilige mich selbstverständlich auch an den Kosten."

„Ach Mäuschen, du weißt doch, du bist mir immer willkommen. Huch, jetzt habe ich wieder Mäuschen gesagt!" Theatralisch schlug Susanne sich mit der flachen Hand auf den Mund. „Kannst du mir noch einmal verzeihen?"

Christina musste lachen. „Du Schaf. Nichts nimmst du ernst!" sagte sie gespielt vorwurfsvoll. Dann nahm sie Susannes Hand und drückte sie. „Du weißt nicht, wie dankbar ich dir bin! Was würde ich nur ohne dich machen?"

„Ach was", wehrte Susanne verlegen ab, „das ist doch selbstverständlich."

Eine kleine Pause entstand.

„Und? Weißt du schon, was du mit deiner neu gewonnenen Freiheit anfangen wirst?", brach Susanne das Schweigen.

„Vielleicht werde ich mich beruflich verändern", sagte Christina, „ich weiß noch nicht. Ich war nie eine solch engagierte und leidenschaftliche Lehrerin wie du, Sanne. Im Gegenteil, manchmal habe ich gedacht, dass mir die nötige Geduld für diese Arbeit fehlt."

„Ach! Das Erste was ich höre! Das gehört auch zu den Dingen, von denen du mir nie etwas gesagt hast. Hast du vielleicht noch mehr Geheimnisse auf Lager?"

Einen kurzen Moment überlegte Christina, ob sie ihrer Freundin von der Liebe erzählen sollte, die sie tief in ihrem Herzen vergraben hatte. Von diesem unausrottbaren Gefühl für den Mann, der gar nicht existierte, jedenfalls nicht so, wie sie ihn vom Äußeren her kannte. Aber immer wieder musste die daran denken, dass er existierte, wirklich lebte und atmete, irgendwo auf der Welt, und dass es sie auch liebte. Es konnte einfach nicht alles gelogen und vorgetäuscht gewesen sein, was er geschrieben hatte! Niemand konnte so vollendet heucheln, nein, es war einfach nicht möglich! Seine Gefühle für sie mussten, wenigstens im Ansatz, echt gewesen sein. Natürlich sagte ihr Verstand ihr, dass sie vielleicht nur einen Schutzschild für ihre Seele konstruierte, weil sie den Schmerz, auf diese Weise betrogen worden zu sein, nicht ertragen konnte, dennoch glaubte sie felsenfest an die Echtheit von Dominics Liebe.

„Nein, natürlich nicht", antwortete sie. „Ich habe ja wohl auch erst einmal genug damit zu tun, das jetzige Chaos zu ordnen, oder?"

„Gut", nickte Susanne, „dann lass uns mal gleich damit anfangen."

29

„Puh, ich brauche eine Pause!"

Christina setzte den Karton ab, den sie aus dem Schlafzimmer in den Flur geschleppt hatte. „Ich glaube, im Kühlschrank ist noch eine Flasche Prosecco, die werden wir uns jetzt genehmigen. Was meinst du, Sanne?"

Susanne, die im Arbeitszimmer dabei war, Fachbücher und Ordner mit Unterrichtsmaterialien in einen weiteren Karton zu packen, rief: „Ganz deiner Meinung!" Sie schleifte den gefüllten Karton, der viel zu schwer war, um ihn tragen zu können, über die Fliesen in den Flur, richtete sich auf und streckte den Rücken. Mit in den Hüften aufgestützten Händen sah sie sich um. Zahlreiche Koffer, Taschen und Kartons stapelten sich schon im Vorraum des Hauses und er kamen noch weitere dazu. Ich werde mit meinem Golf ein paarmal fahren müssen, bis ich alles in meine Wohnung transportiert hatte, dachte sie. Sie hatte ihr Gästezimmer zu einem provisorischen Schlaf- und Arbeitszimmer eingerichtet für die Zeit, die ihre Freundin bei ihr verbringen würde. Zwar hatte Christina schon einige Singlewohnungen ins Auge gefasst, aber es würden sicher noch ein paar Wochen vergehen, bis sie einziehen konnte.

„Kommst du?", hörte sie Christina aus dem Wohnzimmer rufen, wo sie inzwischen zwei Gläser mit dem prickelnden Schaumwein gefüllt hatte. Dankbar nahm Susanne das Sektglas entgegen.

„Lass uns anstoßen, Sanne! Auf einen neuen Anfang!"

„Auf einen neuen Anfang", wiederholte Susanne und hob ebenfalls ihr Glas.

Sie stießen an und leerten ihre Gläser in einem Zug.

„Ah", seufzte Susanne, „das tut gut!"

Christina sah ihre Freundin liebevoll an. „Danke für deine Hilfe, Sanne! Ich weiß nicht, was ich ohne dich gemacht hätte. Ich danke dir."

Susanne räusperte sich verlegen. „Da kommen ganz schön viele Sachen zusammen, Süße", sagte sie mit einen Blick in den Flur. „Ich werde wohl einige Male fahren müssen, bis wir alles in meiner Wohnung haben.

„Ja, ich weiß, Sanne! Wenn ich dich nicht hätte!"

„Glaub' ja nicht, dass du mir so billig davonkommst. Dafür musst du mindestens zwei Wochen lang unser Abendessen kochen."

Christina musste lachen. „Mach ich gerne, vor allem, da ich weiß, was von deinen Kochkünsten zu halten ist, meine liebe Freundin."

Susanne nahm die Anspielung gutmütig hin, wusste sie doch, dass sie als Köchin nicht zu gebrauchen war. Sie ließ sich aufs Sofa fallen und lehnte sich entspannt zurück.

Christina setzte sich neben sie. „Schau mal, was ich gefunden haben. Ganz hinten in meinem Kleiderschrank." Sie stellte ein abgegriffenes Lederköfferchen auf den Tisch. „Meine alte Kamera."

Sie öffnete die Schnappverschlüsse des Behälters und hob vorsichtig einen Fotoapparat heraus. „Das ist meine erste Kamera, eine Canon A1 Spiegelreflexkamera aus den 80er Jahren. Meine Eltern haben sie mir damals für mein Fotografiestudium geschenkt." Gerührt betrachtete sie das Gerät. „Die war damals hochmodern. Natürlich analog. Schau mal, die Objektive sind auch noch dabei."

„Wow", machte Susanne, „das ist ja ein echtes Schmuckstückchen!" Sie nahm eines der Objektive vorsichtig in die Hand und drehte es hin und her. „Warum hast du sie nie benutzt?"

„Ach, du weißt ja, das mit der Fotografiererei war vorbei, als ich heiratete." Fast zärtlich strich Christina mit den Fingern über die schwarz glänzenden Flächen der Kamera. „Ich glaube, ich habe auch noch einige der Fotos, die ich damals gemacht habe." Sie fing an, in einem Schuhkarton zu kramen, den sie neben dem Fotokoffer gefunden hatte.

„Ach, was ist das denn?", rief sie überrascht aus. In der Hand hielt sie eine kleine Fotografie. „Das ist das allererste Foto, das ich gemacht habe. Schau mal, Sanne." Sie reichte ihrer Freundin das Bild. „Natürlich nicht mit der Canon, sondern mit einem einfachen kleinen Apparat, den meine Eltern mir zu meinem 10. Geburtstag geschenkt haben. Ich weiß es noch genau."

Sie setzte sich neben Susanne und gemeinsam betrachteten sie das kleine Bild. Es zeigte einen Marienkäfer, der auf einem einzelnen grünen Grashalm saß. Die rote Farbe des Käfers mit den schwarzen Punkten kontrastierte harmonisch mit dem Grün des Grases und dem makellos blauen Himmel. Offensichtlich war das Motiv von unten fotografiert worden.

„Was für eine ungewöhnliche Perspektive!" sagte Susanne bewundernd. „Und du warst erst zehn, als du dieses Bild fotografiert hast? Alle Achtung!"

„Ja", bestätigte Christina nachdenklich. Sie musste daran denken, dass sie Dominic erst vor ein paar Wochen von diesem Geburtstagsgeschenk erzählt hatte. Und davon, wie glücklich sie damals gewesen war. Schnell schob sie den Gedanken beiseite.

„Du hast wirklich ein großes Talent, Christina."

„Ach was", wehrte Christina ab. „War wahrscheinlich nur ein Zufallstreffer."

Es klingelte an der Haustür.

„Entschuldige mich, Sanne, ich schaue mal eben nach, wer das ist. Vielleicht die Post." Christina schenkte die Gläser noch einmal voll und ging in den Flur, um zu sehen, wer geklingelt hatte.

Sie öffnete die Haustür und blieb erstaunt stehen. Vor ihr stand ein gut aussehender, hochgewachsener Schwarzer, den sie nicht kannte.

„Ja? "

"Good afternoon. My name is Mehdi Kojo Magoro. I'm from Ghana in Afrika. You know me as Dominic J. Anderson. How are you, Chrissie?"

TEIL VIER

30

Accra, zwei Wochen zuvor

„Setz dich einmal her zu mir, Mehdi!", forderte Aalia ihren Sohn auf. Sie räumte das Stück Stoff beiseite, das sie auf dem großen Tisch zugeschnitten hatte, und klopfte auf den Stuhl neben sich. Mehdi, der gerade von draußen hereinkam, wo er wieder einmal im Dunkeln herumgewandert war, sah sie fragend an. „Ich möchte mit dir reden", ergänzte sie

Während ihr Sohn sich gehorsam auf einen der Stühle am Tisch setzte, ging Aalia in die Küche und holte zwei Flaschen Heineken aus dem Kühlschrank. Die Kinder schliefen schon lange, es war still in der Wohnung. Aalia stellte das Bier vor Mehdi hin, setzte sich ihm gegenüber und stieß mit ihrer Flasche gegen seine. „Prost, Mehdi", sagte sie, während sie ihn mit einem mitleidigen Blick betrachtete.

Beide nahmen einen langen Schluck aus der Flasche. „Ah, so eine Flasche Bier ist jetzt genau das Richtige", sagte Aalia. Sie stellte die Flasche wieder auf den Tisch.

„Und nun erzählst du mir bitte, was mit dir los ist, mein Sohn!"

Der Blick aus den todunglücklichen Augen ihres Sohnes traf sie mitten ins Herz.

„Ich weiß nicht, was du meinst, Mutter", meinte er abwehrend. Sein Gesicht verschloss sich. Er lehnte sich zurück und kreuzte die Arme vor der Brust.

„Ach komm, mein Junge, mir machst du nichts vor. Seit einer Woche schleichst du herum wie ein waidwundes Tier. Du sprichst kein Wort und seit Tagen habe ich dich nicht mehr lächeln sehen. Jeden Abend läufst du stundenlang draußen im

Dunkeln herum. Irgendetwas ist passiert mit dir. Willst du deiner Mutter nicht erzählen, was dich so unglücklich macht?"

Mehdi presste die Lippen zusammen und blinzelte verzweifelt, um die Tränen zurückzuhalten, die ihm in die Augen stiegen. Die liebevolle Anteilnahme seiner Mutter brachte den harten Klumpen, den er in seinem Innern fühlte und der ihm schier die Luft abschnürte, zum Schmelzen. Aalia nahm seine Hand und drückte sie. „Du kannst mir alles erzählen, mein Sohn. Du weißt, ich liebe dich und ich verstehe dich."

„Ach, Mutter, du weißt ja nicht, was ich getan habe!", brachte er mühsam heraus.

Aalia erschrak. Hatte sich ihr Sohn etwa auf etwas Kriminelles eingelassen? Nein, sie kannte ihn. Er war nicht fähig, etwas Unrechtes zu tun. Sie hatte ihn im katholischen Glauben erzogen und er wusste genau, was richtig und was falsch war. Außerdem hatte er doch diese gute Arbeitsstelle gefunden, die ihm gefiel und die ihren Lebensunterhalt sicherte.

„Komm schon, Mehdi, so schlimm kann es gar nicht sein. Erzähl mir einfach alles. Dann werden wir sehen, was zu machen ist."

Verzweifelt sah Mehdi seine Mutter an. Konnte er ihr wirklich alles anvertrauen? Und würde sie ihn verstehen? Würde sie verstehen, wie schrecklich er sich nach einem einzigen Wort von Christina sehnte, dieser weißen Frau aus Deutschland? Dass er jede Sekunde des Tages daran dachte, wie enttäuscht und gekränkt sie sein musste durch sein plötzliches Verschwinden, wie sehr er es bereute, sie betrogen und belogen zu haben? Dass er sie mit einer Intensität liebte, die jedes Maß übertraf, die ihn nicht schlafen ließ und ihn tief in seinem Innern schmerzte wie eine frische, blutende Wunde. Konnte er seiner Mutter sagen, wie sehr er sich jede Nacht nach einem einzigen Wort dieser Frau verzehrte? Er schlug die Hände vors Gesicht und seufzte tief auf, es klang fast wie ein Schluchzen. Entschlossen fasste Aalia quer über den Tisch und zog seine Hände sanft herunter.

„Nun sag mir schon, Mehdi, was dich so furchtbar quält!"

Und Mehdi erzählte. Er erzählte seiner aufmerksam zuhörenden Mutter die ganze Geschichte von Anfang an. Selbst die Sex-Sache ließ er nicht aus. Es war, als ob in seiner Seele ein Damm gebrochen wäre, der es ihm unmöglich machte, etwas zurückzuhalten. In dem dunklen Gesicht Aalias spiegelte sich jede Emotion wider, die sie während seines Redestroms empfand: Erstaunen, Ungläubigkeit und Missbilligung, aber auch Verständnis und, vor allem, unendlich viel Mitgefühl und Liebe. Als er geendet hatte, umfasste sie seine beiden unruhigen Hände und drückte sie fest.

„Du weißt, Mehdi, dass du Unrecht getan hast, nicht wahr? Und das Schicksal bestraft dich dafür. Was du jetzt empfindest, ist genau das, was diese arme Frau dort in dem fremden Land auch fühlt, nur dass es für sie noch viel schlimmer sein muss. Wenn sie erst einmal realisiert, dass ihre Liebe nur benutzt wurde, weil irgendwer an ihr Geld kommen wollte: Wie gedemütigt muss sie sein, wie verletzt und gekränkt! Aber das weißt du ja selbst, mein Sohn."

Sie stand auf und holte aus dem Kühlschrank zwei weitere Flachen Bier. Mehdi hatte den Kopf tief gebeugt und starrte auf seine Hände, die er vor sich auf dem Tisch gefaltet hatte. Er kam sich vor wie bei der Beichte, nur dass seine Mutter ihm keine Absolution erteilte.

Aalia musste unwillkürlich lächeln, als sie ihn betrachtete. Da war er nun, ihr großer, erwachsener, so vernünftiger und gewissenhafter Sohn, und saß da wie ein reuiger Sünder. Nun hatte es ihn selbst erwischt und er litt genauso wie sein armes Opfer. Geschieht ihm Recht, war sie versucht zu denken. Aber dann fiel ihr ein, wie sehr er unter dem Tod seiner Frau gelitten hatte, und ihr Herz floss über vor Mitleid. Den Schmerz dieser so völlig aussichtslosen Liebe zu der weißen Frau dort oben im Norden hatte er trotz allem nicht verdient.

„Kopf hoch, mein Junge", sagte sie betont munter, „die Welt geht nicht unter von ein wenig Herzeleid, glaube deiner alten Mutter." Sie schob ihm das Bier hin. „Trink das, vielleicht fühlst du dich dann für den Moment ein bisschen besser."

Mehdi tat wie ihm geheißen und trank einen langen Schluck aus der Flasche. Dann sah er seine Mutter mit einem so trostlosen Ausdruck in den Augen an, dass sie seinem Blick kaum standhalten konnte.

„Was soll ich denn nur tun, Mutter?"

Aalia hielt es für angebracht, zunächst den sachlichen Teil der Angelegenheit zu beleuchten. Seinen Kummer konnte sie ihm ohnehin nicht abnehmen.

„Wieviel Geld, sagtest du, hat diese Frau Abdi geschickt?"

„Fünftausendneunhundert Euro."

„Wieviel ist das in Cedi?"

„Ich weiß nicht genau. Etwa fünfunddreißigtausend, glaube ich. Es kommt auf den aktuellen Umrechnungskurs an."

„Fünfunddreißigtausend!" Aalia holte tief Luft. „So ungeheuer viel Geld!"

„Ja", sagte Mehdi niedergeschlagen, „deshalb habe ich mich ja überhaupt auf diese Sache eingelassen."

„Das kann ich verstehen, Mehdi, aber du weißt, du darfst das Geld nicht behalten."

Überrascht blickte er auf. „Aber die Hälfte davon gehört Abdi, Mutter. Ich habe doch einen Vertrag unterschrieben ..."

„Unsinn! Die ganze Sache ist illegal, also ist auch der Vertrag, den du unterschrieben hast, nichts wert. Abdi ist wirklich kriminell, wenn er so etwa professionell aufzieht."

„Ja, aber ...", setzte Mehdi an.

Ein dünnes Stimmchen unterbrach ihn.

„Papa, ich kann nicht schlafen! Ihr redet so laut!"

Keano stand, nur mit einem Hemdchen bekleidet, in der Tür, die zu dem Zimmer führte, in dem die Kinder schliefen. Eilig sprang Mehdi auf und nahm seinen Sohn auf den Arm. Liebevoll strich er ihm über den Krauskopf und drückte ihn an sich.

„Das tut uns leid, mein Kleiner. Komm, ich bring dich wieder ins Bett und dann schläfst du schön weiter, in Ordnung?"

„In Ordnung!" Keano gähnte herzhaft.

Gerührt sah Aalia den beiden hinterher. Sie wusste, Mehdi hatte nicht an sich gedacht, als er sich auf diese Sache einließ. Er hatte an sie und an seine Kinder gedacht, daran, was das viele Geld für sie bedeutete: Ein besseres Leben, Sicherheit, eine Zukunft. Sie konnte ihn so gut verstehen.

Seufzend stand sie auf. Sie räumte die Bierflaschen vom Tisch und bereitete Mehdi sein Nachtlager vor in der Nische hinter dem Vorhang, wo sie ihre Schneiderutensilien aufbewahrte.

Als Mehdi zurückkehrte, sagte, sie: „Es ist spät, mein Junge. Lass uns die Sache überschlafen. Du musst morgen früh raus zur Arbeit, die Nacht ist kurz. Morgen werden wir sehen, wie es weitergehen soll."

Mehdi kam auf sie zu und schloss sie in seine Arme.

„Danke, Mutter", sagte er, „ich danke dir."

Aalia nahm sein Gesicht, das in letzter Zeit so schmal geworden war, in ihre groben Hände, sah ihm in die traurigen Augen und sagte: „Wir finden einen Weg, mein Junge. Es gibt immer einen Weg, glaub mir. Gott wird ihn uns zeigen." Sie lächelte ihn aufmunternd an, bevor sie sich in die winzige Kammer zurückzog, in der sie schlief.

Als Mehdi wenig später auf seiner Matratze lag und den Geräuschen der Nacht lauschte, fühlte er sich erleichtert. Es war, als habe seine Mutter ihm einen großen Teil der Last, die auf seiner Seele lag, abgenommen.

31

Immer noch deprimiert und wortkarg, ließ Mehdi das allmorgendliche Gewusel über sich ergehen, das jedes Mal entstand, wenn seine vier Sprösslinge sich für die Schule fertig machten. Unter den strengen Augen ihrer Großmutter wuschen sie sich, bürsteten so gut es ging das widerspenstige Kraushaar, zogen ihre Schuluniformen an und ließen Aalia die Sauberkeit der Ohren, der Fingernägel und der Füße kontrollieren. Jeder aß ein wenig von dem übrig gebliebenen Abendessen, das in diesem Fall aus kalt gewordenen Maisklößen mit scharfer Soße bestand, und trank Saft oder Wasser dazu.

Aalia half dem kleinen Keano beim Anziehen seiner in Braun und Orange gehaltenen Schuluniform, die aus einer Shorts und einem kurzärmeligen Hemd bestand, und überprüfte den Sitz der grün-weißen Blusen der Mädchen, die diese zu einem grünen Rock trugen. Auch Baahir war, wie es die Secondary School erforderte, die er und seine Schwestern besuchten, in Grün und Weiß gekleidet. Aalia schneiderte die Schuluniformen selbst, obwohl sie manchmal Mühe hatte, die passenden Stoffe zu finden. Das war um vieles billiger, als würde man sie fertig kaufen, besonders wenn die Kinder schnell wuchsen. Den Zwillingen schenkte sie je ein schmales grünes Schleifenband aus ihrem Schneiderfundus, welche die Mädchen sich glücklich gegenseitig in einen ihrer kleinen Zöpfe einflochten, natürlich so, dass sie sich weiterhin nicht voneinander unterschieden. Mehdi bemerkte mit Sorge, dass die Sandalen, die Baahir trug, schon wieder zu klein geworden waren; seine braunen Zehen ragten über den vorderen Sohlenrand hinaus. Bald würde er neue brauchen. Aalia verteilte an alle Kinder das tägliche Schulgeld, drei Cedi für jeden, damit sie am Mittagstisch in der

Schule teilnehmen konnten, und gab jedem zwei Stücke Obst mit in den Schulranzen.

„Komm heute Abend mal etwas eher nach Hause, Mehdi", sagte Aalia, nachdem die Kinder sich auf den Schulweg gemacht hatten. „Wir werden deinem lieben Vetter einen Besuch abstatten".

Mehdi sah seine Mutter besorgt an. „Was hast du vor, Mutter?"

Aalia verzog ihren Mund zu einem breiten Lächeln. „Ich habe mir heute Nacht überlegt, wie wir weiter vorgehen werden, mein Sohn. Du wirst schon sehen, es wird alles gut." Sie überreichte Mehdi die Plastikbüchse mit seinem Mittagessen und die Wasserflasche. „Mach dir weiter keine Sorgen." Liebevoll tätschelte sie seine Wange. „Es wird alles gut werden."

Mehdi umarmte sie wortlos und machte sich auf den Weg.

Ballard Akiutola war nicht begeistert, als Mehdi ihn bat, am Abend eine halbe Stunde eher gehen zu dürfen. „Und was ist mit den beiden Fahrzeugen hier? Ich habe den Besitzern versprochen, dass sie bis morgen früh fertig sind. Ich kann doch meine Kunden nicht warten lassen!"

„Keine Sorge, die habe ich bis heute Abend fertig. Und ab morgen kann ich, wenn Sie wollen, auch jeden Abend Überstunden machen. Kein Problem."

Akiutola musterte ihn erfreut. „Was ist mit Ihrem zweiten Job, von dem Sie gesprochen haben?"

„Den gibt es nicht mehr. Ich kann jetzt länger hier in der Werkstatt arbeiten, es gibt ja mehr als genug zu tun. Allerdings brauche ich dann einen Vertrag, wegen der Krankenversicherung und der Steuern." Gespannt wartete Mehdi auf die Reaktion seines jungen Chefs. Er wusste, er hatte gute Arbeit geleistet in den letzten Wochen und sich in der Werkstatt unentbehrlich gemacht.

„Hm", machte Akiutola, „ich werde es mir durch den Kopf gehen lassen."

„In Ordnung", sagte Mehdi, wischte sich die ölverschmierten Hände an einem Lappen ab und wandte sich wieder seiner Arbeit zu.

Aalia trug ein leuchtend bunt gemustertes Kleid, das ihr bis über die Waden reichte, und ein Tuch aus demselben Stoff, welches sie einem Turban ähnlich mehrfach um ihren Kopf drapiert hatte, als Mehdi abends nach Hause kam. Sie hatte ein frisches Hemd für ihn bereitgelegt und die dunkelgraue Stoffhose, die er normalerweise nur zum Gottesdienst in der Catholic Church anzog, was selten vorkam. Nach dem gemeinsamen Abendessen mit den Kindern wies Aalia ihren Sohn an, es solle sich frischmachen und umziehen. An ihren ältesten Enkel gerichtet, sagte sie: „Du passt auf die Kleinen auf, Baahir, hörst du? Sieh zu, dass sie spätestens um neun Uhr im Bett sind, verstanden?" Baahir nickte nur. Die Kinder, die wie üblich vor dem Fernseher saßen, auf dem gerade eine amerikanische Show zu sehen war, nahmen kaum Notiz davon, dass die Erwachsenen das Haus verließen.

Zweimal mussten Mehdi und seine Mutter das Tro-Tro wechseln, bevor sie in der Straße ankamen, in der Abdi wohnte. Aalia bewunderte die gepflegte Umgebung und blieb trotz des Regens, der wieder einmal die Straßen unter Wasser setzte, unter ihrem Regenschirm immer wieder stehen, um die Häuser und die Anlagen zu betrachten. Wie anders sah es hier aus als in der Gbobilor Street mit ihren armseligen Holzhäusern! Was Geld doch ausmachte, dachte sie nicht ohne Bitterkeit.

„Tante Aalia!", rief Abdi aus, als er ihnen die Tür öffnete. „Welch eine schöne Überraschung! Und Mehdi! Dich habe ich schon vermisst. Ich habe doch noch etwas für dich, du weißt schon." Er zwinkerte Mehdi vielsagend zu. „Kommt doch herein!" Herzlich umarmte er seine Tante und schüttelte seinem Vetter die Hand.

„Badi", rief er in die Küche, „komm und schau, wer uns besuchen gekommen ist!"

Badi kam eilig aus dem Nebenraum herbei. Ihr breites Gesicht strahlte.

„Tante Aalia! Wie lange haben wir uns nicht mehr gesehen! Wie geht es dir?" Unter weiteren überschwänglichen Freudebekundungen wurden die beiden Besucher auf das riesige Sofa genötigt. Badi servierte Getränke und stellte Nüsse und Früchte auf den Tisch. Sie erkundigte sich nach dem Befinden von Mehdis Nachwuchs und berichtete ausführlich, wie gut es ihren eigenen Kindern auf der teuren privaten Schule gefiel, die sie besuchten. Als nach einer Weile eine Gesprächspause eintrat, sah Aalia den Moment gekommen, zum eigentlichen Anlass ihres Besuches vorzudringen. Sie räusperte sich und setzte sich aufrecht hin, soweit die weiche Polsterung des Sofas es zuließ.

„Abdi, Mehdi und ich möchten etwas Geschäftliches mit dir besprechen", verkündete sie mit fester Stimme.

„Etwas Geschäftliches? Ah, ich verstehe!", meinte Abdi nach einem schnellen Blickwechsel mit Mehdi. „Badi", wandte er sich an seine Frau, „das wird dich nicht interessieren, denke ich. Willst du nicht einmal nach den Kindern sehen? Ich glaube, es wird Zeit, dass die Kleinen ins Bett gehen, was meinst du?" Er warf seiner Frau einen auffordernden Blick zu.

Höflich sagte Badi: „Entschuldigt mich bitte, Abdi hat Recht, ich werde mich mal um die Kinder kümmern." Eilig stand sie auf und verließ den Raum.

„Sie versteht nichts von Geschäften", erklärte Abdi, als sie gegangen war. Er füllte die Gläser auf und nahm sich selbst eine Handvoll Erdnüsse, die er sich eine nach der anderen in den Mund warf. Breitbeinig dasitzend, ließ er sich tiefer in die weichen Polster sinken und sah seine Besucher erwartungsvoll an.

Aalia erwiderte seinen Blick herausfordernd.

„Abdi, Mehdi hat mir von den Internet-Kontakten erzählt, mit denen du und dein Sohn eure „Geschäfte" macht. Du weißt, dass das unehrlich ist. Es ist Betrug. Illegal und kriminell, um es deutlich zu sagen. Mehdi wird dabei nicht weiter mitmachen. Dass er es einmal gemacht hat, geschah nur, weil wir dringend Geld brauchten."

Abdi wechselte unbehaglich seine Sitzposition. Das Lächeln auf seinem feisten Gesicht wirkte eingefroren.

„Aber wieso denn, liebe Tante? Es hat doch alles tadellos geklappt. Weißt du eigentlich, wieviel Geld er gemacht hat? Damit seid ihr auf einen Schlag aus dem Gröbsten heraus."

„Es ist Unrecht, das weißt du, Abdi! Hast du denn gar kein Ehrgefühl mehr? Kannst du nicht mehr zwischen Recht und Unrecht unterscheiden?" Ihr dunkles Gesicht spiegelte ihr Entrüstung über die Machenschaften ihres Neffen lebhaft wider. „Ihr missbraucht die Gefühle dieser armen Frauen, nur um an ihr Geld zu kommen. Das ist schändlich!"

Abdi lachte auf. „Arme Frauen? Diese weißen Ladies dort in Europa wissen ja gar nicht, wohin mit ihrem Reichtum! Meistens tun sie sowieso nichts und leben nur von dem Geld ihrer Ehemänner. Es tut ihnen nicht weh, ein paar Hundert oder auch Tausend Euro zu verlieren. Für uns hier aber bedeutet das Geld die Möglichkeit, endlich besser zu leben. Denk doch nur an deine Enkel, Aalia!"

Mehdi erinnerte sich, dass Abdi mit genau denselben Argumenten auch ihn überzeugt hatte mitzumachen bei diesen Betrügereien. Er wusste, seine strenggläubige Mutter würde sich im Gegensatz zu ihm davon nicht beeindrucken lassen.

„Genau an die denke ich, lieber Neffe! Aus ihnen sollen einmal anständige und ehrliche Menschen werden, die für ihren Lebensunterhalt arbeiten und nicht auf Kosten anderer leben." Sie warf einen verächtlichen Blick durch das üppig ausgestattete Wohnzimmer. „Auch wenn sie dann auf solchen Luxus verzichten müssen."

Sie hob die Hand, als Abdi etwas erwidern wollte. „Es ist und bleibt Unrecht, Abdi. Mehdi jedenfalls wird das Geld, das er von dieser Frau dort in Deutschland erhalten hat, zurückzahlen."

Das Lächeln auf Abdis Gesicht verschwand, als hätte es jemand weggewischt.

„Was heißt hier zurückzahlen? Die Hälfte des Geldes gehört ihm ja gar nicht. Schließlich hatte ich entsprechende Unkosten. Wir haben nämlich einen Vertrag, liebe Tante! Oder hat Mehdi dir davon nichts gesagt?" Triumphierend lehnte er sich zurück und schob sich den Rest der Nüsse in den Mund.

Aalia winkte ab. „Ja, ja, ich weiß. Der Vertrag. Darf ich ihn vielleicht einmal sehen?"

„Aber natürlich, liebe Tante. Sehr gerne. Einen kleinen Moment bitte." Überraschend behände trotz seiner Körperfülle sprang Abdi auf und ging zum Schrank, hinter dessen Tür sich der Safe befand.

„Du kannst auch gleich Mehdis Geld aus dem Tresor herausholen, die ganze Summe, die die Frau überwiesen hat. Er wird ihr das Geld zurückgeben."

„Was Mehdi mit seinem Anteil macht, ist mir egal. Ich jedenfalls werde meinen Teil behalten, das ist mal sicher." Abdis Stimme hatte jede Jovialität verloren. Er kehrte mit dem Vertrag in der Hand an den Tisch zurück. Beflissen breitete er ihn vor Aalia aus und wies mit dem Finger auf den Passus, in dem die Fifty-Fifty-Vereinbarung festgehalten war.

„Du hast diesen Vertrag unterzeichnet, Mehdi!", sagte er. „Vielleicht erinnerst du dich gefälligst?"

Aalia überflog die Blätter und warf sie dann achtlos zurück auf den Tisch.

„Dieser Vertrag ist ungültig, das weißt du genau, lieber Neffe". Sie reckte ihr Kinn, und ihre Stimme wurde hart wie Stahl. „Du kannst kriminelle Machenschaften nicht mit einem Vertrag regeln."

Abdi zeigte sich unbeeindruckt. „Wenn Mehdi nicht mehr weiterarbeiten will, soll es mir recht sein. Er bekommt seinen Anteil, mehr nicht. Wenn er das Geld der Frau zurückgeben will, meinetwegen." Er blieb abwartend mitten im Raum stehen. „War das dann alles, Tante?"

„Nein, noch nicht, lieber Neffe. Wir brauchen das gesamte Geld, die ganzen 5900 Euro, umgerechnet nach dem heutigen Tagessatz in Cedi. Du gibst uns die volle Summe, Abdi, oder wir gehen zur Polizei und zeigen dich an. Dann fliegt dein ganzer Laden hier auf und du wanderst ins Gefängnis." Ihr Gesicht war unerbittlich. „Was eine Schande für die ganze Familie wäre", fügte sie bedauernd hinzu.

Entgeistert starrte Abdi sie an. „Das wagst du nicht, Tante. Dann hängt Mehdi genauso mit drin." Sein dickes Gesicht war mit einer feinen Schweißschicht überzogen.

Aalia richtete sich auf. „Du wirst es sehen, Abdi. Entweder gibst du Mehdi augenblicklich das Geld oder du bekommst morgen Besuch von der Kriminalpolizei."

Einen Moment sah es so aus, als wollte sich der dicke Mann auf Aalia stürzen. Wütend funkelte er sie an.

„Und was ist mit dem Vorschuss, den ich Mehdi gegeben habe? Und die Kosten, die er verursacht hat?"

„Den Vorschuss zahlen wir dir natürlich zurück, wir wollen dir ja nichts schuldig bleiben. Und die Kosten kannst du dir an den Hut stecken, lieber Neffe." Ungerührt von seinem Zorn faltete Aalia die Hände im Schoß. „Was ist nun? Du hast das Geld doch im Tresor, also, rück' es raus und du bist uns los. Was du dann weiterhin machst, musst du selbst verantworten."

Mehdi, der die ganze Zeit nichts gesagt hatte, konnte kaum glauben, was sich vor seinen Augen abspielte. Gespannt wartete er, was sein Vetter jetzt tun würde. Schwer atmend trat Abdi wieder an den Safe, öffnete ihn und holte einen dicken Packen Geldscheine heraus. Die Bankbanderolen waren noch unangetastet. Sieben Päckchen à 5000.- Cedi zählte er vor Aalia auf den Tisch, dazu 1950 Cedi in kleinen Scheinen. „Das sind 36 950.- Cedi. Das entspricht genau 5900.- Euro nach heutigem Wechselkurs. Das ist das, was die Frau gezahlt hat. Nun zufrieden, Tante?" Sein Gesicht hatte sich vor unterdrückter Wut knallrot verfärbt. Wortlos schaute er zu, wie Aalia die Geldpakete in aller Ruhe in ihrer Handtasche verstaute.

„Das wäre dann erledigt, lieber Neffe. Ich danke dir und ich hoffe, dass du wieder auf den rechten Weg zurückfindest. Du tust Unrecht mit diesen Betrügereien. Kehre zurück zu Gott!"

Sie stand auf. „Bestelle Badi unseren herzlichen Dank für ihre Gastfreundschaft. Sag ihr, sie soll doch mit den Kindern wieder einmal bei uns vorbeikommen, wenn sie in Labadi ist. Sie sind jederzeit herzlich willkommen."

Mehdi stand ebenfalls auf und folgte seiner Mutter zur Tür, wo er sich nach seinem Cousin umwandte. „Es tut mir leid, Abdi, ich kann so etwas einfach nicht."

Sein Vetter maß ihn mit einem verächtlichen Blick. „Und so jemandem wollte ich helfen!", zischte er durch die Zähne.

32

Während des langen, umständlichen Rückwegs durch die immer noch mit Menschen und Autos gefüllten Straßen Accras hielt Aalia die Tasche mit dem Geld fest an sich gepresst. Zu Hause angekommen, seufzte sie erleichtert auf. Schnell schaute sie nach den Kindern, die friedlich in ihren Betten lagen und schliefen. Dann schüttete sie die Geldbündel auf den Tisch. „So viel Geld, Mehdi, schau nur. Hast du schon einmal so viel Geld auf einem Haufen gesehen?" Andächtig ordnete sie die Geldbündel in einer Reihe an. „Das ist mehr, als du in zwei Jahren in der Werkstatt verdienst, Mehdi. Sieh nur!"

Sie nahm eines der Päckchen und roch daran. „Es riecht sogar gut, kaum zu glauben!" Sie hielt Mehdi die Geldscheine hin. Er wehrte ab. Nachdenklich fuhr Aalia fort: „Und doch: Es ist unrechtes Geld. Das bringt kein Glück."

Mehdi ließ sich müde auf einen Stuhl am Tisch fallen. Gleichgültig betrachtete er die Geldscheine. „Und was machen wir jetzt, Mutter? Wie soll ich Christina das Geld zurückgeben? Ich kenne nicht einmal ihre Kontonummer!"

Aalia lächelte ihren Sohn an und strich ihm über den Arm. „Na, das ist doch klar, du dummer Kerl! Du fliegst nach Deutschland und gibst ihr das Geld persönlich zurück."

Aalia sah, wie Mehdis Augen aufleuchteten. Aber dann erlosch das Funkeln sofort wieder. Er stützte beide Ellbogen auf den Tisch ab und legte in einer mutlosen Geste seinen Kopf auf die gefalteten Hände.

„Ach, Mutter, ein Flug ist doch unbezahlbar! Und ich habe nicht einmal einen Reisepass."

„Okay. Morgen werde ich mich bei der Polizei erkundigen, was nötig ist für eine kurze Reise nach Deutschland. Und dann telefoniere ich von Dafina aus mit dem Flughafen, was ein Flug nach Deutschland kostet." Sie lächelte geheimnistuerisch und umfasste Mehdis Hände mit den ihren. „Ich habe ein wenig gespart, Mehdi. Die Kinderkleider, die ich nähe, verkaufen sich sehr gut, sagt Dafina. Ich habe richtig gut verdient in letzter Zeit. Und wenn es nicht reichen sollte, bittest du deinen Chef, diesen Akiutola, um einen Vorschuss. Irgendwie kriegen wir das schon hin, mein Sohn!"

Ungläubig sah Mehdi seine Mutter an. „Du meinst wirklich, ich könnte …" Er konnte nicht fassen, dass es möglich sein sollte, Christina, die Frau, nach der er sich Tag und Nacht sehnte, wirklich kennenzulernen. Ihr von Angesicht zu Angesicht gegenüberzustehen, ihr direkt in die Augen zu sehen, ihre Hand in der seinen zu fühlen! Schon bei dem Gedanken daran fing sein Herz wie wild an zu klopfen. Aber schon meldete sein Verstand Bedenken an. Sie kannte ihn ja gar nicht. Sie glaubte, er sei dieser nett aussehende amerikanische Soldat. Was würde sie zu einem Schwarzafrikaner sagen? Wahrscheinlich würde sie zu Tode erschrecken und schreiend davonlaufen. Nein, unmöglich. Seine Schultern sanken herab.

Aalia hatte jede seiner Regungen beobachtet. „Ich weiß genau, was dir durch den Kopf geht, Mehdi. Du denkst, diese Frau, diese Christina, wird dich als Schwarzen gar nicht erst ansehen, stimmt's? Nun, wenn es stimmt, was du mir von ihr erzählt hast, wird sie sich an der Hautfarbe nicht stören. Und klar, sie wird sich an dein Aussehen erst gewöhnen müssen, denn sie denkt ja, sie hat mit jemand ganz anderen geredet. Aber, und jetzt hör mir gut zu, mein Sohn: Du musst dieser Liebe eine Chance geben. Ich will nicht, dass du den Rest deines Lebens mit gebrochenem Herzen herumläufst. Du bist noch zu jung, um nichts mehr vom Leben zu erwarten. Wenn sie nichts von dir wissen will, weißt du wenigstens, wie du dran bist und du kannst dich hier neu umschauen nach einer Frau. Aber du musst es versuchen, sonst wirst du ihr immer hinterhertrauern. Glaub' deiner alten Mutter!"

Bekräftigend drückte Aalia seine Hand. Dann stand sie auf und sammelte die Geldbündel ein. „Jetzt müssen wir nur noch hierfür ein gutes Versteck finden." Sie sah sich um. „Gut, das keiner weiß, welchen Reichtum wir hier zu verbergen haben. Sicher würde so mancher uns dafür umbringen." Sie nahm ein Küchentuch und wickelte die Geldbündel darin ein. „Ich verstecke das Geld in meinen Stoffresten," entschied sie schließlich. „Es wird ja wohl niemand auf die Idee kommen, dort nach etwas Wertvollem zu suchen."

Mehdi schaute seiner Mutter geistesabwesend zu. In seinem Kopf nahm der Gedanke an eine Reise in dieses ferne Land im Norden langsam Gestalt an. Sollte sein Traum wirklich in Erfüllung gehen können? Er konnte nicht verhindern, dass er anfing, sich ganz unsinnig darauf zu freuen. Es schien, als habe seine ganze Welt an Helligkeit gewonnen. Es zwang sich, daran zu denken, was einer Begegnung mit Christina alles im Wege stand. Aber die Möglichkeit war da. Die Idee war jetzt in seinem Kopf und nicht mehr daraus zu verbannen Er wusste, er würde in dieser Nacht kein Auge zu tun.

33

Es erwies sich als nicht so einfach, wie Aalia es sich vorgestellt hatte. Zunächst brauchte Mehdi einen Reisepass, den er
bei dem entsprechenden Amt des Stadtbezirks beantragen musste. Damit er nicht monatelang auf die Bearbeitung seines An-
trags warten musste, bezahlte er ein Fee von hundert Cedi an
den zuständigen Beamten. Dafür erhielt er die Zusage, dass er
seinen Pass innerhalb einer Woche erhalten würde. Sodann
musste er in der Botschaft der Bundesrepublik Deutschland ein
Touristenvisum beantragen, wozu er in einem umfangreichen
Formular die verschiedensten Angaben zu seiner Person, seiner
Familie, seiner Wohnung und seinem Arbeitsplatz machen
musste. Außerdem wurde eine Gebühr fällig. Und dann der
Flug! Die billigste Variante kostete 1500 Cedi, mehr als Mehdi
in einem Monat verdiente, einschließlich der Überstunden. Mut-
los ließ er den Kopf sinken, als er zusammen mit seiner Mutter
die Rechnung aufmachte. Sollte er wirklich den ganzen Rest
von seinem Erspartem aus seiner Zeit als Automechaniker bei
Ibori ausgeben für diese Reise? Zudem das Geld, das seine
Mutter durch ihre Schneiderarbeit verdient hatte? Zwar hatte
Ballard Akiutola ihm einen festen Arbeitsvertrag mit einem
Tageslohn von 45 Cedi gegeben, aber es war dennoch ein uner-
hörter Luxus, eine solch teure Reise zu unternehmen. Mehdi
zögerte. Konnte er es wirklich verantworten, so viel Geld auszugeben, nur für einen Traum? War es nicht wichtiger, Schuhe
für seine Kinder zu kaufen, das Schulgeld für Baahir nächstes
Jahr in der Senior Secondary School bezahlen zu können und,
zuallererst, die Miete? Er fühlte sich hin- und hergerissen und
konnte sich nicht entschließen. Am Ende war es Aalia, die die
Entscheidung für ihn traf.

„Du fliegst, keine Frage. Es ist bald Ostern, du hast einen kleinen Urlaub verdient." Sie nahm das Gesicht ihres Sohnes in beide Hände und suchte seinen Blick. „Ich will, dass du glücklich wirst, Mehdi! Du hast es verdient. Nach dem schrecklichen Unglück mit Maddalen hast du verdient. wieder mit einer Frau, die du liebst, glücklich zu werden. Und wenn du sie dafür aus Deutschland holen musst, dann ist das eben so."

Mehdi legte seine Arme um die dünne Gestalt seiner Mutter und drückte sie herzlich an sich. Er musste an die Tragik ihres Lebens denken, an seinen Vater, der gestorben war, als er noch ein Kind war, an die Jahre, als seine Mutter auf den Feldern im Norden Ghanas ihre Hände wund gearbeitet hatte, um ihren Sohn und sich ernähren zu können. Er dachte an die Männer, die gelegentlich für einige Zeit mit ihnen zusammengelebt hatten und die dann wieder gegangen waren. Er dachte an die Nächte, wenn er das unterdrückte Schluchzen seiner Mutter gehört hatte, ohne zu wissen, was sie so unglücklich gemacht hatte.

„Mutter, ich weiß nicht, wie ich dir danken soll", sagte er leise, als er sich sanft von Aalia löste.

„Ach was", wehrte sie verlegen ab. „Du und deine Kinder, ihr bedeutet doch alles für mich.

Die Reise stellte für Mehdi, der noch nie in seinem Leben außerhalb Ghanas gewesen war, ein Abenteuer dar. Der preiswerteste Flug nach Hamburg ging über Lissabon, wo er mehrere Stunden Aufenthalt hatte. Er vertrieb sich die Wartezeit, indem er auf dem Flughafengelände herumbummelte und sich die Menschen ansah, die durch die Gänge eilten, oder er beobachtete die startenden oder landenden Flugzeuge auf dem Rollfeld. In Hamburg buchte er eine umständliche Fahrt mit dem Zug in die Heimatstadt Christinas, nachdem er in einer Wechselstube seine Cedi, die er im Koffer deponiert hatte, eingetauscht hatte. Zu seiner freudigen Überraschung erhielt er wegen des etwas gestiegenen Wechselkurses sogar 95.- Euro mehr als dir 5900.-, die er Christina schuldete.

Als er endlich auf dem kleinen Bahnhof Schönfeldes ankam, war er einen ganzen Tag und fast eine Nacht unterwegs gewesen. In der kleinen Stadt fand er einen Gasthof, in dem er ein Einzelzimmer mietete. Obwohl er während des Fluges und der Zufahrt ein wenig geschlafen hatte, war er todmüde und fühlte sich wie zerschlagen. Gleichzeitig war er aufgekratzt und voll innerer Unruhe. Er fieberte der Begegnung mit Christina entgegen. Wie würde sie reagieren, wenn er so unverhofft vor ihr stand? Wie sollte sie verstehen, wer er war und was er getan hatte? Warum er sie getäuscht und belogen hatte? Er stellte sich an das Fenster des adretten kleinen Zimmers und schaute auf die belebte Straße hinunter. Es war Mittwochnachmittag, kurz vor Ostern, Ende März. Das Wetter hier in Deutschland war kalt, aber die Sonne schien und lockte die Menschen ins Freie. Mehdi entschloss sich, die Begegnung mit Christina nicht länger aufzuschieben. Er zog den Pullover an, den Aalia ihm auf dem Markt extra für diese Reise gekauft hatte, dazu die warme Jacke, die er zu Hause kaum einmal getragen hatte. Da er nicht wusste, wo die Straße lag, in der Christina wohnte, ließ er die freundliche dicke Wirtin des Gasthauses ein Taxi rufen, in der Hoffnung, dass es nicht allzu teuer werden würde.

Das Taxi hielt vor einem hübschen Haus in einer sauberen, gepflegten Straße. Hier also wohnte Christina; Mehdi erkannte das Haus von den Fotos wieder, die sie ihm geschickt hatte. Im Vorgarten blühte eine Unmenge gelber Blumen mit glockenähnlichen Blüten, deren Namen Mehdi nicht kannte. Die Büsche und Sträucher zeigten zwar schon kleine Knospen hier und da, trugen aber noch kein Laub. Wie grün wird das alles aussehen, wenn es Sommer ist, dachte Mehdi.

„Wir sind da", sagte der Taxifahrer, „hier ist die Nummer 12."

Mehdi verstand zwar nicht, was der Mann sagte, aber er begriff den Sinn der Worte. Es schaute auf das Taxameter: 9,80 Euro! So viel Geld für die kurze Fahrt von seiner Unterkunft bis hierher! Er fischte einen Zehn-Euro-Schein aus seiner Brieftasche, reichte sie dem Fahrer, sagte „Thank you" und stieg aus.

Jetzt, wo das Treffen mit der Frau, die er liebte, unmittelbar bevorstand, kamen ihm wieder Bedenken. Wenn sie nun gar nicht da war? Wenn etwa ihr Mann ihm öffnete? Wie sollte er erklären, wer er war und was er wollte? Seine Hand fuhr zu dem prall gefüllten Briefkuvert in der Innentasche seiner Jacke. Exakt 5900 Euro waren darin. Wenn sie nicht da sein sollte, würde er jedenfalls das Geld dalassen. Christina sollte wissen, dass er sie nicht betrogen hatte, selbst wenn er sie gar nicht zu Gesicht bekommen sollte. Fast wünschte er sich, er könnte gleich wieder gehen. Er könnte ja das Geld auch einfach in den Briefkasten stecken, der neben der Haustür angebracht war. Nein, er wollte, er musste sie sehen, die Frau, die er so liebte! Er musste sie wenigstens einmal in seinem Leben in Wirklichkeit sehen.

Sein Herz klopfte zum Zerspringen, als er die wenigen Meter zum Hauseingang zurücklegte. Seine Handflächen waren feucht und er wischte sie an seiner Hose ab, bevor er auf den Klingelknopf drückte. Er lauschte. Von drinnen hörte er Frauenstimmen. Schritte näherten sich, die Tür wurde geöffnet, und da stand sie! Mit einem Blick erfasste er ihre gesamte Gestalt. Wie klein und zart sie war! Sie trug einen braunen Pullover in derselben Farbe wie ihre Haare und eine beige Hose. Mit einem freundlich-fragenden Blick sahen ihre wunderbaren Augen ihn an.

„Ja? "

TEIL FÜNF

34

„Good afternoon. My name is Mehdi Kojo Magoro. I'm from Ghana. You know me as Dominic J. Anderson. How are you, Chrissie?"

Einen endlosen Augenblick lang starrte Christina Mehdi verständnislos an, dann gab sie einen hilflosen kleinen Seufzer von sich, verdrehte die Augen und sank in sich zusammen. Mit einem einzigen großen Schritt war er bei ihr und fing sie gerade noch auf, bevor sie auf der Türschwelle landete. Er hob sie auf seine Arme und trug sie ins Hausinnere. Wie leicht sie ist, fuhr es ihm durch den Kopf.

„Wer ist denn da?", rief eine Frauenstimme aus dem Raum, in dem Mehdi das Wohnzimmer vermutete.

„Can you help me, please?", rief er.

Die blonde Frau, die angelaufen kam, blieb abrupt stehen, als sie ihn mit Christina auf dem Arm im Flur stehen sah.

„Wer sind Sie denn?", schrie sie, „und was machen Sie mit meiner Freundin?"

„She fainted", sagte er, „sie ist ohnmächtig geworden. Wo kann ich sie hinlegen?"

Die Frau in dem karierten Männerhemd begriff schnell. Sie wies ihn an, näherzutreten, schloss die noch immer offenstehende Haustür und ging voraus ins Wohnzimmer. Mehdi orientierte sich kurz in dem großen, wunderschön eingerichteten Raum, dann trug er Christina zu der breiten Ledercouch und legte sie behutsam darauf nieder.

„You are Susanne, I'm right? Christina's girl-friend?", wandte er sich an die Frau. Susanne sah ihn verblüfft an. Dann antwortete sie auf Englisch: „Yes. And you are …? Und wer sind sie?"

„Vielleicht hat Christina Ihnen von mir erzählt. Ich bin Dominic Anderson, aber mein richtiger Name ist Mehdi Magoro.

Ich komme aus Ghana. Ich kenne Christina aus dem Internet."

Christina stieß einen kleinen Seufzer aus, ohne jedoch aus ihrer Ohnmacht zu erwachen. Susanne eilte zu ihr hin und kniete sich neben sie. „Christina, Mäuschen, wach auf!", rief sie ein ums andere Mal und klopfte ihr sanft auf die Wange. Christinas Augen blieben geschlossen. Susanne lief in die Küche und kehrte mit einem nassen Geschirrtuch zurück. „Aufwachen, Christina!" Sie faltete das Tuch und legte es ihrer Freundin auf die Stirn.

Da sehen Sie, was Sie angerichtet haben!", schimpfte sie. „Stehen hier einfach vor der Tür und sehen aus wie der Schwarze Mann persönlich! Kein Wunder, dass sie total weggetreten ist, die Arme. Als ob sie nicht schon genug mitgemacht hätte!"

Mehdi stand hilflos mit hängenden Armen da. Er verstand kein Wort von dem, was die wütende Frau sagte, konnte sich aber denken, dass es nicht gerade schmeichelhaft für ihn war. Er kramte das Geldkuvert aus seiner Jackentasche und legte es auf den Couchtisch.

„Sorry! I'm so sorry about that. Es tut mir so leid, was mit Christina passiert ist. Ich wollte sie nur einmal sehen und ihr das Geld zurückgeben, Susanne, verstehen Sie?"

Susanne verstand, was er sagte und nickte ihm zu. Sie wendete das Tuch auf Christinas Stirn und antwortete auf Englisch: „Am besten, Sie gehen jetzt. Wenn Christina Sie sehen will, wird sie sich bei Ihnen melden. Wo wohnen Sie hier in Schönfelde?"

„Im Gasthof ,Zur Schänke'. Bitte sagen Sie Christina, dass ich sie unbedingt sprechen möchte. Ich muss ihr so vieles erklären. Es tut mir alles so leid!"

Susanne nickte ihm zu. „Okay!"

„Sagen Sie ihr bitte, ich warte dort auf sie!"

Wieder nickte Susanne, dann wandte sie sich wieder ihrer immer noch ohnmächtigen Freundin zu. Mehdi stand noch einen Moment unschlüssig da, dann drehte er sich um und verließ das Haus. Das Taxi war weg, die Straße menschenleer. Er versuchte sich zu erinnern, durch welche Straßen das Taxi auf der Herfahrt gefahren war, und machte sich auf den Weg zurück zum Gasthaus. Zu Fuß, wie zu Hause in Accra.

35

Als Christina endlich aufwachte, wunderte sie sich, warum sie auf der Couch lag. Sie registrierte, dass Susanne neben ihr auf dem Teppich kniete und sie mit besorgtem Gesicht musterte. Irritiert sah sie ihre Freundin an. Dann fiel es ihr wieder ein: Der Mann an der Tür! Er hatte sie Chrissie genannt! Und gesagt, er sei Dominic Anderson! Abrupt setzte sie sich auf und schaute umher: Nirgends ein großer schwarzer Mann! Hatte sie geträumt?

„Was ist passiert?"

„Nur die Ruhe, Kleines! Du warst ein paar Minuten ohnmächtig. Kein Wunder, du musst ja einen Heidenschreck bekommen haben, als der Typ plötzlich vor dir stand."

„Der Typ?"

Susanne hob das Geschirrtuch auf, das bei der hektischen Bewegung Christinas heruntergefallen war, und faltete es zusammen. Sie stand vom Teppich auf und setzte sich auf die Couch. Prüfend sah sie Christina an.

„Geht es dir besser, Kleines? Du siehst immer noch sehr blass aus."

Christina strich sich eine Haarsträhne aus der Stirn. „Es geht mir gut. Wie lange war ich bewusstlos?"

„Nur ein paar Minuten." Susanne lachte auf. „Mann, du hast mir einen ganz schönen Schrecken eingejagt. Das war vielleicht ein Bild: Dieser große schwarze Mann mit dir auf den Armen, schlaff wie eine Puppe. Ich dachte, ich seh' nicht recht!"

„Also habe ich nicht geträumt. Da war ein Mann an der Tür, ein Schwarzafrikaner. Er sagte, er sei Dominic Anderson. Aber das war nicht sein richtiger Name. Den habe ich vergessen."

„Mehdi Magoro, oder so ähnlich. Er sagte er käme aus Ghana."

„Und der hat mich aufgefangen? Und hierhergelegt?"

„Ja, das hat er. Und ich soll dir ausrichten, dass er dich sprechen möchte. Er wohnt im Gasthof „Zur Schänke"."

In Christinas Kopf herrschte ein einziges Chaos. Was passierte hier? Der Mann, den sie als Dominic Anderson kannte, war ein Schwarzer? Nicht der sympathische, blauäugige Mann mit dem kleinen Jungen, den sie von den Fotos kannte? Sie konnte es nicht glauben. Aber er hatte sie Chrissie genannt, dieser Mann an der Tür! Nur Dominic hatte sie so genannt. Es war nicht zu fassen! Dominic war ein Schwarzer!

Aufgeregt sprang sie auf und lief im Raum hin und her.

„Erinnerst du dich noch, Sanne? Diese Polizistin, die mit uns gesprochen hat, hat sie nicht etwas gesagt von Westafrika? Dass diese Typen von dort kommen?"

Susanne hatte sich inzwischen auf der Couch zurückgelehnt und folgte Christina mit den Augen.

„Ja, das stimmt. Nigeria-Connection hat sie gesagt. Dort sollen kriminelle Organisationen von diesen Romance-Scammern existieren. Der Mann sagte, er käme aus Ghana. Das liegt, soweit ich weiß, in Westafrika, gleich neben Nigeria."

„Aus Ghana, hat er gesagt? Hat er sonst noch etwas gesagt?"

Christina war stehengeblieben und sah Susanne gespannt an.

„Er sagte, er möchte dich gerne sehen, um dir alles zu erklären. Und dass es ihm leidtäte."

„Ach!" Christina setzte sich neben ihre Freundin. „Glaubst du, das war wirklich mein Dominic, Sanne?"

„Sieht ganz so aus, Süße."

„Aber warum? Wenn er wirklich solch ein Scammer ist, warum kommt er dann hierher? Er kann doch zufrieden sein, er hat bekommen, was er wollte: Das Geld."

Susanne wies auf den Umschlag, den Mehdi auf den Tisch gelegt hatte.

„Sieh mal, vielleicht ist das die Erklärung. Er hat dieses Kuvert hier auf den Tisch gelegt."

Ungläubig nahm Christina den Umschlag in die Hand. In sauberer, exakter Handschrift stand darauf ihr Name zu lesen: Christina Wegner.

„Das hat er hiergelassen?", vergewisserte sie sich.

„Ja. Nun mach schon auf und guck nach, was darin ist."

Susanne konnte es kaum erwarten zu sehen, was der seltsame Mann mitgebracht hatte.

Mit bebenden Händen öffnete Christina den Umschlag und schüttete den Inhalt auf den Tisch. Lauter Hundert- und Fünfzigeuroscheine fielen auf die Holzplatte. Sprachlos starrten die beiden Frauen auf das Geld.

Susanne fasste sich als Erste. „Er hat dir dein Geld zurückgebracht! Unglaublich!"

Christine ließ sich wieder auf das Sofa fallen. Das konnte doch unmöglich wahr sein? Hatte sie sich also geirrt in ihrem Chatpartner, als sie endlich akzeptiert hatte, dass er sie betrogen hatte? Hatte doch der Teil ihres Herzens Recht gehabt, der trotz aller Gegenbeweise immer noch geglaubt hatte, er habe sie geliebt und sei ehrlich?

„Ich glaube das alles nicht, Sanne!"

Selbst der resoluten und nie um ein Wort verlegenen Susanne hatte es die Rede verschlagen. Wie war das alles zu erklären?

Christina fing an, die Scheine zu ordnen. Schnell hatte sie Häufchen aus Hunderten und Fünfzigern aufgereiht, so dass sich das Geld leicht zählen ließ.

„Ja", sagte sie, „es sind genau 5900 Euro. Exakt die Summe, die ich überwiesen habe." Sie schüttelte ratlos den Kopf. „Wie, sagtest du, heißt er?"

„Mehdi Magoro, wenn ich ihn richtig verstanden habe."

„Und wo ist er jetzt?"

„Er sagte, er wohnt im Gasthaus ‚Zur Schänke'.

Christina nickte. „Ich kenne das Haus. Es liegt in der Nähe der Fußgängerzone in der Stadtmitte. Die haben dort ein paar preiswerte Fremdenzimmer."

Beide Frauen schwiegen einen Moment nachdenklich, vertieft in den Anblick der Geldscheine auf den Tisch.

Schließlich stand Susanne auf.

„Okay. Komm, Christina, lass uns gleich zur Polizei gehen. Sie soll sich den Typen einmal vorknöpfen. Immerhin hat er einen falschen Namen benutzt und dir Gott weiß was vorgemacht."

Christina sprang auf. „Nein, bitte nicht, Sanne! Das möchte ich nicht. Die wollen dann nur alle Einzelheiten wissen und das will ich nicht. Außerdem hat er mich nicht betrogen. Er hat das Geld ja zurückgebracht."

Susanne hob resigniert die Hände.

„Okay. Du hast Recht. Lassen wir die ganze Sache auf sich beruhen."

36

Mehdi machte sich schwere Vorwürfe. Wie hatte er Christina nur so überfallen können? Er hätte sich doch denken können, wie sie auf sein unverhofftes Erscheinen reagieren würde. Sie hätte allenfalls den Amerikaner erwarten können, nicht aber einen Schwarzafrikaner wie ihn. Kein Wunder, dass sie in Ohnmacht gefallen war! Wenn sie nun irgendeinen Schaden davongetragen hatte? Wie leicht ihr zarter Körper gewesen war! Das liebe Gesicht totenblass! Wie hatte er ihr das nur antun können!

Innerlich vollkommen aufgewühlt, achtete Mehdi kaum darauf, wohin er ging. Das ärgerliche Hupen eines Fahrzeugs rief ihn in die Wirklichkeit zurück. Er registrierte, dass er sich mitten auf der Fahrbahn befand. Hinter ihm fuhr ein orangefarbenes Müllauto, dessen Fahrer ihm bedeutete, er solle zur Seite gehen. Erst jetzt fielen Mehdi die gelben Plastiksäcke auf, die überall am Straßenrand säuberlich aufgereiht neben schwarzen Mülltonnen lagen. Der in gelbe Arbeitskleidung gehüllte Mann, der auf dem Trittbrett am hinteren Teil des Fahrzeugs balancierte, sprang behände ab und warf die offenbar sehr leichten Säcke auf die geöffnete Ladefläche des Wagens. In den gelben Plastikbehältern befanden sich anscheinend nur die Verpackungen von irgendwelchen Waren. Gleich hinter dem orangefarbenen Müllfahrzeug kam ein graues, das mit einem metallenen Gelenkarm die exakt am Straßenrand ausgerichteten schwarzen Mülltonnen packte, sie hochhob und auf die offene Ladefläche entleerte. Der Mann hinter dem Steuer brauchte dazu nicht einmal auszusteigen. Nicht ohne Faszination beobachtete Mehdi diese effiziente Art der Müllentsorgung. Als er in die Einfahrt eines der hübschen Häuser hineinsah, entdeckte er hinter einem begrünten Bretterverschlag weitere Mülltonnen: eine braune und eine blaue. Offenbar sortierten die gewissenhaften Deutschen ihren Müll entsprechend der Materialien, die danach sicher wiederverwendet wurden. Deshalb sah man in den Straßen auch keinen Abfall, alles war sauber und ordentlich. Wenn doch in Accra die Straßen auch so aussähen, dachte Mehdi.

Als er das Wohngebiet hinter sich gelassen hatte, kam er an eine breite Straße, die, wie er sich von der Taxifahrt her erinnerte, in den Stadtkern führte. Es herrschte reger Verkehr auf dieser Straße, der aber ohne Gehupe oder Gedränge vor sich ging. Für Fußgänger und Radfahrer waren auf beiden Straßenseiten Extrawege angelegt worden. Staunend beobachtete Mehdi die vorbeifahrenden Autos. Sie schienen alle nagelneu zu sein. Keines hatte Kratzer oder Beulen, kaum eines zeigte Spuren von Schmutz. Die Autos, Lastwagen, Motorräder und Mopeds rollten ohne Behinderungen dahin, an den Kreuzungen regelten

Ampeln den Verkehr, sodass nur geringe Wartezeiten entstanden. Als Mehdi sich der Stadtmitte näherte, kam er an einem Supermarkt vorbei, in dessen Eingangsbereich ein Blumenhändler seine üppige Pracht ausgebreitet hatte. Jetzt zu Ostern kauften die Menschen hier wohl vor allem die wunderschön dekorierten Blumenarrangements in zumeist gelben Farben. Mehdi staunte über die farbigen Eier, die überall angeboten wurden.

Er gelangte schließlich in den Innenstadtbereich, in dem keine Autos mehr fahren durften, wie er an den Schildern sah. Hier herrschte reger Fußgängerverkehr. Viele Menschen spazierten durch die Straßen, betrachteten die üppig ausgestatteten Schaufensterauslagen oder stöberten in den draußen ausgestellten Waren herum. Es gab keine Straßenhändler und keine Bettler. Das Wetter war für Mehdis Begriffe kalt, aber die Sonne schien und wärmte die Luft. Viele Leute hatten ihre Jacken geöffnet, anscheinend empfanden sie die Kälte nicht so wie er.

Vor einem Café saßen die Besucher im Freien und genossen die Sonne. Sie hatten sich Decken über die Knie gelegt und ein elektrischer Heizstrahler sorgte für zusätzliche Wärme. Das musste das Café sein, von dem Christina erzählt hatte. Ihr Lieblingsplatz, wo sie gerne saß und die Menschen beobachtete, erinnerte sich Mehdi. Einen Moment überlegte er, ob er sich nicht auch dort hinsetzen und einen Kaffee trinken sollte, aber dann fiel sein Blick auf ein nicht weit entferntes McDonald-Schild, und plötzlich spürte er, wie hungrig er war. Wann hatte er zuletzt etwas gegessen? Er konnte sich nicht erinnern.

Eilig betrat er das Schnellrestaurant und bestellte sich zwei Cheeseburger und eine Portion Pommes frites sowie einen großen Becher Cola. Heißhungrig verschlang er die Burger und spülte mit dem eisgekühlten Getränk nach. Als er alles aufgegessen hatte, fühlte er sich besser.

Beim Verlassen des Imbisses versuchte er sich zu orientieren, um zu seiner Herberge zurückzukehren. Was, wenn Christina inzwischen versucht hatte, ihn zu erreichen? Vielleicht rief sie ja in dem Gasthof an? Plötzlich hatte er es eilig heimzukommen. Am Ende der Fußgängerzone angelangt, entdeckte er seinen Gasthof, der nicht weit entfernt an der hier wieder von Autos befahrenen Straße lag. Voller Spannung fragte er die Wirtin, ob jemand für ihn dagewesen sei oder angerufen habe. Sie verneinte kopfschüttelnd. Er versuchte, sich seine Enttäuschung nicht anmerken zu lassen und bedankte sich lächelnd.

In seinem Zimmer warf er sich auf das weißbezogene Bett und starrte zur Decke. Natürlich, es waren ja kaum zwei Stunden vergangen seit seinem Besuch bei ihr. Sie brauchte bestimmt Zeit, sich von dem Schock zu erholen. Ob sie sich über das Geld gefreut hatte? Immerhin würde es ihr zeigen, dass er sie nicht betrogen hatte. Aber was würde sie über seine falsche Identität denken? Er musste ihr alles in Ruhe erklären. Und wenn sie sich nun gar nicht bei ihm meldete? Schließlich war er ja ein Fremder für sie. Warum sollte sie ein Treffen mit ihm überhaupt wollen? Vielleicht war ihr die online-Beziehung gar nicht so wichtig gewesen? Und da sie jetzt, wie sie es erwartet hatte, das Geld zurückerhalten hatte: Welchen Grund sollte sie haben, mit ihm, Mehdi, überhaupt zu sprechen? Aber nein, so war Christina nicht. Sie hatte ihn auch geliebt, so wie er sie. Das konnte sie nicht vergessen haben. Er rief sich ins Gedächtnis, was sie geschrieben hatte nach der Nacht, in der sie den online-Sex miteinander geteilt hatten. Er erinnerte sich noch genau an ihre Worte. *Ich habe mich begehrt und geliebt gefühlt*, hatte sie geschrieben*, ich wünsche mir nichts mehr, als solch eine wunderbare Liebesnacht mit dir in Wirklichkeit zu erleben.* Und dann*: Ich liebe dich, Dominic!* Er sprang auf und lief im Zimmer hin und her. Zerrissen zwischen Hoffnung und Furcht, gelang es ihm nicht, sich zu beruhigen. Abwarten, ermahnte er sich, gib ihr etwas Zeit, sich an den Gedanken zu gewöhnen, dass ihr Dominic etwas anders aussieht, als sie es sich vorgestellt hatte. Wie hatte er selbst es noch so klug ausgedrückt? Es ist nicht dein Körper, den ich liebe, sondern deine Seele.

Aber wenn der Körper dann ein ganz anderer war, als

man dachte? Wie hätte er reagiert, wenn sich herausgestellt hätte, dass Christina aussah wie, sagen wir, die dicke Wirtsfrau seiner Herberge? Plötzlich kam ihm die ganze Reise unsinnig vor. Was hatte er sich nur eingebildet! Hatte er geglaubt, sie würde ihm um den Hals fallen und glücklich sein, ihn zu sehen? Ganz abgesehen davon, dass sie verheiratet war, erwachsene Kinder und sogar Enkel hatte. Wozu sollte er noch länger warten? Am besten wäre es, er würde sofort wieder abreisen.

In diesem Augenblick klingelte das Telefon auf dem Tischchen neben seinem Bett. Mehdi erschrak fürchterlich! Sein Puls raste, er vergaß zu atmen und starrte den Apparat sekundenlang an, ohne sich zu rühren. Das war sie! Sie rief an!

Der Apparat klingelte und klingelte. Endlich kam Bewegung in Mehdi. Er atmete ein paar Mal tief ein und aus, um sein wild pochendes Herz zu beruhigen, dann nahm er vorsichtig den Hörer des altmodischen Telefons auf.

„Hello?"

„It's me, Christina. Am I speaking with Mr. ... Magoro? (Hier ist Christina. Sprehe ich mit Herrn ... Magoro?)" Ihre Stimme! Wie süß und zart ihre Stimme klang! Und dieser entzückende Akzent!

"Yes, I'm here, my dear." Mehdi zitterte am ganzen Körper vor Aufregung. Er setzte sich auf das Bett und lauschte angestrengt ich den Hörer.

„Ich danke Ihnen für das Geld. Es ist nett, dass Sie es mir persönlich gebracht haben, Herr Magoro."

Wie förmlich sie klang!

„Ich entschuldige mich, dass ich so unverhofft bei dir aufgetaucht bin, Christina. Es tut mir so leid, dass du das Bewusstsein verloren hast. Wie geht es dir jetzt?"

Eine Pause entstand. Er hörte, wie sie atmete.

„Es geht mir gut. Es war nichts Ernstes. Ich war nur so überrascht ..."

„Ja, das kann ich mir vorstellen, Liebes. Ich bin nicht der, den du von den Fotos her kennst. Außerdem bin ich schwarz ..."

Ihre Stimme unterbrach ihn.

„Es ist nicht, weil du schwarz bist. Du bist ein anderer. Ich weiß nicht, was ich davon halten soll."

„Bitte, Chrissie, ich möchte es dir so gerne erklären. Es ist kompliziert. Können wir uns nicht sehen?"

Er hielt die Luft an, während er auf ihre Antwort wartete. Endlich hörte er ihre Stimme wieder.

„Okay. Ich komme morgen Vormittag zum Gasthof ‚Zur Schänke'. Um halb zehn bin ich dort. Dann können wir uns über alles unterhalten."

„Oh, ich danke dir, my dearest" Unwillkürlich benutzte er die gleichen Koseworte wie während des chattings. „Ich bin so glücklich, dich endlich zu treffen, my love."

Wieder eine lange Pause. Dann: „Goodbye! See you tomorrow!"

"Goodbye, my love!", sagte er und legte den Hörer vorsichtig auf die Gabel, als wäre er eine ungeheure Kostbarkeit. Dann sprang er auf, warf die Arme in die Luft und tanzte im Zimmer umher. Sie kommt, jubelte er innerlich, sie kommt zu mir!

37

„Du willst dich also wirklich mit ihm treffen?"

Christina schob den Toast auf ihrem Frühstücksbrettchen hin und her. Sie hatte nicht den geringsten Appetit.

„Ja, Sanne! Bitte, versteh das doch! Ich muss wissen, was das alles bedeutet."

Sie konnte Susanne nicht sagen, wie sehr das kurze Telefongespräch mit dem Mann, den sie in Gedanken immer noch Dominic nannte, sie aufgewühlt hatte. Allein seine Stimme! Dunkel und weich, wie Samt! Und wie er ‚my dearest' sagte! Alle die Gefühle, die sie während der Beziehung mit ihm empfunden hatte und die sie mit aller Kraft zu verdrängen versuchte, waren auf einen Schlag wieder da. Wie war das nur möglich!

In der Nacht, als sie sich schlaflos hin und her gewälzt hatte, war die Erinnerung an die aufregenden Wochen mit ihm wieder lebendig geworden, die Erinnerung an sein nicht müde werdendes Interesse an ihr, seine Aufmerksamkeit, seine Zärtlichkeit. Wenn sie sich vorstellte, dass es dieser Mann mit der schwarzen Hautfarbe war, der all die liebevollen Worte geschrieben hatte, empfand sie kein Unbehagen, sondern nur ungläubiges Staunen. Also nicht der blauäugige Amerikaner, sondern dieser dunkle Afrikaner hatte in ihr diese intensiven Gefühle geweckt, die sie nicht vergessen konnte.

Völlig geistesabwesend erledigte sie die morgendlichen Aufräumarbeiten, während sie überlegte, was sie zu dem Treffen anziehen sollte. Wie ein Teenager beim ersten Rendezvous, dachte sie in einem Anflug von Selbstironie, als sie vor dem geöffneten Kleiderschrank stand. Da das Wetter draußen frühlingshaft freundlich war, entschied sie sich für einen leichten hellgelben Pulli und eine schwarze Jeans zu ihrem kurzen roten Stoffmantel. Als sie ihr Spiegelbild prüfte, registrierte sie kritisch die grauen Fäden in ihren Haaren und die Fältchen um die Augen herum. Na und, dachte sie trotzig, schließlich bin ich nicht mehr jung. Sie lächelte sich Mut zu und versuchte das aufgeregte Schlagen ihres Herzens zu ignorieren.

„Ich geh dann", rief sie Susanne zu, die im Wohnzimmer herumwerkelte. Sie zog den Mantel an und griff zu ihrer Handtasche.

„Warte mal einen Moment!" Susanne kam in die Diele und trat zu ihr. „Christina, sei vorsichtig! Du kennst diesen Mann nicht."

Mit ungewohntem Ernst sah Susanne sie an, umarmte sie und drückte sie kurz an sich. Doch, ich kenne ihn, dachte Christina. Sie lächelte ihrer Freundin beruhigend zu, nahm ihre Autoschlüssel und machte sich auf den Weg.

Im Frühstücksraum des Gasthofs ‚Zur Schänke' staunte Mehdi über die Art der Morgenmahlzeit, die die Deutschen, wie es schien, gewöhnt waren. Während zu Hause am Morgen nur Wasser getrunken und, wenn man wollte, etwas von den Resten der vorangegangenen Abendmahlzeit kalt gegessen wurde, gab es hier ein reiches Angebot an Getränken, Broten, Käse- und Wurstsorten, dazu Marmelade, Honig, gekochte Eier und, was ihn am meisten erstaunte, verschiedene Sorten Getreidekörner, die man mit Joghurt oder Quark mischen konnte. Mehdi nahm sich einen Orangensaft und probierte eins von den runden kleinen Broten. Er hatte keinen großen Appetit, dazu war seine innere Unruhe viel zu groß. Alle zwei Minuten schaute er auf seine Armbanduhr. Er konnte es kaum erwarten, endlich die Frau, die er liebte, in die Arme zu schließen. Aber natürlich würde es das nicht tun, wenn sie kam, ermahnte er sich, er wollte sie ja nicht noch einmal erschrecken.

Ungeduldig spähte er durch die offene Tür des Speiseraums in den Empfangsbereich des Gasthauses. Dann endlich sah er sie! Sie stand an dem Tresen und sprach mit der Wirtin. Offenbar fragte sie nach ihm, denn die Wirtin wies in Richtung Frühstücksraum. Mehdi stand auf und sah Christina entgegen. Einen Augenblick lang blieb sie in der Tür stehen. Dann trafen sich ihre Blicke. Für eine Sekunde schien die Welt stillzustehen. Dann lächelte sie. Mehdi war es, als ginge die Sonne auf. Mit ein paar großen Schritten war er bei ihr.

„Good morning, Chrissie!", sagte er und reichte ihr die Hand. Wie klein ihre Rechte in der seinen lag, kaum größer als die Hand eines Kindes! Eine Welle von Zärtlichkeit überflutete sein Inneres. Am liebsten hätte er ihre schmale Gestalt augenblicklich an sich gezogen und ihr Gesicht mit tausend Küssen bedeckt.

Christina erwiderte seinen Gruß auf Englisch. Wie er strahlte! Er schien sich sehr darüber zu freuen, sie zu sehen. Sie musste zu ihm aufsehen, er überragte sie um Haupteslänge. Sie kam sich winzig neben ihm vor. Ob er ihre Hand wohl irgendwann loslassen würde?

„You are Mr. Magoro?", fragte sie überflüssigerweise.

Endlich gab er ihre Hand frei.

„Yes. I am Mehdi Magoro. Shall we take a seat? (Sollen wir uns setzen?)", fragte er. Mehdi versuchte sich zu sammeln. Er sah sich in dem Raum um. Nur noch ein älteres Paar saß beim Frühstück. Er wies auf einen leeren Tisch, half Christina aus dem Mantel und rückte ihr einen Stuhl zurecht. Er fühlte, dass er immer noch lächelte, konnte aber nicht aufhören damit. Er konnte es kaum fassen, endlich die Frau, die seit Wochen seine Gedanken beherrschte, so nah vor sich zu sehen.

Christina nutzte die Zeit, die nötig war, den Mantel auszuziehen und sich an dem Tisch niederzulassen, um ihr heftig klopfendes Herz zu beruhigen. Das also war er, ihr „Dominic". Dunkel und groß. Schlank und gutaussehend. Eine beeindruckende Erscheinung. Der dunkelgrüne Rollkragenpullover stand ihm gut, fand sie. Ob er irgendwann aufhören würde mit diesem selbstvergessenen Lächeln?

Mehdi setzte sich ihr gegenüber und sah sie an. Wie schön sie war! Diese wundervollen Augen! Diese zarte helle Haut! In seiner Lebendigkeit war ihr Gesicht noch tausendmal schöner als auf den Fotos, fand er.

„Würdest du mich bitte nicht Mr. Magoro nennen? Please call me Mehdi, Chrissie!"

Christina lächelte erleichtert. Gott sei Dank, er verstand es, die Situation zu entspannen.

„Natürlich. Also nenne ich dich Mehdi."

„Möchtest du vielleicht etwas trinken, Chrissie? Ich bin sicher, du kannst hier einen Kaffee oder Tee bekommen."

„Das wäre nett. Einen Kaffee hätte ich gerne."

Diensteifrig stand er auf, um ihr vom Bufett das Gewünschte zu holen. Sie folgte ihm mit den Augen. Mit geschickten Händen füllte er eine Tasse mit Kaffee, stellte sie auf eine Untertasse und balancierte sie zu ihrem Platz. Dann holte er Milch und Zucker und stellte alles vor Christina auf den Tisch. Für sich selbst brachte er ein Glas Wasser mit.

Dankbar, ihre Hände beschäftigen zu können, bereitete sie ihren Kaffee zu. Während sie das heiße Getränk in kleinen Schlucken trank, betrachtete sie ihr Gegenüber verstohlen. Was für ein sympathisches Gesicht! Über der hohen kantigen Stirn kräuselten sich die winzigen Löckchen des Kraushaars, das an den Schläfen schon deutlich mit Grau durchsetzt war. Die Augen, deren schwarzbraune Iris sich kaum von der Pupille unterscheiden ließ, waren von einem Kranz erstaunlich langer gebogener Wimpern umrandet, was seinem Blick etwas Kindliches verlieh. Die breite Nase und der große Mund mit den vollen Lippen gaben dem schmalen Gesicht etwas Weiches, das kräftige runde Kinn und die wohlgeformten kleinen Ohren vervollständigten es in passender Weise. Das Dunkelbraun der Haut ging an den Stellen, an denen sich kleine Falten gebildet hatten, fast ins Schwarze über, so dass das Weiße der Augäpfel und besonders die etwas unregelmäßigen weißen Zähne einen lebhaften Kontrast in dem dunklen Gesicht bildeten. Wie gut er aussieht, dachte Christina, ungewohnt, aber richtig gut.

Mehdi ließ die Begutachtung geduldig über sich ergehen. Sollte sie ihn doch ruhig gründlich ansehen. Immerhin war sein Gesicht ja neu für sie und nicht vertraut, so wie ihres für ihn. Als er nach einer Weile aufblickte und sie direkt ansah, senkte sie wie ertappt die Lider. Oh Gott, wie süß sie war! Wenn sie lächelte, entstanden in ihren Wangen zwei niedliche Grübchen, die ihrem Gesicht etwas besonders Entzückendes gaben. Er konnte sich nicht sattsehen an ihr. Der gelbe Pullover passte wunderbar zu ihren braunen Haaren und den so schönen hellbraunen Augen. Noch nie hatte er solch sprechende Augen gesehen. Es war, als könne er durch sie direkt in ihre Seele blicken.

Christina wurde unruhig unter seinem Blick. Wie konnte er sie so ansehen? So voller Bewunderung und, ja, sie konnte es nicht anders deuten, so voller Liebe?

Sie hatte ihren Kaffee ausgetrunken. Das ältere Paar war gegangen. Sie schaute sich unbehaglich in dem nun leeren Raum um. Die Wirtin stand ungeduldig in der Tür. Die Frühstückszeit war längst vorbei und sie wartete darauf, dass sie gingen. Christina musste die Initiative ergreifen.

„Möchtest du mit mir einen kleinen Ausflug machen? Damit wir miteinander reden können und du mir erklären kannst, was geschehen ist?", fragte sie.

„Oh, das wäre wunderbar, dear!"

38

Christina musste den Beifahrersitz ihres Twingos vollständig nach hinten schieben, damit die langen Beine ihres Mitfahrers in das kleine Auto passten. Sie hatte das Gefühl, als sei das Fahrzeug plötzlich geschrumpft. Das amüsierte Grinsen Mehdis, als er sich hineinzwängte, ließ sie unkommentiert. Sie liebte ihren Kleinwagen, und es war ihr egal, was andere darüber dachten.

Mehdi strich liebevoll über das Armaturenbrett des niedlichen Autos, das so gut zu Christina passte, und dessen tadelloser roter Lack genau der Farbe ihres Mantels entsprach. Er fühlte sich unsagbar glücklich. Es war, als ob seine kühnsten Träume wahr geworden wären. Er saß hier, in diesem hübschen kleinen Fahrzeug, am Steuer seine geliebte Chrissie, und fuhr mit ihr durch eine Landschaft, die er von ihren Erzählungen her kannte. Er sah Felder mit noch kurzen grünen Halmen, von denen er annahm, dass es Getreide war, braune, sorgfältig bearbeitete Ackerflächen, die bereitlagen, die für sie vorgesehene Saat aufzunehmen, und Reihen mit riesigen Bäumen, jetzt zwar noch ohne Laub, deren gewaltige Kronen im Sommer sattes Grün tragen würden. Das fruchtbare flache Land breitete sich großzügig vor seinen Augen aus, durchzogen von geteerten oder asphaltierten Straßen und schmalen Wasserläufen. Gelegentlich gewahrte er ein kleines Dorf oder ein einzelnes Gehöft.

Je weiter sie nach Norden kamen, desto karger wurde die Vegetation. Nun gab es vor allem grüne Wiesen, auf denen hier und da schwarz-weiß-gefleckte Rinder grasten, tiefe Gräben, in denen das Wasser bis zum Rand stand, und niedrige Baumreihen, deren zerzaust wirkender Bewuchs sich in die vom Wind abgewandte Richtung neigte. Mehdi fielen die zahlreichen Windräder auf, die in größeren Gruppen ihre mächtigen Flügel in der kräftigen Brise drehten. Energie aus der Kraft des Windes zu gewinnen: Was für eine wunderbare Idee! Er hatte von der Möglichkeit, aus Wasser, Sonne und Wind Strom zu gewinnen, gehört, aber noch nie ihre praktische Umsetzung gesehen. Warum nutzte Ghana nicht auch die Kräfte der Natur? Die Hitze in der Trockenzeit: Könnte man sie nicht für die Sonnenenergie nutzen? Und den kräftigen Harmattan für Windräder?

Die Stimme Christinas riss ihn aus seinen Überlegungen.

„Bitte, erzähl mir von dir, Mehdi. Ich weiß gar nichts über dich. Hast du Familie? Bist du verheiratet? Was für einen Beruf übst du aus?"

Christina hatte, nachdem sie Schönfelde verlassen hatten, kurzerhand entschieden, Richtung Norden zu fahren, an die Küste. Auf die Frage, ob ihm das recht sei, hatte der Mann neben ihr nur „Oh yes, my dear", gesagt und sie angelächelt. Nun saß er schon eine ganze Weile neben ihr, blickte aus dem Fenster hinaus und schwieg. Hin und wieder warf er ihr einen Seitenblick zu, wie um sich zu vergewissern, dass sie tatsächlich da war.

Ihre Frage schien ihn von weit her zu holen.

„Yes, of course, my dear", sagte er und fing an zu erzählen, zuerst stockend und nach Worten suchend, dann immer fließender. Sie hatte keine Mühe, sein Englisch zu verstehen, obwohl die Art, wie er manche Wörter aussprach, in ihren Ohren fremd klang. Sie erfuhr, dass er Witwer war, vier Kinder hatte und mit seiner Mutter in einem Haushalt lebte. Er sei Automechaniker und arbeite in einer noch neuen Autowerkstatt in Accra, erzählte er. Sie fragte nach dem Namen und dem Alter seiner Kinder und bemerkte, wie seine Stimme weich wurde, als er jedes einzelne von ihnen beschrieb und charakterisierte. Als sie ihn bat, von seiner Heimatstadt zu erzählen, entstand vor ihrem inneren Auge das Bild einer afrikanischen Großstadt voller Leben und Umtriebigkeit, aber auch voller Widersprüche. Mehdi schilderte ihr, wie ehrgeizig die Hauptstadt Ghanas sich bemühte, sich dem westlichen Standard von Lebensqualität und Wirtschaftlichkeit anzunähern, wie aber auf der anderen Seite ein großer Anteil der Bevölkerung nach wie vor unter bitterster Armut zu leiden hatte.

„Du lebst hier in einem wunderbaren Land, Chrissie", sagte er, „alles hier ist schön und reich und geordnet. Du bist zu beneiden."

Inzwischen waren sie von der Autobahn abgebogen und fuhren die kurvenreichen Sträßchen entlang, die zu den Nordseebädern führten. Es herrschte reger Verkehr. Viele Osterausflügler, vor allem aus dem Ruhrgebiet, wie Christina an den Nummernschildern der Autos erkannte, suchten Erholung an der Nordseeküste. Aus Gewohnheit war sie nach Horumersiel gefahren; hier kannte sie sich aus. Sie parkte ihren Twingo auf dem großen zentralen Parkplatz im Ort, wo sie in der hintersten Ecke noch ein Plätzchen fanden.

„Ihr müsst bezahlen dafür, dass das Auto hier stehen darf?", wunderte Mehdi sich, als Christina ein Parkticket aus dem Automaten zog.

„Ja", erwiderte sie lachend. „Du siehst, hier ist alles bestens organisiert, aber leider ist nichts umsonst."

Als sie auf dem Deich angekommen waren und ein Tagesticket an der dem Kartenhäuschen kauften, wunderte Mehdi sich abermals.

„Ihr müsst auch bezahlen, wenn ihr ans Meer wollt?", fragte er ungläubig.

„Ja", antwortete Christina, „dafür wird der Strand aber auch gepflegt und gewartet, wie du siehst." Mehdi musste an die völlig verdreckten und zugemüllten Strände Accras denken. Nur für die Touristen wurde abgegrenzte Bereiche instandgehalten. Was für ein Unterschied!

Staunend folgte er Christina über die gleichmäßig grüne Rasenfläche zur befestigten Strandpromenade.

„Und wo ist das Meer?", fragte er, als er über die weite Wattfläche schaute.

Christina lachte. „Ich habe dir doch geschrieben, das Wasser kommt und geht. Das nennt man Ebbe und Flut. Gerade ist Ebbe, dann ist das Meer weit weg. Siehst du, dort ganz hinten, das ist die Nordsee. Da, ganz klein, fährt ein Dampfer, siehst du?"

Mehdi folgte ihrem Finger und beschattete seine Augen gegen die schrägstehende Sonne. „Tatsächlich", meinte er, „und wann kommt das Wasser wieder?"

Christina lächelte. Sie war überrascht, wieviel Freude es ihr bereitete, dem Mann aus Afrika die Besonderheiten ihrer norddeutschen Heimat zu erklären.

„Es dauert immer sechs Stunden, bis das Wasser wieder da ist. Du wirst schon sehen. Es läuft gerade wieder auf." Sie fasste seinen Arm. „Komm, lass uns über den Deich gehen. Ein Stück weiter gibt es auch einen Sandstrand."

„Was sind das für kleine Häuschen, die hier überall herumstehen", fragte er verständnislos.

Wieder musste Christina lachen. „Ja, so etwas gibt es bei euch sicher nicht, das glaube ich. Man nennt sie Strandkörbe. Du siehst, man kann in ihnen sitzen oder liegen, man kann die Sachen, die man dabeihat, in ihnen unterbringen, und sie bieten Schatten, wenn die Sonne zu heiß ist im Sommer."

Mehdi konnte sich nicht vorstellen, dass die schwächliche Sonne, die am Himmel stand, jemals zu heiß sein sollte. Trotz des freundlichen Frühlingswetters blies ein kühler frischer Nordwestwind und er zog fröstelnd die Schultern hoch.

Auch Christina schlug den Kragen ihres Mantels hoch. Sie war versucht, sich bei ihrem Begleiter einzuhaken, aber dann erschien ihr diese Geste doch zu vertraulich. Eine Weile gingen sie schweigend nebeneinander her. Wie ein déjà vu erinnerte die Situation Christina daran, wie sie vor ein paar Tagen mit Stefan hier gegangen war. Schnell schob sie den Gedanken beiseite. Sie wollte jetzt nicht an ihn denken.

„Mehdi?"

„Yes, my dear?"

Wenn er nur aufhören wollte mit seinem „my dear", dachte sie. Jedes Mal gab es ihr einen Stich und sie musste an die Liebeserklärungen denken, die er ihr während des Chattens gemacht hatte.

„Bitte erzähle mir, wie bist du darauf gekommen, dich als Dominic J. Anderson auszugeben?"

Mehdi zuckte innerlich zusammen. Da war sie, die Frage, die er so gefürchtet hatte! Er musste ihr jetzt die Wahrheit sagen. Wenn es nur nicht so schrecklich schwer wäre!

„I'm so sorry, my dear, bitte glaube mir. Es tut mir so leid! Ich wollte dich nicht verletzen. Ich habe dich belogen und betrogen, dass ist unverzeihlich. Ich bitte dich um Entschuldigung dafür, mein Liebes."

Er wagte kaum, Christina anzusehen. Wie rührend sie dastand! Die Hände tief in den Taschen ihres Mantels vergraben, die Haare vom Wind zerzaust und in den schönen Augen dieser schmerzliche Ausdruck! Wenn er sie doch nur in die Arme nehmen, sie fest an sich drücken und ihr tröstend über den Rücken streichen dürfte!

Der fragende Blick ihrer Augen ließ ihn nicht los. „Bitte, erkläre es mir, Mehdi", forderte sie.

Wieder ein déjá vu, durchfuhr es Christina. Genau dasselbe hatte Stefan von ihr verlangt!

Mehdi zog die Brauen zusammen und suchte mit den Augen den Dampfer, der langsam am Horizont entlang zog. Dann fing er an zu erzählen. Er erzählte von seiner Arbeitslosigkeit, von dem fehlenden Geld und seinen Sorgen um die Zukunft der Kinder. Er berichtete von seinem Vetter Abdi und der Verlockung, das große Geld zu machen. Er ließ nichts aus: Weder die zynische Planung des Vorgehens, noch seinen eigenen Beitrag am Gelingen der vorgetäuschten Identität. Während sie langsam nebeneinander über den Deich wanderten, schilderte er, welche infamen Tricks die Betrüger anwendeten und welche er selbst benutzt hatte. Hin und wieder warf er einen scheuen Seitenblick auf Christinas Gesicht, ohne jedoch erkennen zu können, was sie dachte. Sie hörte stumm zu, ohne ihn zu unterbrechen. Als er geendet hatte, schwieg sie eine lange Zeit, eine Zeit, die ihm vorkam wie eine Ewigkeit. Sein Herz bebte vor Angst, sie könnte sich einfach umdrehen und ihn hier und jetzt stehen lassen. Verdient hatte er es. Wie hatte er nur denken können, sie würde ihm jemals verzeihen können!

Christina war nicht überrascht von dem, was Mehdi ihr erzählte. Es deckte sich alles mit dem, was sie von der Kommissarin auf dem Polizeirevier erfahren hatte. Genauso hatte die Polizistin das Vorgehen der Romance Scammer beschrieben. Es war kein Trost, dass sie nicht die Einzige gewesen war, die auf diese Betrugsmasche hereingefallen war.

Aber warum war Mehdi hier? Warum hatte er das Geld, das für ihn ja ein Riesenvermögen darstellte, wie sie jetzt wusste, zurückgebracht zu ihr? Sie wandte sich dem Mann zu, der neben ihr herging und sie mit diesem schuldbewusst-angstvollen Blick ansah.

„Dann war also alles gelogen, was du mir geschrieben hast?" fragte sie. Auch die vielen netten Grußworte, die zärtlichen Liebeserklärungen, fügte sie in Gedanken hinzu. Auch die Sex-Scene, die er so überzeugend beschrieben hatte?

Mehdi blieb stehen, nahm ihren Arm und drehte sie zu sich herum, so dass sie sich gegenüberstanden und sie ihn ansehen musste.

„Oh no, my dear, not at all! Nur das, was ich als Dominic Anderson gesagt habe, war falsch. Über sein Leben, über seinen Dienst in Afghanistan, seine Versetzung und all das."

Er umfasste sanft ihre Oberarme und sah ihr direkt in die Augen.

„Aber immer, wenn ich über uns geredet habe, über dich und mich, war alles wahr. Dass du mich bezaubert hast, vom ersten Augenblick an. Dass ich dich bewundere und dass es mich glücklich macht, dich zu kennen, Chrissie. Das musst du mir glauben, bitte!"

Ihre unglaublichen Augen waren unverwandt auf ihn gerichtet. Ihr forschender Blick forderte die Wahrheit. Er hielt ihrem Blick tapfer stand. Schließlich löste sie sich von ihm und setzte den Weg fort.

„Und dennoch hast du alles bis zum Ende ausgeführt. Wie denkst du, habe ich mich gefühlt, als plötzlich keine Spur von dir mehr im Internet zu finden war? Ich musste doch annehmen, dass du mich nur benutzt hast."

Wieder hielt er sie am Arm fest. „Ja, mein Liebes, das weiß ich doch! Ich habe es kaum ausgehalten mir vorzustellen, wie verletzt und gekränkt du sein musstest. Deshalb bin ich ja hier, my dearest. Ich wollte alles wieder gutmachen. Deshalb habe ich das Geld zurückgebracht. Bitte verzeih mir, Chrissie!"

Christine hörte das Flehen in seiner Stimme und sah in seinen Augen die Angst, sie könnte sich von ihm abwenden. Sie musste daran denken, dass sie bereit gewesen war, ihr bisheriges Leben aufzugeben, um mit ihm zusammen zu sein. Mit ihm, mit Mehdi? Oder mit dem amerikanischen Soldaten namens Dominic, dessen Gesicht ihr so vertraut gewesen war und dessen blaue Augen sie geliebt hatte. War es möglich, ihre Gefühle von dem einen auf den anderen zu übertragen? Wenn sie die Augen schloss und Mehdis Stimme lauschte, erkannte sie die Ausdrucksweise und die Wortwahl aus dem Chat wieder, doch wenn sie ihn ansah, war da ein Fremder.

„Es tut mir so furchtbar leid, was ich dir angetan habe, Chrissie", hörte sie ihn sagen. „Ich kann dich nur immer wieder um Verzeihung bitten!"

Mehdi nahm beide Hände Christinas in die seinen und sah ihr in die Augen. „I love you, Chrissie! Ich liebe dich mehr als ich sagen kann!", sagte er leise und innig.

Christina erschrak. Das war zu viel! Damit konnte sie jetzt nicht umgehen. Sie entzog ihm ihre Hände und versuchte so zu tun, als hätte sie nicht gehört, was er gesagt hatte. Betont locker hakte sie sich bei ihm ein und zog ihn weiter. Wie konnte er sagen, dass er sie liebte! Dieser Fremde, den sie gerade erst anfing kennenzulernen! Und der ihr dennoch auf eine Weise vertraut war, die verwirrend und seltsam war. Sie brauchte Zeit! Es ging alles viel zu schnell!

„Langsam bekomme ich Hunger", sagte sie übertrieben munter. „Du nicht auch? Die Seeluft macht Appetit, sagt man."

Mehdi biss sich auf die Lippen. Wie konnte er nur, schalt er sich. Natürlich musste sie so regieren. Schließlich kannte sie ihn erst seit ein paar Stunden. Er musste ihr Zeit geben, sich an ihn zu gewöhnen. Zeit zu verstehen, dass er derjenige war, den sie kannte und liebte, auch wenn sein Aussehen ein anderes war.

Erleichtert ging er auf ihren lockeren Ton ein.

„Yes, I'm hungry too. Wir sollten irgendwo etwas essen." Er drückte ihren Arm an seinen Körper und umschloss ihre eiskalte Hand, die an seinem Ellenbogen lag, mit seiner großen, warmen.

„Magst du gern Fisch?", fragte Christina.

39

Im Restaurant „Zur Krabbe" herrschte jetzt in der Mittagszeit reger Betrieb. Christina war froh, dass sie zwei Plätze an einem der kleinen Tische ergattern konnten, von dem gerade ein junges Pärchen aufgestanden war. Aufatmend ließ sie sich von Mehdi den Mantel abnehmen und machte es sich bequem.

Sie kannte das Lokal; schon oft war sie mit Stefan hier gewesen, weil sie sich einig darüber waren, dass es in der „Krabbe" den besten und frischesten Fisch der ganzen Küste gab. Das gemütliche maritime Ambiente des Lokals sorgte für eine angenehme Atmosphäre und die appetitanregenden Gerüche, die aus der Tür zur Küche in den Gastraum drangen, wenn die Kellner aus und ein gingen, ließen einem das Wasser im Mund zusammenlaufen. Die Luft war erfüllt von den Stimmen der Gäste, die sich gedämpft unterhielten, und im Hintergrund erklang leise Musik.

Die Kellnerin überreichte ihnen die Speisekarten und fragte, ob sie ihnen schon etwas zu trinken bringen dürfe. Christina bestellte eine Weißweinschorle, schließlich musste sie noch Auto fahren, und Mehdi ein Bier. Amüsiert beobachtete Christina, wie Mehdi unsicher in der umfangreichen Karte herumblätterte, von deren Inhalt er kein Wort verstand.

„Wenn du gerne Fisch ist, möchte ich dir die Scholle nach Hausfrauenart empfehlen", sagte sie, um ihm aus der Verlegenheit herauszuhelfen. „Die esse ich auch immer, wenn ich hier bin. Sie wird dir bestimmt schmecken."

Dankbar lächelte Mehdi sie an. „Okay. Das ist gut", antwortete er erleichtert.

Die Serviererin kam und stellte die Getränke vor sie auf den Tisch. Christina bestellte das Essen und nahm einen Schluck von ihrer Schorle. Ein wenig überrascht stellte sie fest, dass sie sich wohlfühlte. Was für eine Situation, dachte sie. Da saß sie hier mit diesem gutaussehenden Afrikaner in ihrem Lieblingsrestaurant in Horumersiel und wartete auf ihre übliche Scholle. Sie beobachtete, wie Mehdi sein Bier trank und sich interessiert in dem Lokal umschaute. Was dachte er in diesem Moment, fragte Christina sich. Wie mochte er sich fühlen hier unter all den weißen deutschen Menschen? Überhaupt in Deutschland? Gefiel es ihm oder war ihm alles nur fremd und unverständlich? Sie beschloss, ihn ganz einfach zu fragen.

„Mehdi, wie gefällt dir Deutschland?"

Erfreut griff Mehdi das Thema auf. „Es ist ein wunderschönes, reiches Land, Chrissie. Du musst glücklich sein, hier leben zu dürfen!"

Christina nickte. „Leider ist die Jahreszeit nicht so günstig jetzt. Du solltest im Mai oder Juni hierherkommen, wenn alles grünt und blüht, oder im Herbst, wenn die Blätter der Bäume sich bunt färben. Oder im Winter, wenn es richtig kalt ist und schneit. Erinnerst du dich, ich habe dir ein Foto geschickt von unserem Haus, als es im Winter total eingeschneit war!"

„Oh ja! Es sah aus wie in einem Märchen. Einfach bezaubernd."

„Was hast du denn bis jetzt gesehen von Deutschland?"

„Nur den Flughafen und den Bahnhof von Hamburg. Eine schöne, große Stadt. Und während der Zugfahrt nach Schönfelde die Landschaft. Viele Wälder, Äcker und Weiden. Und ich habe das Café in deiner kleinen Stadt gesehen, wo du gern draußen sitzt, wie du geschrieben hast, weißt du noch?"

Christina musste lachen bei der Erinnerung daran. „Ja, und du hast geschrieben, wenn du dort sitzen würdest und mich vorbeigehen sähest, würdest du aufstehen, mich packen und vor allen Leuten einen Kuss aufdrücken."

Mehdi sah sie unverwandt an. „Ja, das würde ich", sagte er mit einem bedeutsamen Unterton, der Christina verlegen machte. Schnell setzte sie die Unterhaltung fort.

„Und? Was hälst du von meiner Heimat?"

Mehdi richtete sich auf. „Deutschland ist ein reiches Land. Alle Menschen hier sind wohlgenährt und gut gekleidet. Die Häuser sind groß und schön, die Straßen breit und intakt. Jeder scheint ein Auto zu besitzen, und alle Autos sehen aus wie neu. Die Erde ist fruchtbar, überall wird sie bebaut und genutzt." Er hielt inne. „Ach, Chrissie! Wisst ihr Deutschen eigentlich, wie es in der übrigen Welt aussieht?" In seiner Stimme schwang ein ungewöhnlich ernster Ton mit.

Mehdi musste an die Lastenträgerinnen denken, die auf den

riesigen, von Menschen wimmelnden Märkten in Accra ungeheure Warenmengen auf ihren Köpfen trugen, um sie für einen Hungerlohn von den Händlern zu den Kunden zu transportieren, und an die vielen jugendlichen Arbeitslosen, die vom Land, wo es für sie keine Zukunft gab, in die Großstädte strömten, um sich dort als Karrenjunge oder Schuhputzer ein paar Pesewas fürs Essen zu verdienen. Er dachte an die schmutzigen, vermüllten und verwahrlosten Strände und Stadtrandgebiete, in denen die Ärmsten irgendwie versuchten, sich durchzuschlagen, und an die Kriminalität und die Gewalt, die dieser Überlebenskampf hervorrief.

Einen Moment schwiegen beide nachdenklich. Christina bemerkte, dass Mehdis Gesicht sich verdüstert hatte. Woran mochte er jetzt denken? Sie erinnerte sich daran, was er über seine Sorgen gesagt hatte. Sorgen um das tägliche Brot, um die Zukunft der Kinder, um den Arbeitsplatz. Dass er deshalb der Versuchung nicht widerstanden hatte, schnell viel Geld zu verdienen durch den Betrug an den Frauen. Hatte sie überhaupt das Recht, ihn zu verurteilen? Natürlich, es war eine unbarmherzige Ausbeutung von Gefühlen, ja, und sie hatte selbst erlebt, wie ungeheuer schmerzhaft dieses Erlebnis war. Aber hatte ihre Gutgläubigkeit und Naivität nicht auch dazu beigetragen?

Einem Impuls folgend, reichte sie mit ihrer Rechten über den Tisch, nahm eine von Mehdis Händen, die er vor sich auf der Decke gefaltet hatte, und zog sie zu sich herüber.

„Du hast Recht, Mehdi, wir nehmen unseren Wohlstand viel zu selbstverständlich."

Selbstvergessen drehte sie seine Hand hin und her. Wie seltsam! Das Innere der Hand war fast genauso hell wie ihre eigene, und die Haut unter den Fingernägeln ebenfalls. Was für schöne Hände er hatte! Schlank und schmal wie seine gesamte Gestalt, mit langen feingliedrigen Fingern. Eine Hand, der man ansah, dass mit ihr gearbeitet wurde, mit der aber auch die feinsten Mechanikertätigkeiten verrichtet werden konnten.

Mehdi beobachtete verwundert und entzückt zugleich, wie sie seine Hand begutachtete.

„Du hast schöne Hände", sagte Christina.

Mehdi nahm nun seinerseits ihre Rechte und legte sie neben seine Linke. „Und deine sind winzig klein, Chrissie! So niedlich!"

Sie lächelten sich an, während sie gemeinsam die große schwarze und die kleine weiße Hand betrachteten. Auf einmal war zwischen ihnen eine Vertrautheit, die bisher noch nicht dagewesen war. Mehdi nahm ihre Hand, führte sie an seine Lippen und küsste sie, während seine dunklen Augen ihren Blick festhielten. Christina fühlte, wie ihr Herz anfing heftig zu klopfen. Vorsichtig zog sie ihre Hand zurück.

Die Serviererin kam und brachte das Essen. Geschickt verteilte sie die Teller mit der knusprig gebratenen Scholle, den deftigen Speckstückchen und den goldbraunen Bratkartoffeln. Dazu gab es einen üppigen gemischten Salat mit einem pikanten Joghurtdressing. Christina lief das Wasser im Mund zusammen, während Mehdi die ungewohnten Speisen misstrauisch betrachtete.

„Ich zeige dir, wie man sie am besten isst, ohne dass man die Gräten erwischt", bot Christina an, als sie seinen skeptischen Blick bemerkte. Sie nahm das Fischmesser und die Gabel, trennte geschickt die graubraune Haut der Scholle ab und schob das weiße Fleisch von dem Grätenskelett herunter. Dann hob sie das gesamte Skelett von dem darunter liegenden Fleisch ab und legte es zusammen mit dem Schwanz und der Haut beiseite auf einen säuberlichen Haufen. Nun konnte sie das köstliche Schollenfleisch zusammen mit den gerösteten Speckstückchen und den Bratkartoffeln verspeisen.

Mehdi hatte sie genau beobachtet und machte es wie sie. Als er den ersten Bissen in den Mund geschoben hatte, fragte Christina gespannt: „Und? Schmeckt es dir?"

Mehdi nickte nur. Der Fisch schmeckte köstlich, fand er, würzig, aber gleichzeitig mild. Bratkartoffeln aß er zum ersten

Mal in seinem Leben, und auch sie schmeckten ihm, genau wie der Salat. Ja, auch das Essen in Deutschland ist gut, dachte er. Ein wenig Sorge bereitete ihm allerding der Preis, den er für diese köstliche Mahlzeit zu bezahlen haben würde. Gott sei Dank hatte er noch fast die ganzen 95.- Euro, die der Kursgewinn ihm beschert hatte. Sonst hätte dieses Festmahl seine knapp bemessene Reisekasse sehr strapaziert.

„Übrigens", sagte Christina in diesem Moment, „du bist natürlich mein Gast heute, Mehdi!" Sie hob die Hand, als sie sah, dass er protestieren wollte. „Das ist so üblich hier in Deutschland. Wenn du es nicht annimmst, beleidigst du mich als Gastgeberin", log sie.

Er durchschaute sie sofort. Wie großzügig und fürsorglich sie war! Sie wusste natürlich, dass er nur wenig Geld hatte. Diese Umsicht und dieses Mitgefühl hatte sie ja auch dem angeblichen Amerikaner gegenüber gezeigt. Auch dafür liebte er sie. Er durfte sie nicht brüskieren. Also nahm er ihr Angebot an. „Thank you, my dear!"

„Wann fliegst du wieder zurück nach Ghana?", fragte sie, als sie ihr Mahl beendet hatten.

„Morgen, my dear", antwortete er.

„Oh, morgen schon!" Mehdi sah die Enttäuschung auf ihrem Gesicht und sein Herz schlug einen Takt schneller. Aber schon lächelte sie wieder. „Dann wollen wir die Zeit nutzen. Ich möchte dir noch so viel wie möglich von unserer schönen Küste zeigen. Natürlich nur, wenn du Lust hast dazu?", fügte sie fragend hinzu.

„Oh yes, my dear!"

40

Auf dem Rückweg zum Auto kamen sie an einem Andenkenladen vorbei, in dem allerlei Küstenkrimskrams angeboten wurde. Fasziniert blieb Mehdi stehen und betrachtete die Auslagen.

„Ich brauche noch kleine Geschenke für meine Mutter und die Kinder", sagte er. „Kannst du mir helfen, etwas auszusuchen?"

Schnell hatten sie etwas Passendes gefunden: Ein buntes Tuch mit Nordseemotiven für Aalia, zwei verschiedene Schneekugeln mit einem rot-weißen Leuchtturm in einem stürmischen Meer für die Zwillinge, einen blinkenden Leuchtturm für Keano und ein dreimastiges Segelschiff in einer Flasche für Baahir.

„Wie bekommt man das Schiff in die Flasche?", fragte Mehdi staunend, und Christina erklärte ihm, dass das Schiff so gebaut wurde, dass er zusammengeklappt werden konnte und durch den Flaschenhals passte. Danach würden mit einem Faden, den man durch den Flaschenhals zog, die Segelmasten aufgerichtet. Mehdi nickte fasziniert. „Sehr raffiniert", meinte er anerkennend. Als alles erledigt war, verstauten sie die Plastiktüte auf dem Rücksitz ihres Twingos und fuhren los.

Christina kutschierte in gemächlichem Tempo die schmale Küstenstraße entlang von einem Ort zum anderen. In Carolinensiel bewunderten sie den Museumshafen mit den alten Fischerbooten, in Dornumersiel tranken sie echten Ostfriesentee und aßen ein Stück Butterkuchen, in Nessmersiel gingen sie ein Stück am Strand entlang und Mehdi konnte sich überzeugen, dass das Wasser der Nordsee inzwischen zurückgekehrt war. Als sie schließlich in Greetsiel angekommen waren, dämmerte es schon, und sie kamen gerade recht, um über dem weit ins Meer hinausragenden Vogelschutzgebiet einen spektakulären Sonnenuntergang beobachten zu können.

Während der Fahrt beantwortete Christina Mehdi jede seiner Fragen, so gut sie konnte. Welche Bedeutung das Wattenmeer hatte, warum so viele Schafe auf den Deichen weideten, welche Funktion die zahlreichen Wassergäben hatten und seit wann es die vielen Windräder gab. Die Zeit verging wie im Flug, und Mehdi spürte, dass Christina immer gelöster und unbefangener wurde. Er folgte ihren Erklärungen aufmerksam, wobei er vor allem ihren Akzent und die reizenden kleinen Fehler, die ihr in der englischen Sprache unterliefen, genoss. Je länger er mit ihr zusammen war, desto klarer wurde er sich seiner Gefühle für sie. Hatte er sie schon aus der Distanz geliebt, so verstärkte ihre lebendige Gegenwart diese Liebe um ein Vielfaches. Er fand ihre Angewohnheit, beim Sprechen mit den Händen zu gestikulieren, umwerfend, ihre Art sich zu bewegen, erregte ihn, und die Grübchen in ihren Wangen, wenn sie lächelte, bezauberten ihn jedes Mal aufs Neue. Die Begeisterung und die Liebe, mit der sie ihm ihre Heimat erklärte, zeigten ihm, wie verwurzelt sie hier war.

Als sie nebeneinander auf einer Bank am Greetsieler Tief saßen und das malerische Schauspiel des Sonnenunterganges im Westen über dem Meer beobachteten, das eigens für sie stattzufinden schien, legte er seinen Arm um ihre Schultern und zog sie an sich. Sie lehnte den Kopf an seine Schulter, und so saßen sie da, schweigend, und genossen das Himmelsschauspiel.

„Bei uns geht die Sonne immer ganz schnell unter", sagte Mehdi. „In diesem Moment ist es noch taghell, im nächsten vollkommen dunkel."

„Das liegt daran, dass Ghana in Äquatornähe liegt", erklärte Christina.

Mehdi lachte hellauf und knuffte Christina leicht in die Seite.

„Oh, I see! The teacher is speaking."

Christina fühlte, wie sie errötete und war dankbar für die zunehmende Dunkelheit.

„Entschuldige bitte!", sagte sie kleinlaut, „das hast du natürlich gewusst."

Mehdi zog sie an sich, nahm ihren Kopf in beide Hände und küsste sie leicht auf die Lippen. „Ich liebe dich so sehr, meine Chrissie!"

Die zarte Berührung ging wie ein elektrischer Strom durch Christinas Körper. Sie saß da wie paralysiert und war unfähig sich zu rühren. Ein Teil von ihr wünschte sich nichts sehnlicher, als dass er fortfahren möge sie zu küssen, ein anderer Teil sagte ihr, dass sie dabei war, einen nicht wiedergutzumachenden Fehler zu begehen. Verlegen stand sie auf, er ebenfalls. Behutsam nahm er sie bei den Schultern und sah ihr eindringlich in die Augen. Dann zog er sie sanft an sich und legte seine Arme um sie. Eine Sekunde lang blieb sie steif stehen, dann schloss sie die Augen und erwiderte seine Umarmung. Sie fühlte, wie sein Körper erbebte, fühlte seinen warmen Atem auf ihrem Haar, als er sich vorbeugte und sie fest in seine Arme schloss. Sie glaubte, seinen Herzschlag spüren zu können, und für einen endlosen Augenblick genoss sie das unsagbar kostbare Glücksgefühl, das sie durchströmte.

Mehdi konnte es nicht fassen! Er stand hier im kalten Wind der Nordsee und hielt die Frau, die er liebte, in den Armen! Er drückte ihre schmale Gestalt zärtlich an sich und legte die Hand hinter ihren Kopf. Wie weich ihr Haar war! Genau wie er es sich hundert Mal vorgestellt hatte. Er spürte, wie ihr Körper sich entspannte, fühlte, wie sie ihre Arme um seinen Rücken schlang und ihn umfasste. Er schloss die Augen. Dies war der Augenblick, nach dem er sich gesehnt hatte, so lange schon! Er nahm wahr, wie sie atmete, empfand die Wärme ihres Körpers durch den Mantel hindurch. Sein Herz hämmerte gegen seine Rippen, sein Atem hatte sich beschleunigt und er meinte, vor Glück laut aufschreien zu müssen.

Als sie sich schließlich voneinander lösten, wagte keiner den anderen anzusehen. Beide schwiegen.

„Lass uns irgendwo einkehren", durchbrauch Christina schließlich die Stille. „Es wird gleich dunkel und mir ist kalt."

41

Sie fanden ein rustikales Lokal, in dem man gemütlich sitzen und eine Kleinigkeit essen konnte. Sie teilten sich eine

Schinken- und Käseplatte und tranken Alsterwasser dazu, eine Mischung aus Bier und Zitronenlimonade, wie Christina Mehdi erklären musste. Auf einer kleinen Bühne saß ein Akkordeonspieler, der die Gäste mit alten Seemannsliedern unterhielt. Wenn er eine Pause machte, erklang leise Tanzmusik aus dem Lautsprecher. Christina und Mehdi mussten sich in dem gut besuchten Lokal dicht nebeneinander auf eine Eckbank quetschen. Gemeinsam lauschten sie andächtig der volltönenden Stimme des Akkordeonspielers.

„Er sieht aus wie ein richtiger Seebär", sagte Christina und musste sogleich erklären, was sie mit ,seabear' meinte. „Das ist ein wohlbeleibter, älterer Schiffer, mit weißem Vollbart und angetan mit blauweiß-gestreiftem Hemd, rot kariertem Halstuch und einer Seemannsmütze, so wie der Sänger da", erläuterte sie lachend.

Sie summte leise die Melodien der Shanties mit und übersetzte die Texte, wenn nötig, für Mehdi ins Englische. Er sah sie dabei mit diesem besonderen Blick an, den sie schon kannte und der ihr immer mehr unter die Haut ging, nahm ihre Hand und verflocht seine Finger mit den ihren, während er ihr zuhörte.

Als der ,Seebär' eine wohlverdiente Pause mit Bier und Korn an der Theke einlegte und angenehm dezente Tanzmusik aus dem Lautsprecher erklang, nahm Mehdi Christinas Hand und zog sie mit sich auf die winzige Tanzfläche vor der Bühne. Sanft, aber fest legte er seinen Arm um ihre Taille. „Du hast versprochen, mir das Tanzen beizubringen, erinnerst du dich?" sagte er. Christina schaute zu ihm auf und lächelte. „Ich weiß", sagte sie, „aber ich glaube, das wird nicht nötig sein." Sie hatte schnell festgestellt, dass Mehdi sich im Rhythmus des langsamen Foxtrotts bewegte, als habe er nie etwas anderes getan. Er lehnte seine Wange an ihre Schläfe, legte die Hand, mit der er ihre Rechte hielt, an seine Brust und zog sie eng an sich. Ihre Körper bewegten sich im Einklang mit der Musik, als wären sie eins. Christina gab sich ganz dem Zauber des Augenblicks hin.

Sie schloss die Augen und alles um sie herum versank. Es gab nur noch sie beide auf der Welt. Sie hatte das Gefühl, endlich dort angekommen zu sein, wo sie hingehörte und wo alle Sehnsucht endete.

Der Tanz schien eine Ewigkeit zu dauern. Als die Musik verklang und Mehdi stehenblieb, war ihr, als erwache sie aus einem Traum. Sie sah das dunkle Gesicht des Mannes nahe vor sich, das plötzlich auf eine seltsame Art mit dem Gesicht Dominics verschmolz, und sie fühlte, wie das tief vergrabene Gefühl für diesen Mann immer mehr an die Oberfläche drängte. Was spielte es für eine Rolle, ob seine Haut hell oder dunkel war, seine Augen blau oder schwarz waren, es war derselbe Mensch, der Mann, in dem sie sich selbst wiedergefunden hatte. Ihm hatte sie vertraut, sich in ihm gespiegelt, mit ihm ihre ureigensten Gedanken, Hoffnungen und Träume geteilt. Er hatte sie nicht getäuscht, seine Gefühle für sie waren echt gewesen, seine körperliche Gegenwart, die sie mit all ihren Sinnen erfassen konnte, bewies es ihr.

Überwältigt und verwirrt sah sie sich um. Die Stimme des Akkordeonspielers, der inzwischen wieder mit seinem Instrument auf der Bühne Platz genommen hatte, holte Mehdi und Christina in die Gegenwart zurück. Verlegen lösten sie sich voneinander und gingen Hand in Hand zu ihrer Sitzecke zurück. Als sie wieder auf ihren Plätzen saßen, nahm Mehdi Christinas Hand und sah ihr ernst in die Augen. Als hätte er ihre Gedanken gelesen, fragte er: „Was denkst du über mich, Christina? Ist es immer noch der hübsche Amerikaner, an dem dein Herz hängt?"

Christina hob die Hand und legte sie voller Zärtlichkeit an seine Wange. „Du bist es, Mehdi. Mit dir habe ich die ganze Zeit geredet, deine Worte waren es, die mich dazu brachten, mich zu verlieben in einen Mann, den ich noch nie gesehen hatte."

Mehdi konnte es kaum glauben. Sollten seine kühnsten Träume tatsächlich in Erfüllung gehen? Hatte er, Mehdi, wirklich das Herz der Frau, die ihm so viel bedeutete, gewonnen?

Er umfasste ihr Gesicht mit beiden Händen, küsste ihre wunderbaren Augen, die Wangen, die Lippen. Dann umarmte er sie und presste sie an sich, nicht bereit, sie jemals wieder loszulassen.

„Komm mit mir, my dearest! Komm mit mir und werde meine Frau! Ich möchte, dass du für immer bei mir bleibst. Ich kann ohne dich nicht mehr leben." Er spürte, wie sie sich an ihn schmiegte, wie sie weich und nachgiebig wurde in seinen Armen. „Erinnerst du dich noch, Chrissie", flüsterte er ihr ins Ohr, „wie wir uns vorgestellt haben, wir wären in einem Hotel? Du hast gesagt ‚let's pretend …', weißt du noch?" Er spürte, wie sie nickte. Ihr Atem an seinem Hals erregte ihn. „Ich möchte es in Wirklichkeit mit dir tun, meine Liebste. Ich sehne mich so sehr danach."

Christina hörte, was er sagte, und sie vergrub ihr Gesicht noch mehr in seiner Halsbeuge. Ja, sie erinnerte sich nur zu gut! Und ja, auch sie sehnte sich danach, mit ihm zu schlafen, diesen herrlichen dunklen Körper zu erleben, sich ihm ganz und gar hinzugeben.

„Es ist spät geworden, Mehdi. Lass uns fahren", sagte sie leise. Wortlos folgte er ihr. Draußen vor dem Lokal blieben sie einen Moment stehen, während Christina ihren Mantel zuknöpfte. Ein endloser Sternenhimmel wölbte sich über ihnen, und nördlich, weit hinten über dem Meer, schickte ein Halbmond sein fahles Licht über das schwarze Wasser.

Mehdi legte Christina den Arm um die Schultern.

„Chrissie …", begann er.

„Schon gut, Mehdi. Lass uns nach Hause fahren."

Wortlos setzte sie sich ans Steuer des Twingos und Mehdi nahm neben ihr Platz. Still beobachtete er, wie sie geschickt durch die engen Gässchen des Ortes steuerte, dann auf die Landstraße und schließlich auf die Autobahn einbog. Er versuchte, von ihrem Gesicht abzulesen, was in ihr vorging, aber ihre Züge blieben ausdruckslos und ihr Blick war unverwandt auf die Fahrbahn gerichtet.

In Mehdi stieg plötzlich eine angstvolle Ahnung auf. Gut, vielleicht liebte sie ihn, aber sie gehörte hierher, in ihre Heimat, zu ihrer Familie. Hatte er es nicht schon befürchtet, als sie ihm so liebevoll all die Besonderheiten der Nordseeküste schilderte? Wie konnte er von ihr verlangen, all das aufzugeben, nur um mit ihm zusammen zu sein? Wie lange würde ihre Liebe zu ihm anhalten, in dem heißen, hektischen Accra, ohne den Wechsel der Jahreszeiten, ohne ihre wohlgeordnete, intakte Welt? Am Ende würde sie ihn hassen dafür, dass er ihr das, was sie gewöhnt war und was sie liebte, genommen hatte. Nein, er musste seine Liebe zu ihr tief in seinem Herzen verschließen und versuchen, ohne sie zu leben. Noch wusste er nicht, wie ihm das gelingen sollte, aber es war unausweichlich.

Die Fahrt ging schneller vorbei als er erwartet hatte. Er registrierte erschrocken, dass sie schon in Schönfelde angekommen waren. Sein Herz fing angstvoll an schneller zu schlagen. So bald schon sollte er Abschied nehmen?

Der Gasthof lag ruhig und dunkel da, nur das Namensschild ‚Zur Schänke' leuchtete und warf gelbes Licht auf die Straße. Es war spät, und das ganze Städtchen schien zu schlafen. Christina fuhr auf einen der hoteleigenen Parkplätze und hielt an.

„Wann geht dein Flug morgen, Mehdi?", hörte er sie fragen. Ihre Stimme klang seltsam verhalten und spröde.

„Um 10.30 Uhr ab Hamburg. Mein Zug geht um 6.09 Uhr", antwortete er.

Langsam drehte sie sich zu ihm hin und sah ihn mit einem rätselhaften Ausdruck an. Dann schaltete sie den Motor ab und stieg aus. Was hatte sie vor? Er nahm die Einkaufstüte mit den Geschenken vom Rücksitz und folgte ihr. Sie schloss das Auto ab, nahm seine Hand und ging mit ihm zur Tür des Gasthauses. Fragend sah er sie an. Christina lächelte und nickte. Er konnte es nicht fassen! Sie ging mit ihm ins Hotel! Seine Hand zitterte, als er die Hoteltür öffnete. In der Lobby brannte das Nachtlicht.

Hand in Hand gingen sie die Treppe hinauf. Er schloss die Zimmertür auf, betätigte den Lichtschalter und zog Christina mit sich in den kleinen Raum. Wortlos standen sie sich gegenüber und sahen sich an. Wieder lächelte Christina dieses seltsame Lächeln, dann trat sie dicht an ihn heran, umfasste seine Taille und bettete ihren Kopf an seine Brust. Behutsam, als habe er Angst, sie zu zerbrechen, schloss er seine Arme um sie und zog sie an sich.

Christina spürte seinen Atem an ihrem Haar und fühlte, wie schnell sein Herz klopfte. Sie hob ihren Kopf und wandte ihm ihr Gesicht zu. Der Blick seiner schwarzen Augen hielt ihren fest; der Moment schien endlos anzuhalten. Dann schloss sie die Augen, öffnete ihre Lippen und wartete auf seinen Kuss. Als sein Mund den ihren berührte, unendlich zart und sanft, und seine Zungenspitze sich zwischen ihre Zähne drängte, durchfuhr die Erregung sie wie ein Stromstoß und ihre Knie wurden weich. Sie drängte sich an ihn, fuhr mit den Händen über seinen schlanken, muskulösen Rücken und fühlte, wie das Verlangen nach ihm in ihr aufstieg wie eine unaufhaltsame Welle. Ungeduldig löste sie sich von ihm, streifte mit einer hastigen Bewegung den Mantel ab, kickte die Schuhe von den Füßen und zog den Pullover über den Kopf. Unterdessen hatte Mehdi sich ebenfalls seiner Jacke entledigt. Wieder umfing er sie, zog sie an sich und küsste sie mit einer Heftigkeit, die ihr den Atem raubte. Sie spürte seine Hände auf ihren Brüsten und fühlte, wie ihre Brustwarzen sich verhärteten. Jetzt wird es wahr, dachte sie, jetzt wird es Wirklichkeit, was wir uns im Chat vorgestellt haben. Sie fuhr mit den Fingern durch sein dichtes Kraushaar, umfasste seinen Kopf mit beiden Händen, sah ihm in die Augen und lächelte ihn an. Er erwiderte ihr Lächeln und sie wusste, er hatte gerade dasselbe gedacht.

Mehdi zog mit einer fließenden Bewegung den Pullover über den Kopf, öffnete seinen Gürtel und streifte die Hose herunter. Ohne den Blick von Christina abzuwenden, zog er Schuhe und Strümpfe, Hemd und Shorts aus und stand nackt vor ihr. Fasziniert schaute Christina ihn an. Die ebenholzschwarze Haut, die winzigen Löckchen auf seiner Brust und im Schambereich, das erigierte Glied. Was für ein herrlicher Körper, dachte sie. Ohne Hast kam er auf sie zu, streifte die Träger ihres BHs herunter und öffnete den Verschluss. Achtlos ließ er das Kleidungsstück auf den Boden fallen. Dann beugte er sich vor, hob erst das eine und dann das andere ihrer Beine an, zog ihre Strümpfe aus und zerrte die Jeans von ihren Beinen. Nur noch mit dem Slip bekleidet, stand sie vor ihm.

„Du bist so wunderschön, meine Chrissie!", flüsterte er heiser, „so wunderschön!"

„Du auch, Mehdi. Du bist schön!", sagte sie und fuhr bewundernd mit den Fingern über die Muskeln seiner Arme. Sie streifte den Slip herunter und stand nun vollkommen nackt da. Er rührte sich nicht, schaute sie nur an. Sie umschlang seine Taille und fing an, seine Haut zu liebkosen, fuhr mit den Lippen und der Zungenspitze über seine Brust, seinen Hals und stellte sich auf Zehenspitzen, um an seinen Mund heranzureichen. Mehdi umfasste ihren Körper, hob sie hoch wie eine Feder und trug sie zum Bett. Behutsam legte er sich auf sie. Als er in sie eindrang, stöhnte sie leise auf; dann gab sie sich ihm hin, leidenschaftlich, zärtlich, hemmungslos, bis sie schließlich in einem vollkommenen Orgasmus zusammen mit ihm zum Höhepunkt kam.

Es wurde eine Liebesnacht, die beide niemals vergessen würden. Zwischendurch lagen sie engumschlungen beieinander, manchmal schliefen sie ein wenig. Immer, wenn Mehdi etwas sagen wollte, legte Christina ihm einen Finger auf sie Lippen. „Psst", flüsterte sie, „nicht reden!"

Irgendwann am frühen Morgen stand Christina leise auf, suchte ihre Kleidungsstücke zusammen und zog sich an. Schon an der Tür, hörte sie seine Stimme.

„Werde ich dich wiedersehen, Chrissie?"

Sie drehte sich um und lächelte ihn an. Bewusst nahm sie das Bild in sich auf, das sein schwarzer Körper inmitten der weißen Laken im weichen Licht der Nachttischlampe bot, um es nie zu vergessen.

„Wie hast du selbst geschrieben? Das Schicksal hat uns über die Entfernung von Tausenden von Kilometern zusammengeführt. Wer weiß, was die Zukunft noch für uns bereithält."

„Ich liebe dich", sagte er mit brüchiger Stimme.

„Ich liebe dich auch, Mehdi", antwortete sie. Dann wandte sie sich um zur Tür.

„Warte einen Moment!", rief er. Er sprang auf, lief zu dem Stuhl, auf dem er die Plastiktüte mit den Geschenken gelegt hatte, und holte ein kleines Tütchen heraus.

„Das habe ich für dich gekauft, du weißt schon, in dem Andenkenladen." Er drückte ihr das Geschenk in die Hand.

Christina steckte das Tütchen in ihre Manteltasche, stellte sich auf die Zehenspitzen und küsste Mehdi zärtlich auf den Mund. Dann öffnete sie die Tür endgültig und verließ schnell den Raum.

TEIL SECHS

42

Christina nahm den Strauß gelber Rosen und ordnete die einzelnen Blütenstängel in einer Kristallvase gefällig an. Anschließend stellte sie die Blumen auf den gedeckten Kaffeetisch. Durch die geöffnete Balkontür ihrer Zweizimmerwohnung schien die Maisonne und das Gezwitscher der Vögel drang zu ihr herein. Was für ein herrlicher Tag, dachte Christina, als sie auf den Balkon hinaustrat und auf das Stück Grün hinunterschaute, welches das Mietshaus umgab.

Bald würden ihre Geburtstagsgäste da sein. Alle hatten zugesagt, alle außer Stefan. Er hatte vorgebracht, er würde ja jetzt nicht mehr zu ihrer Familie gehören und er habe sowieso etwas anderes vor. Christina wusste, er hatte die Trennung noch nicht verwunden. Sie hatte sich getäuscht, als sie dachte, es würde ihm nicht schwerfallen, sich neu zu orientieren. Die Auseinandersetzung mit ihm war bitter gewesen. Er hatte ihr vorgeworfen sie würde die dreißig Jahre ihrer beider Leben, die sie miteinander verbracht hatten, mit Füßen treten, sie wüsste nicht zu schätzen, was sie gemeinsam aufgebaut hatten, sie hätte ihn anscheinend nie geliebt. Dieser letzte Vorwurf hatte sie besonders getroffen, weil sie erkannt hatte, dass er zutraf. Sie hatte Stefan geschätzt und geachtet, sie hatte ihn auch gerngehabt, aber geliebt, leidenschaftlich und ehrlich geliebt hatte sie ihn nicht.

Es klingelte. Das würden Simon und Marianne sein. Die beiden waren immer überpünktlich. Simon, der jüngere ihrer beiden Brüder, hatte seine Heizungsbaufirma vor kurzem an seinen Sohn weitergegeben, weil er nach einem Herzanfall vor einigen Monaten laut ärztlichem Rat kürzertreten musste.

Marianne, seine Frau, hegte und pflegte ihn hingebungsvoll. Sie war eine exzellente Köchin, was man ihr und ihrem Mann auch ansah. Während Christina die beiden begrüßte und das Geschenk entgegennahm, klingelte es erneut und nach und nach trafen die restlichen Gäste ein. Lukas und Eileen mit den beiden Kleinen sorgten sogleich für Trubel, Julia brachte ihren neuen Freund mit, einen smarten jungen Banker. Julius, der ältere ihrer beiden Brüder, der in die Fußstapfen seines Vaters getreten war und als Oberstudienrat schon vor der baldigen Pensionierung stand, kam allein. Seine Frau war vor fünf Jahren an Brustkrebs gestorben.

Christinas kleine Singlewohnung füllte sich bald mit angeregten Stimmen, als die Familienmitglieder die gegenseitigen Neuigkeiten austauschten. Als Letzte traf Susanne ein, angetan mit einem frühlingshaft bunt gemusterten Kleid, das ihre tadellose Figur vorteilhaft zur Geltung brachte und die Blicke aller anwesenden Männer auf sich zog. Sie umarmte ihre Freundin, gratulierte ihr und überreichte ihr einen Bildband über Afrika, wobei sie einen verständnisinnigen Blick mit ihr wechselte, war sie doch die Einzige, die das große Geheimnis Christinas kannte. Unwillkürlich fasste Christina sich an den Hals, um den sie die zarte Silberkette mit dem kleinen Anker trug, die Mehdi ihr zum Abschied geschenkt hatte. Sie musste lächeln, als sie daran dachte, dass er vergessen hatte, das Preisschild zu entfernen: 94,90 € hatte er für das Schmuckstück ausgegeben, und das, obwohl er so wenig Geld hatte, wie sie wusste. Noch jetzt war sie gerührt, wenn sie daran dachte.

Ihre Gäste hatten sich inzwischen um den Kaffeetisch versammelt. Lukas und Eileen hielten je ein Kind auf dem Schoß und bemühten sich, die zappeligen Kleinen im Zaum zu halten, was besonders Eileen bei dem dreijährigen Johannes nicht leichtfiel. Marianne verteilte fürsorglich Tortenstücke auf die Teller und Christina schenkte, je nach Wunsch, Tee oder Kaffee ein. Julia, die neben Christina saß, fragte leise:

„Wollte Papa nicht kommen?"

Christina schüttelte den Kopf. „Er hatte etwas anderes vor, hat er gesagt." Lukas auf Christinas anderer Seite bemerkte: „Ich kann gut verstehen, dass er keine Lust hatte zu kommen."

Der unausgesprochene Vorwurf in seiner Stimme war nicht zu überhören. Christina seufzte leise, drückte begütigend seinen Arm und lächelte ihm zu. Sie nahm ihm seinen Groll nicht übel. Für ihn war sie diejenige, die die scheinbar heile Familie zerstört hatte, und das ohne triftigen Grund. Bei Julia spürte sie mehr Verständnis, auch wenn sie um ihr intaktes Elternhaus trauerte. Christinas Brüder hingegen hatten sie nur erstaunt gefragt, was sie denn an ihrer Ehe auszusetzen habe und über ihre Antwort, sie sei nicht glücklich mit Stefan, den Kopf geschüttelt. Aber schließlich hatten sie ihre Entscheidung, sich von ihrem Mann zu trennen, akzeptiert.

„Ich möchte euch etwas sagen", begann Christina nun mit erhobener Stimme, um das allgemeine Gemurmel zu übertönen. Alle Gesichter wandten sich ihr zu, nur der kleine Johannes kreischte, er habe Durst und wolle etwas zu trinken. Seine Mutter drückte ihm eilig seine Plastiktrinkflasche in die Hand und er war still.

„Es gibt Neuigkeiten bei mir", sagte Christina und fügte lächelnd hinzu: „Ja, schon wieder", als sie die überraschten Mienen sah. „Also, um es kurz zu machen: Ich gebe meinen Beruf auf. Mit dem Ende dieses Schuljahres höre ich auf. Ich werde nicht weiter als Lehrerin arbeiten. Ich lasse mich vorzeitig pensionieren."

Alle starrten sie verblüfft an. Julius war der Erste, der reagierte. „Dann verlierst du aber einen Großteil deiner Pensionsansprüche als Beamtin, das weißt du doch, oder? Du bist erst zweiundfünfzig. Wieviel Dienstjahre hast du denn bis jetzt?"

Typisch Julius, dachte Christina, ganz wie Papa damals. Praktisch und nüchtern.

„Das stimmt", antwortete sie. „Mir fehlen noch fünfzehn

Jahre bis zum regulären Pensionsalter und ich muss mit deutlichen Abschlägen rechnen. Aber mir reicht das Geld, das ich bekommen werde, zum Lebensunterhalt aus. Ich habe ja keine großen Verpflichtungen. Außerdem gehört mir unser Haus zur Hälfte. Stefan will es verkaufen, damit habe ich genug Geld für später."

Julia meldete sich zu Wort. „Warum willst du denn aufhören, Mama? Ich dachte immer, du bist gerne Lehrerin." Ihr junges Gesicht war ein einziges Fragezeichen.

Simon und Marianne starrten Christina nur verständnislos an, beide an einem Stück Apfelkuchen kauend und deshalb zu keiner Äußerung fähig.

„Also, es ist so", hob Christina zu einer Erklärung an. „Eigentlich hat mir mein Lehrerberuf nie so viel Freude gemacht, wie er sollte. Sanne zum Beispiel. Sie geht jeden Tag mit Elan und immer neuen Ideen in die Schule, das Unterrichten macht ihr Spaß und die Kinder lieben sie. Das war bei mir nicht so, obwohl ich natürlich als Lehrerin gewissenhaft gearbeitet habe. Es war für mich aber nur Pflichterfüllung. Deshalb habe ich mich entschlossen aufzuhören."

Lukas setzte seine Tochter ab und wandte sich seiner Mutter neugierig zu.

„Aber was willst du denn sonst machen, Mama? Nichts tun? Du bist doch noch nicht alt."

Christina musste lächeln über dieses zweifelhafte Kompliment. Ihr kluger, vernünftiger Sohn!

„Simon und Julius, ihr erinnert euch vielleicht noch", wandte sie sich an ihre Brüder um Bestätigung, „ich habe mal angefangen, Fotografie und Journalistik zu studieren." An alle gerichtet, fuhr sie fort: „Es war immer mein Traum, zu reisen, zu fotografieren, alles, was interessant und ungewöhnlich ist, und darüber zu schreiben. Diesen Traum möchte ich mir erfüllen. Jetzt, wo ihr, Julia und Lukas, auf eigenen Füßen steht und mich nicht mehr braucht."

Ihr Blick begegnete dem Susannes, die ihr zuzwinkerte.

Während lebhaft über das Für und Wider ihrer Entscheidung diskutiert wurde und man sich schließlich darauf einigte, dass sie letztendlich erwachsen sei und wissen müsse, was richtig für sie sei, wanderten Christinas Gedanken zu dem Mann, dem sie es zu verdanken hatte, dass sie ihr Leben selbst in die Hand genommen hatte. Wenn sie die Augen schloss, sah sie sein Gesicht vor sich, und ihr Herz zog sich zusammen vor Sehnsucht nach ihm. Mühsam rief sie sich zur Ordnung.

„Möchte noch jemand ein Stück Kuchen", fragte sie, und der Nachmittag nahm seinen Lauf.

Später, als alle gegangen waren und Susanne ihr beim Aufräumen half, fühlte Christina sich erschöpft, aber zufrieden. Sie ließ sich aufs Sofa fallen und platzierte die Füße auf dem Couchtisch. Susanne setzte sich neben sie und legte ihrer Freundin den Arm um die Schultern.

„Alles gut?", fragte sie.

Christina nickte. „Es war nicht leicht heute, aber es fühlt sich gut an. Ich bin froh, es ihnen gesagt zu haben. Irgendwie fühle ich mich jetzt richtig befreit."

„Und es ist dein Ernst, dass du nach Ghana gehst?"

Christina nickte versonnen. Wieder berührte sie mit der Hand den Silberanhänger. „Ich kann nicht anders. Ich muss herausfinden, was das ist mit Mehdi und mir. Ich muss es erleben, weißt du? Vielleicht ist es ja nichts Dauerhaftes, vielleicht stellt sich alles als Seifenblase heraus, aber ich muss es ausprobieren, verstehst du?"

Susanne nickte. „Ich beneide dich, Christina", seufzte sie, „mein Gott, wie ich dich beneide!"

43

Im Süden Ghanas, an der Atlantikküste des Golfes von Guinea, ging die Regenzeit langsam zu Ende; die Tage wurden trockener und die Hitze erträglicher. Mehdi wischte sich die Hände an einem Tuchfetzen ab und klappte die Motorhaube des Autos, das er gerade repariert hatte, zu. Er schaute auf die Uhr an der Werkstattwand: 19.50 Uhr. Die Musik aus dem Transistorradio, den der neu eingestellte Mitarbeiter mitgebracht hatte, fing an ihm auf die Nerven zu gehen. Er war froh, dass der lange Arbeitstag vorbei war. Gewissenhaft räumte er das Werkzeug an seinen Platz, fegte die Werkstatt aus und zog seine Jacke an.

„Ich gehe dann", rief er seinem Kollegen zu, der sich gerade die Hände an dem Waschbecken in dem winzigen Toilettenraum wusch. „Bis morgen!"

„Bis morgen", kam es zurück.

Mehdi trat in das Büro seines Chefs, der noch hinter seinem Schreibtisch saß und die Abrechnungen kontrollierte. Ballard Akiutola sah auf, als Mehdi eintrat.

„Alles klar, Mehdi?", fragte er. Inzwischen waren die beiden beim kollegialen Du angelangt.

„Es gibt ein Problem, Chef", sagte Mehdi. „Wir kommen mit der Arbeit einfach nicht nach. Die beiden Wagen, die morgen fertig sein sollten, haben wir nicht mehr geschafft. Du musst noch einen Mann mehr einstellen."

Die Autowerkstatt, in der Mehdi seit inzwischen fast einem halben Jahr arbeitete, florierte. Immer mehr Menschen in Accra und Umgebung waren in der Lage, sich ein Auto zu leisten, und die Wartungsarbeiten und Reparaturen, die dadurch anfielen, sorgten dafür, das Akiutola die Aufträge nicht ausgingen. Mehdi arbeitete täglich mindestens zwölf Stunden, trotzdem war die Arbeit nicht zu bewältigen, zumal der neue Kollege nicht mit allen anfallenden Tätigkeiten vertraut war und Mehdi ihn häufig erst anlernen musste.

„Tja", sagte Akiutola, „es ist aber nicht so einfach, einen guten Automechaniker zu finden, den ich bezahlen kann. Was soll ich machen?"

„Ich könnte ja einen von den Straßenjungen anlernen, die am Strand herumlungern. Ich kenne da einen, der kann ganz ordentlich lesen und schreiben und ist nicht auf den Kopf gefallen. Vielleicht entwickelt er sich zu einem recht guten Mechaniker."

Der junge Werkstattbesitzer sah Mehdi nachdenklich an. „Womöglich ist das eine gute Idee, Mehdi", sagte er schließlich. „Bring ihn mal her, dann kann ich sehen, ob er etwas taugt."

„Das ist aber nicht kostenlos, Chef. Wenn ich ihn ausbilden soll, brauche ich mehr Geld. Und der Junge kann auch nicht umsonst arbeiten."

„Aha,", meinte Akiotola schmunzelnd, „daher weht der Wind. Du willst eine Gehaltserhöhung."

Mehdi schwieg. Er wusste, es war keine ungerechtfertigte Forderung von ihm, denn er war es, der die Qualität der Arbeit in der Werkstatt gewährleistete, weil er der einzige war, der eine abgeschlossene Ausbildung und langjährige Erfahrung als Automechaniker besaß.

„Gut", sagte Akiutola schließlich, „einverstanden. Ich lasse mir die Sache mit dem Geld durch den Kopf gehen. Bring den Jungen morgen her, dann sehen wir weiter. Schönen Feierabend, Mehdi!"

Wenn Mehdi nach seinem langen Arbeitstag und der einstündigen Fahrt mit den Tro-Tros endlich nach Hause kam, war er todmüde. Meistens fiel er nach dem Abendessen sofort ins Bett und schlief ein. Allerdings geschah es häufig, dass er nach der ersten Tiefschlafphase mitten in der Nacht aufwachte und nicht wieder einschlafen konnte. Dann überfiel ihn die Erinnerung an Deutschland, an Christina und die Nacht, die er mit ihr verbracht hatte. Er sah Christinas Gesicht vor sich, die Grübchen in ihren Wangen, wenn sie lächelte, die Geste, mit der sie sich die Haare hinters Ohr strich, meinte ihre Hände zu spüren, die über seinen Körper fuhren … Die Sehnsucht nach ihr brannte in ihm wie am ersten Tag nach ihrer gemeinsamen Nacht. Im Morgengrauen hatte er wider alle Vernunft bis zum letzten Moment auf dem Bahnsteig Ausschau gehalten nach einer Gestalt im roten Mantel, bevor er in den Zug nach Hamburg gestiegen war. Wie betäubt hatte er die Flugreise nach Ghana hinter sich gebracht, ohne wahrzunehmen, was um ihn herumvorging. Den Fragen seiner Mutter war er ausgewichen, hatte nur gesagt, dass er Christina getroffen habe, aber nicht wüsste, ob er sie wiedersehen würde. Tag für Tag fühlte er Aalias besorgten Blick, aber er war außerstande, mit ihr über seine Begegnung mit Christina zu sprechen.

Als er an diesem Spätjuniabend endlich zu Hause ankam, war es schon dunkel. Die Kinder saßen noch am Abendbrottisch, hatten aber ihre Mahlzeit bereits beendet. Mehdi küsste die vier nacheinander wie üblich auf ihre wolligen Köpfe, begrüßte seine Mutter mit einer Umarmung und erkundigte sich nach den Neuigkeiten des Tages.

„Hast du schon gehört, dass Abdis Machenschaften aufgeflogen sind?" fragte Aalia. „Badi war heute da und hat es mir erzählt. Sie war ganz fertig davon; sie selbst hat ja nichts geahnt von dem, was ihr Mann und ihr Sohn da getrieben haben, die Arme."

„Ach ja?" Mehdi zeigte nur wenig Interesse am Schicksal seines Vetters. „Wie kam das denn? Ist die Polizei Abdi auf die Schliche gekommen?"

„Soweit ich Badi verstanden habe, war wohl einer von Keesas Kommilitonen unvorsichtig, so dass eine der betrogenen Frauen die falsche Identität durchschaut und die Polizei informiert hat. Die Computerexperten dort haben dann herausgefunden, wer wirklich dahintersteckt und sind bei Abdi gelandet. Nun sitzt er vorläufig in Haft und muss wahrscheinlich eine hohe Geldstrafe bezahlen. Badi meinte, der Anwalt habe gesagt, vor einer Gefängnisstrafe wird er ihn wohl bewahren können. Immerhin das."

Mehdi nickte zu Aalias Worten. „Siehst du, Mutter, du hast mit allem Recht gehabt." Er setzte sich zum Essen an den Tisch. „Um Badi und die Kinder tut es mir leid", fügte er hinzu.

„Dürfen wir noch ein bisschen fernsehen?", bettelten die Zwillinge. Mehdi nickte müde und die drei Großen machten es sich vor dem Bildschirm, auf dem ein musikalischer Liebesfilm aus Indien lief, auf ihren Kissen gemütlich. Der kleine Keano kletterte seinem Vater auf den Schoß, während dieser die noch warmen Reste des Abendessens aß. Aalia ging in ihre Nähecke, wo sie einen Gegenstand aus der Schublade nahm, in der sie ihre Garnrollen aufbewahrte. Mit geheimnistuerischer Miene überreichte sie ihn ihrem Sohn.

Es war ein Brief. Erstaunt sah Mehdi auf das weiße Kuvert. Es kam nicht oft vor, dass im Hause Magoro Post ankam. Meistens waren es Mitteilungen des Vermieters, Nachrichten aus der Schule oder von der Kirchengemeinde. Er wechselte einen fragenden Blick mit seiner Mutter, die ihm lächelnd zunickte. Er betrachtete den Umschlag genauer. Plötzlich setzte sein Herz einen Schlag aus. Christina! Der Brief kam von Christina! Sie hatte ihm geschrieben! Also war doch noch nicht alles vorbei!

„Nun mach ihn schon auf", forderte Aalia ihren Sohn auf, „ich sehe doch, du kannst es kaum erwarten."

Seine Hände bebten, als er Umschlag vorsichtig öffnete. Ein gefaltetes Blatt Papier kam zum Vorschein, dazu eine Fotografie. Das Foto zeigte einen Marienkäfer auf einem Grashalm vor blauem Himmel. Sofort erkannte Mehdi das Motiv. Es war das Foto, von dem Christina damals im Chat gesprochen hatte, als sie von dem glücklichsten Moment in ihrer Kindheit erzählte. Das Foto, das sie als Zehnjährige mit ihrer ersten Kamera gemacht hatte. Warum schickte sie ihm dieses Bild?

Er faltete das Blatt Papier auseinander. Nur wenige Worte waren darauf zu lesen: Wenn du mich noch liebst … Christina Darunter das Datum und die Ankunftszeit eines Fluges aus

Deutschland auf dem Flughafen von Accra, dazu die Fluglinie und -nummer.

Christina kam zu ihm!

Es schaute die Flugdaten genauer an: Sonntag, der 01. Juli! Das war der kommende Sonntag! Mehdi setzte Keano ab und sprang auf. Schon in drei Tagen! Er zog seine Mutter, die ihn lächelnd beobachtet hatte, von ihrem Stuhl hoch, nahm sie in die Arme und machte vor den Augen der verblüfften Kinder ein paar Tanzschritte mit ihr, passend zu der Musik, die gerade aus dem Fernseher ertönte.

„Sie kommt, Mutter! Christina kommt zu mir!"

Lachend löste Aalia sich von ihm. „Komm, darauf stoßen wir an, mein Sohn! Ich freue mich für dich!"

Sie holte zwei Flaschen Bier aus der Küche und stellte sie auf den Tisch, an den Mehdi sich inzwischen wieder mit Keanu hingesetzt hatte. Der Junge hielt das Foto in der Hand. „Was ist das, Papa?", fragte er.

„Das ist ein Käfer, den es in Deutschland im Frühling sehr häufig gibt. Man nennt ihn Marienkäfer. Schau mal, er hat sieben schwarze Punkte auf dem Rücken. Ist er nicht hübsch?"

„Hm", machte Keano, „warum schickt dir jemand ein Foto mit einem Käfer aus Deutschland, Papa?"

Mehdi drückte seinen Sohn an sich. „Damit will mir jemand sagen, dass er glücklich mit mir war. Aber das verstehst du noch nicht, mein Kleiner. Bitte, geh zu den anderen, fernsehen." Bereitwillig ließ sich Keano wegschicken.

„Was schreibt sie denn, deine Christina?", fragte Aalia, während sie die Flaschen öffnete.

„Nicht viel, Mutter. Schau selbst." Er hielt Aalia den Brief hin, den sie schnell überflog.

„Und? Liebst du sie noch?"

„Ach Mutter! Was für eine Frage! Natürlich tue ich das! Du kannst dir gar nicht vorstellen, wie sehr."

Aalia nickte nur und lächelte. Ihr großer, erwachsener Sohn! Aufgeregt wie ein Kind zu Weihnachten.

„Sie kommt am Sonntag. Ich muss sie abholen. Wie lange brauche ich mit den Tro-Tros bis zum Flughafen? Was steht da: Wann kommt das Flugzeug an?" Er riss seiner Mutter den Brief aus der Hand. „Um 10.50 Uhr. Dann muss ich ganz früh los. Gut, dass es am Sonntag ist, da brauche ich nicht zur Arbeit!"

Christina kam hierher, zu ihm, in sein Haus! Er erinnerte sich an das große, schöne Wohnhaus, in dem sie lebte dort in dem reichen Deutschland. Er sah sich um. Die Küche, der große Esstisch mit den Holzstühlen, die Arbeitsecke mit den Näharbeiten seiner Mutter, alles war so eng und karg! Wo sollte sie schlafen?

„Keine Sorge, ich gebe euch meine Kammer, Mehdi", sagte Aalia, die seine Gedanken gelesen zu haben schien. „Es wird schon gehen."

Mehdi nahm seine Mutter gerührt in die Arme. „Danke, Mutter!", sagte er.

Viel zu früh war er am Sonntagvormittag am Flughafen. Zweimal hatte er das Tro-Tro wechseln müssen, bevor er vom Stadtteil Labadi quer durch die Stadt beim Kotoka International Airport, Accras modernem Flughafen, angelangt war. Alle paar Minuten schaute er auf die Anzeigentafel, auf der die ankommenden Flüge aufgelistet wurden. Die Ankunft der Maschine aus Frankfurt schien planmäßig zu erfolgen. Mehdi versuchte, seine Aufregung zu zügeln. Voller Unruhe und Angst machte er sich alle möglichen Gedanken. Hoffentlich war es Christina nicht zu heiß hier in Ghana; das Thermometer zeigte schon jetzt 34 Grad. Hoffentlich war sie nicht enttäuscht oder gar abgestoßen von seiner Stadt mit ihrem Lärm, ihrer Hektik und dem allgegenwärtigen Schmutz. Was würde sie von seinem Haus, von seiner Familie halten? Was, wenn sie entdeckte, dass sie unmöglich hier, in seiner Heimat, leben konnte?

Er versuchte angestrengt, nicht über all das nachzudenken.

Sie hatte geschrieben „Wenn du mich noch liebst …“ Das bedeutete doch, dass sie selbst ihn noch liebte, oder? Ruhelos tigerte er in der Wartehalle hin und her. Mein Gott, Mehdi, du benimmst dich wie ein Idiot, rief er sich zur Ordnung. Du bist ein erwachsener Mann von fünfundvierzig Jahren, also reiß dich zusammen!

Endlich wurde Christinas Flug angekündigt. Die Maschine würde planmäßig landen, verkündete die Lausprecherstimme. Mehdi stellte sich mit den anderen an die Schranke, an der die Abholer zu warten hatten. Es kam ihm wie eine Ewigkeit vor, bis die ersten Reisenden durch die Sperre kamen. Wo war sie? Ungeduldig ging er mit den Augen die Reihe der Ankömmlinge durch. Dann sah er sie! Sie trug eine gelbe Hemdbluse und eine weiße Leinenhose und sah hinreißend aus. Oh Gott, wie er sie liebte! Die große Sonnenbrille bedeckte fast ihr halbes Gesicht. Sie schleppte einen riesigen bunt gemusterten Rollkoffer hinter sich her, außerdem eine große Umhängetasche und einen ledernen Fotokoffer. Noch hatte sie ihn nicht entdeckt. Er winkte. Ihre Blicke trafen sich. Kurz hielt sie inne, dann lachte sie übers ganze Gesicht und winkte zurück.

Schließlich hatte sie die Absperrung durchquert. Sie ließ den Koffer los, lief auf ihn zu und warf sich in seine ausgebreiteten Arme. Er hob sie hoch wie ein Kind und drehte sich mit ihr im Kreis. Dann setzte er sie ab, presste ihren zarten Körper an sich und küsste sie. Er glaubte, nie in seinem Leben glücklicher gewesen zu sein als in diesem Augenblick.

44

Als das Flugzeug zum Landeanflug auf den Flughafen Kotoka International Airport in Accra ansetzte und Christina die Millionenstadt durch das Kabinenfenster langsam näherkommen sah, kamen plötzlich Zweifel in ihr auf. Sie fragte sich, ob sie nicht zu sicher gewesen war, als sie annahm, dass Mehdi auf sie warten würde, wenn sie landete. Immerhin war es fast ein Vierteljahr her, dass sie sich nach dieser wunderbaren Nacht im Gasthof Zur Schänke getrennt hatten. Konnte sie sicher sein, dass er ihre damalige Unentschlossenheit nicht als endgültigen Abschied verstanden und sie inzwischen aus seinem Leben gestrichen hatte? Vielleicht hatte er sich damit abgefunden, dass eine Beziehung zwischen ihm und ihr keine Zukunft haben würde und sich neu orientiert, womöglich mit einer anderen Frau? Schließlich war er ein gutaussehender Mann in der Mitte seines Lebens. Der Gedanke war unerträglich. Entschlossen schob Christina ihn beiseite. Nein, er würde da sein, ganz sicher. Sie strich mit den Fingern sanft über das schon etwa brüchige Leder des Fotokoffers, den sie wegen der bevorstehenden Landung schon auf ihren Schoß genommen hatte. Die Berührung hatte etwas Beruhigendes für sie. Immerhin war sie ja auch zum Fotografieren hierhergekommen.

Das Flugzeug setzte ruckend auf den Boden der Rollbahn auf. Christina nahm ihre Umhängetasche, hängte sich den Tragegurt des Fotokoffers über die Schulter und reihte sich in die Schlange der zum Ausgang drängenden Reisenden ein. Es schien endlos zu dauern, bis sie die Grenz- und Zollkontrollen passiert hatte und am Gepäckband ihren Koffer entgegennehmen konnte. Sie spürte, wie ihre Aufregung, in der sich Angst und Vorfreude mischten, zunahm, je näher der entscheidende Augenblick kam. Ihr Herz fing heftig an zu klopfen, als sie schließlich dem Ausgang zustrebte. Hinter der Absperrung warteten viele Menschen auf Angehörige oder Freunde, die heimkamen. Sie suchte Mehdi mit den Augen. Dann sah sie ihn winken. Als sie in seine Arme flog, wusste sie, es war alles gut.

„Wie stellst du dir unsere Zukunft vor, my dearest?"

Christina stützte ihren Kopf auf ihrer Hand ab und sah Mehdi ins Gesicht, das im Licht der kleinen Nachtleuchte dunkel und undurchdringlich wirkte. Sie lagen eng beieinander in dem schmalen Bett in Aalias Kammer. Es war tief in der Nacht und sie hatten sich geliebt, unersättlich und leidenschaftlich, als müssten sie nachholen, was sie in der Zeit ihrer Trennung versäumt hatten. Mehdis Frage riss Christina aus ihren Träumereien, denen sie sich, an seine Schulter gekuschelt und gedankenverloren mit den kleinen schwarzen Löckchen auf seiner Brust spielend, hingegeben hatte.

„Erinnerst du dich, was ich dir erzählt habe über meinen Traum, Fotografin zu werden?", fragte sie.

Mehdi nickte.

„Ich möchte diesen Traum verwirklichen. Ich habe meinen Beruf aufgegeben, weil er mich nicht glücklich gemacht hat, ich habe auch meine Ehe aufgegeben, weil sie mich nicht glücklich gemacht hat. Ich habe dich gefunden, Mehdi. Du machst mich glücklich. Und ich will fotografieren. Ich möchte die Welt mit der Kamera sehen, möchte ihre Schönheit, aber auch ihre Schattenseiten in Bildern festhalten und sie anderen Menschen zeigen. Verstehst du, was ich meine, Mehdi?"

Wieder nickte er.

Sie lehnte sich in die Kissen zurück, verschränkte die Arme hinter dem Kopf und sah an die Decke, ohne sie wahrzunehmen. „Ich möchte reisen, Mehdi, am liebsten die ganze Welt bereisen. Ich werde die verborgensten Winkel entdecken, die interessantesten Menschen kennenlernen, die wunderbarsten Landschaften sehen." Sie lächelte glücklich. Dann drehte sie sich zu ihm hin, küsste ihn auf die Wange und verkündete: „Und mit Afrika fange ich an. Zuerst mit Accra, deiner Stadt, dann Ghana, dann die anderen afrikanischen Länder. Es ist solch ein wunderbarer, geheimnisvoller Kontinent, Mehdi, ich liebe ihn, weil ich dich liebe. Ich werde dieses Land mit deinen Augen sehen, mein geliebter Afrikaner!" Sie schmiegte sich an ihn und bedeckte seine Brust mit lauter kleinen Küssen.

„Und wo ist mein Platz dabei?", fragte er leise.

Sie hob den Kopf und suchte seinen Blick. Hatte er erwartet, dass sie für immer hierbleiben würde, hier bei ihm als seine Ehefrau und als Mutter für seine Kinder? Er musste doch wissen, dass das unmöglich war.

„Ich werde immer, immer wieder zu dir zurückkommen, Mehdi. Du bist mein Angelpunkt, das Zentrum meines Lebens. Aber du hast dein eigenes Leben, hier, mit deiner Mutter, deinen wunderbaren Kindern. Mein Platz ist nicht hier. Meine Heimat ist in Deutschland, dort in der kleinen Wohnung, wo ich, wenn alles gut geht, meine Bücher schreiben werde. Dort, wo du mich besuchen kannst, vielleicht mit deinen Kindern, damit ich euch Deutschland zeigen kann. Vielleicht kannst du mich auch manchmal begleiten auf den Fotoreisen."

Als er immer noch schwieg, sah sie ihm ängstlich ins Gesicht. „Was denkst du, Mehdi?"

Mehdi drückte ihren Kopf auf seine Brust und streichelte ihr weiches, seidiges Haar. Er dachte daran, wie sie in sein Haus gekommen war, eine weiße Frau, fremd und exotisch, und wie seine Kinder sie angestarrt hatten, als sei sie aus einer anderen Welt. Aalia hatte sie herzlich umarmt und damit allen über die erste Verlegenheit hinweggeholfen. Als Christina den großen Koffer öffnete und die kostbaren, für Mehdi geradezu unerschwinglichen Geschenke für die Kinder verteilt hatte: einen Weltmeisterschafts-Fußball für Baahir, mehrere Mädchenbücher für die Zwillinge, ein großes Legofahrzeug zum Zusammenbauen für Keano und eine Spitzendecke für Aalia, war ihm klargeworden, welch unermesslicher Unterschied zwischen seiner und Christinas Welt bestand. Für seine Begriffe war sie eine reiche Frau. Aber erst, als sie unter dem amüsierten Gelächter der Kinder ungeschickt versucht hatte, aus dem Joloffreisgemüse mit den Fingern mundgerechte Bällchen zu formen, hatte er schmerzlich erkannt, dass es nicht nur der materielle Abstand war, der sie trennte, sondern eine weit tiefere Kluft, bedingt durch Herkunft und Kultur. Die Brücke, die ihre Liebe über diese Kluft spannte, war dünn und zerbrechlich.

„Ich weiß nur eins, meine Chrissie: Ich liebe dich, und ich werde dich immer lieben. Ich weiß, wir können nicht zusammen leben, aber ich hoffe und glaube, dass wir uns nie trennen werden. Auch wenn manchmal viele, viele Kilometer zwischen uns liegen werden."

„Ja, das hoffe und glaube ich auch", antwortete Christina schläfrig. Sie schmiegte sich an seine Brust und Mehdi legte zärtlich seine Arme um ihren Körper. Engumschlungen und im Gleichklang atmend schliefen sie ein.

Von der Autorin bisher erschienen:

Zeit der Kornblumen
Roman, 220 Seiten
2015 BoD Norderstedt
ISBN 978-3-7347-9955-6
Der Roman erzählt die Geschichte einer außergewöhnlichen Frau vom Lande, die den Mut hat, selbst noch im fortgeschrittenen Alter ihrem Leben eine radikale Wende zu geben.

Der Tod ist nicht fair – das Leben auch nicht
Kurzkrimis und andere Erzählungen, 226 Seiten
2016 BoD Norderstedt
ISBN 978-3-7392-0484-0
In achtzehn spannenden, oft dramatischen oder skurrilen Geschichten schildert die Autorin schicksalhafte Ereignisse mitten aus dem Leben der Menschen

Die Mutter des Kommissars und das französische Mädchen
Kriminalroman, 252 Seiten
2016 Verlag Isensee Oldenburg
ISBN 978-3-7308-1318-8
In ihrem ersten Fall wird Hanna Morgenroth mit einem Familiengeheimnis um das ermordete französische Au Pair-Mädchen Yvette konfrontiert, dessen Aufklärung sie bis nach Frankreich und in die Schweiz führt.

Die Mutter des Kommissars und das schweigende Kind
Kriminalroman, 229 Seiten
2017 BoD Norderstedt
ISBN 978-3-744-8547-64
Hanna Morgenroth findet an einem Herbstabend ein kleines Mädchen, das allein seit Stunden an einer Haltestelle sitzt, an der kein Bus mehr hält. Sie nimmt es in ihre Obhut. Währenddessen hat ihr Sohn, Hauptkommissar Thomas Morgenroth, einen mysteriösen Mord aufzuklären.